V WIE VENDETTA

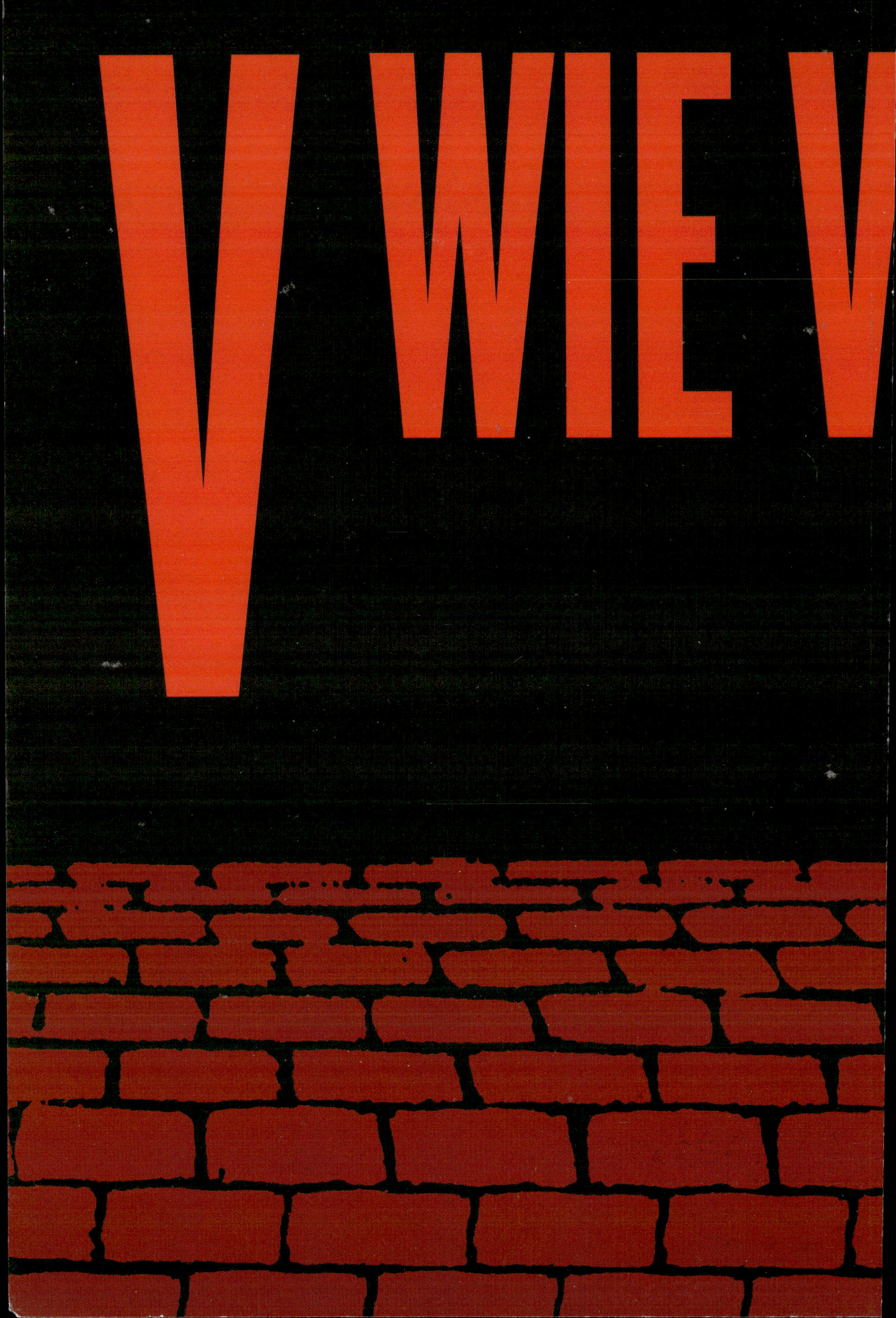
V WIE V

ENDETTA

ALAN MOORE
DAVID LLOYD

ALAN MOORE
Autor

DAVID LLOYD
Zeichner

DAVID LLOYD
STEVE WHITAKER
SIOBHAN DODDS
Farben

TONY WEARE
Zeichner des Kapitels "Vincent".
Mitwirkender bei den Kapiteln "Valerie"
und "Versetzt"

DALE CRAIN
Graphische Gestaltung Original

UWE ANTON
Übersetzer

ALIK
Lettering

KC CARLSON
KAREN BERGER
Redaktion USA

V WIE VENDETTA erscheint bei **PANINI COMICS**, Ravensstraße 48, D-41334 Nettetal-Kaldenkirchen. DC Comics werden unter Lizenz in Deutschland von PANINI Verlags-GmbH veröffentlicht. Druck: Soncini. Pressevertrieb für Deutschland, Österreich und Schweiz: Stella Distribution GmbH, D-20097 Hamburg. Direktvertrieb für Deutschland: Panini Verlags GmbH, Rotebühlstr. 87, D-70178 Stuttgart - Auslieferung über Rübartsch & Reiners GmbH & Co. OHG, D-41199 Mönchengladbach. Direkt-Abos auf **www.paninicomics.de** Anzeigenverkauf: Comix Connexion, **Lars Jähnig**, Tel. 0941/5840572, Fax: 0941/5841817. Geschäftsführer **Frank Zomerdijk**, Publishing Director Europe **Marco M. Lupoi**, Editorial Director **Tony Verdini**, Redaktion **Christian Grass, Luigi Mutti, Pia Oddo, Lisa Pancaldi**, Finanzen & Beratung **Axel Drews**, Marketing Director **Max Müller**, Marketing **Thorsten Kleinheinz**, Vertrieb **Alexander Bubenheimer**, Logistik **Ilja Jennes**, Lektor **Michael Jurkat**, Übersetzer **Uwe Anton**, graphische Gestaltung **Nicola Spano, Rudy Remitti**, Art Director **Mario Corticelli**, Redaktion Panini Comics **Annie Dauphin, Beatrice Doti, Marco Ricompensa**, Produktion Panini Comics **Francesca Aiello, Andrea Bisi, Alessandra Gozzi, Marzia Lorusso, Alessandro Micheli, Lorena Rubbiani**,

Vor einer Weile ging ich abends auf dem Weg nach Hause noch in eine Kneipe und bestellte ein Guinness.

Ich habe nicht auf die Uhr gesehen, wußte aber, es war noch keine acht. Es war Dienstag, und ich hörte, daß im Fernsehgerät in der Ecke noch die neueste Episode von "EastEnders" lief – eine Seifenoper über den Alltag von forschen, fröhlichen Angehörigen der Arbeiterklasse in einem verfallenden, mythischen Stadtteil Londons.

Ich setzte mich an einen Tisch und blätterte in einer Zeitung, die jemand auf dem Stuhl neben mir liegengelassen hatte. Ich hatte sie aber schon gelesen. Es stand nicht viel Neues drin. Ich legte die Zeitung wieder hin und setzte mich an die Bar.

Es war nicht viel Betrieb. Ich hörte das Murmeln im Fernsehgerät über dem Geplauder der Gäste am Tresen und dem Klackern zusammenstoßender Billardkugeln.

Nach "EastEnders" kam "Porridge" – die Wiederholung einer Comedy-Serie über einen forschen, fröhlichen Gefangenen in einem komfortablen, keineswegs bedrückenden, verfallenden viktorianischen Gefängnis.

Fast kaum wahrnehmbar sickerte Alkohol aus undichten Verschlüssen von den umgedrehten Flaschen hinter der Bar. Whisky- und Wodkatröpfchen bildeten sich und fielen geräuschlos herunter.

Ich trank mein Glas aus und schaute auf, und der Wirt bemerkte meinen Blick. "Guinness?", fragte er und griff schon nach einem neuen Glas. Ich nickte.

Die Frau des Wirts kam und half ihrem Mann mit den wenigen Bestellungen.

Nach "Porridge" kam um halb neun "A Question of Sport" – ein schlichtes Quiz mit forschen, fröhlichen Prominenten aus der Sportwelt, die Fragen über andere Prominente aus der Sportwelt beantworteten, von denen die meisten mindestens genauso forsch und fröhlich wie sie selbst waren. Ein Loblied auf die Heiterkeit.

Ich weise den Wirt auf die undichten Verschlüsse hin, dachte ich.

Nach "A Question of Sport" kamen die Neun-Uhr-Nachrichten. Zumindest eine halbe Minute lang, dann wurde das Fernsehgerät ausgeschaltet, und forsche, fröhliche Popmusik bildete nun die Geräuschkulisse.

Ich sah zu dem Wirt hinüber. "Diesmal nur ein halbes Glas", sagte ich. Als er das Glas füllte, fragte ich ihn, warum er die Nachrichten ausgeschaltet hatte. "Fragen Sie mich nicht, das war das Frauchen", erwiderte er forsch und fröhlich, während das Objekt seiner verspielten spitzen Bemerkung sich in einer Ecke der Kneipe zu schaffen machte.

Die undichten Verschlüsse hatten für mich nicht mehr die geringste Bedeutung.

Ich trank aus und ging, überzeugt, daß das Fernsehgerät den Rest des Abends über ausgeschaltet bleiben würde. Denn nach den Neun-Uhr-Nachrichten kam "The Boys from Brazil", ein Film mit nur wenigen forschen, fröhlichen Typen, in dem es darum geht, daß ein paar Nazis 94 Klone von Adolf Hitler erschaffen.

Auch in V WIE VENDETTA gibt es nicht viele forsche, fröhliche Typen, und dieses Buch ist für Leute, die die Nachrichten nicht ausschalten.

David Lloyd
14. Januar 1990

Ich begann mit V WIE VENDETTA im Sommer 1981 während eines Arbeitsurlaubs auf der Isle of Wight. Meine jüngste Tochter, Amber, war erst ein paar Monate alt. Fertig war ich damit Anfang 1988, nachdem fast fünf Jahre lang kein neues Material mehr erschienen war, da das englische Comic-Magazin *Warrior*, in dem V WIE VENDETTA ursprünglich erschien, eingestellt worden war. Amber ist jetzt sieben. Ich weiß nicht, warum ich das erwähne. Das ist einer dieser belanglosen Fakten, die einem plötzlich mit unerwartetem Nachdruck in den Sinn kommen, so daß man sie einfach aufschreiben muß.

Gemeinsam mit *Marvelman* (heute *Miracleman*) stellte V WIE VENDETTA damals, am Anfang meiner Karriere, meinen ersten Versuch dar, eine fortlaufende Serie zu verfassen. Aus diesem Grund und einigen anderen gibt es in den frühen Episoden ein paar Dinge, die einem komisch vorkommen, wenn man sie im Licht der späteren Entwicklung des Strips betrachtet. Ich hoffe, daß Sie trotz etwaiger anfänglicher Unbeholfenheiten dabeibleiben werden und unsere Meinung teilen, daß es am besten war, die frühen Episoden ohne weitere Überarbeitung zu präsentieren, mit allen kleinen Unzugänglichkeiten, statt zurückzukehren und alle Spuren von jugendlicher, kreativer Unerfahrenheit zu löschen.

In diesen frühen Episoden tritt auch eine gewisse politische Unerfahrenheit meinerseits zutage. Damals, im Jahre 1981, war der Begriff "nuklearer Winter" noch kein Allgemeingut, obwohl meine Vermutungen über Klimaveränderungen der tatsächlichen Lage ziemlich nahe kamen, wie sich herausstellte. Festzuhalten bleibt jedoch, daß V WIE VENDETTA andeutet, man könne einen Atomkrieg überleben, selbst einen begrenzten. Das ist nach meinem besten heutigen Wissen nicht der Fall.

Naivität liegt auch meiner Annahme zugrunde, ein so melodramatisches Ereignis wie ein begrenzter nuklearer Konflikt sei nötig, um England in den Faschismus zu treiben. Doch ich muß zu Davids und meiner Verteidigung sagen, daß es damals keine besseren oder präziseren Vorhersagen über die Zukunft unseres Landes in Comic-Form gab. Die schlichte Tatsache, daß viel vom historischen Hintergrund der Geschichte auf einer prophezeiten Niederlage der Konservativen bei den Wahlen des Jahres 1982 basiert, sollte Ihnen aufzeigen, wie zuverlässig wir bei unserer Rolle als Kassandra waren.

Jetzt schreiben wir 1988. Margaret Thatcher tritt ihre dritte Amtszeit an und spricht zuversichtlich von der ungebrochenen Herrschaft der Konservativen bis ins nächste Jahrtausend. Meine jüngste Tochter ist sieben, und durch die Boulevardpresse geistert die Idee, Konzentrationslager für AIDS-Kranke einzurichten. Die Polizisten der neuen Einheiten, die bei Krawallen eingesetzt werden, tragen schwarze Helmvisiere, genau wie ihre Pferde, und auf ihren Einsatzfahrzeugen sind rotierende Videokameras angebracht. Die Regierung hat den Wunsch zum Ausdruck gebracht, die Homosexualität auszurotten, selbst als abstrakte Vorstellung, und man kann nur Vermutungen darüber anstellen, gegen welche Minderheit die Legislative demnächst vorgehen wird. Ich werde wohl meine Familie nehmen und dieses Land bald verlassen, irgendwann im Lauf der nächsten Jahre. Es ist kalt, und hier herrscht eine üble Stimmung, und mir gefällt es hier nicht mehr.

Gute Nacht, England. Gute Nacht, Home Service und V wie Victory.
Hallo, Stimme der Vorsehung und V WIE VENDETTA.

Alan Moore
Northampton,
März 1988

1 BUCH

EUROPA AM TAG DANACH

V WIE VENDETTA

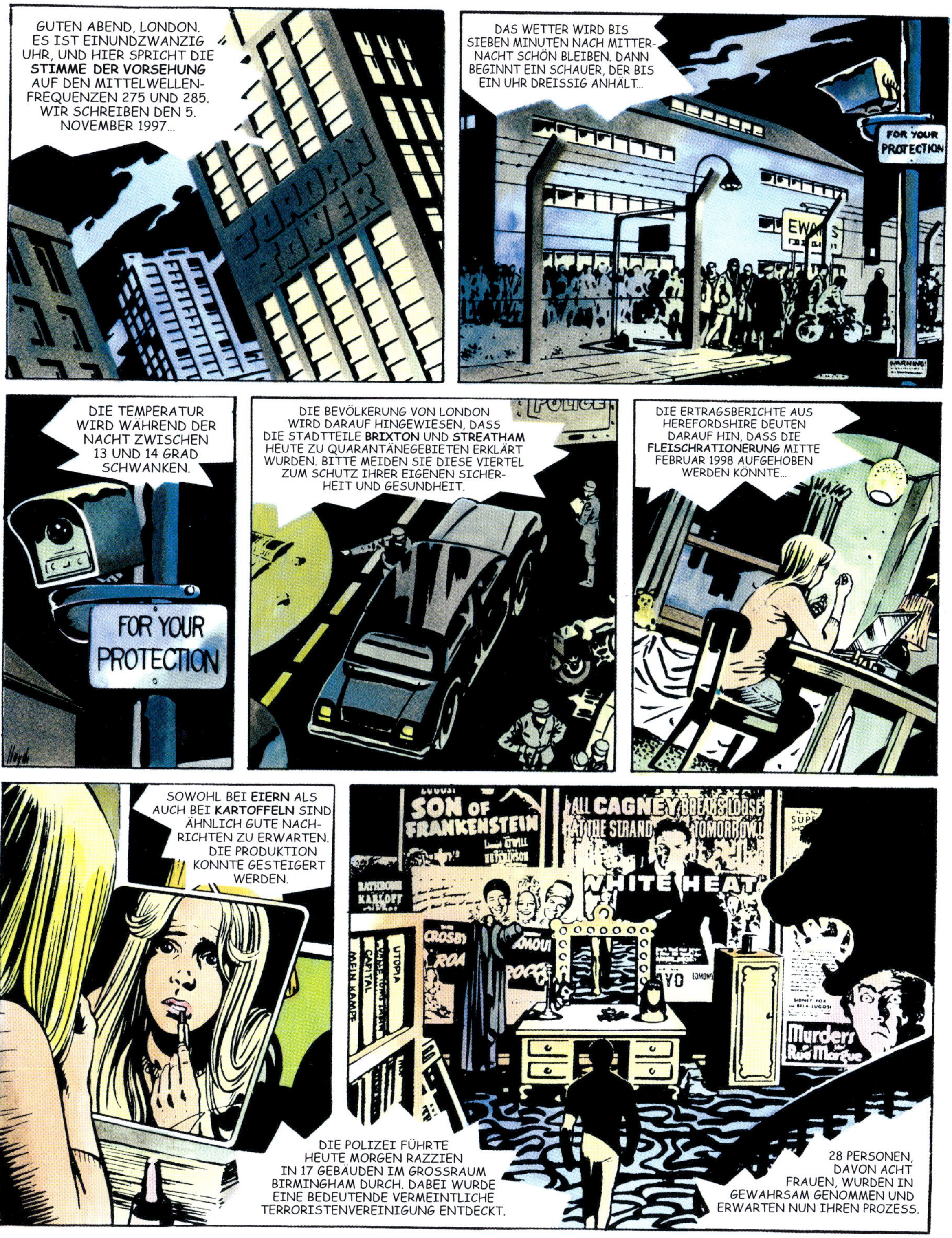

KÖNIGIN ZARA NAHM HEUTE AN DER ERÖFFNUNG EINER WIEDERAUFBEREITUNGS-ANLAGE FÜR ABFÄLLE JEDER ART IN PLAISTOW TEIL. DAS WAR DER ERSTE ÖFFENTLICHE AUFTRITT DER KÖNIGIN SEIT IHREM SECHZEHNTEN GEBURTSTAG IM JUNI.
DIE KÖNIGIN TRUG EIN PFIRSICHFARBENES SEIDENKLEID, DAS EIGENS FÜR DIESEN ANLASS VOM KÖNIGLICHEN COUTURIER ENTWORFEN WURDE.
IN EINER REDE ERKLÄRTE HEUTE MORGEN ADRIAN KAREL, PARTEIMINISTER FÜR WIRTSCHAFTSFRAGEN, ENGLANDS WIRTSCHAFTLICHE AUSSICHTEN SEIEN BESSER ALS JE ZUVOR NACH DEM KRIEG.
MR. KAREL FUHR MIT DER FESTSTELLUNG FORT, ES SEI DIE PFLICHT JEDES EINZELNEN BÜRGERS DIESES LANDES, DIE INITIATIVE ZU ERGREIFEN UND ENGLAND ZUR ALTEN GRÖSSE ZURÜCKZUFÜHREN.
... UND DAS WAR LONDONS ANTLITZ FÜR HEUTE ABEND. WIR ERINNERN SIE DARAN, DASS MORGEN DER LETZTE TAG FÜR DIE ABGABE IHRER STEUERERKLÄRUNG IST...
... UND DER ANGESETZTE TERMIN FÜR DIE FLURBEREINIGUNG VON DEPTFORD! DIE STIMME DER VORSEHUNG WÜNSCHT IHNEN EINEN ...
... SCHÖNEN ABEND.
Jimmy ... in his New hit from WARNER BROS
Kapitel 1
DER VERBRECHER
DER KALTE SCHATTEN DES PARLAMENTS FÄLLT AUF DIE WESTMINSTER BRIDGE, UND DIE JUNGE FRAU ERSCHAUDERT. HIER KONZENTRIERTE SICH EINMAL MACHT. MACHT, DIE ÜBER DAS SCHICKSAL VON MILLIONEN MENSCHEN ENTSCHIED.
IHRE TATEN, IHRE ENSCHEIDUNGEN SIND UNBEDEUTEND. SIE HABEN LEDIGLICH FOLGEN FÜR...
MISTER?
... SIE SELBST.
ÄH, MÖCHTEN... MÖCHTEN SIE... ÄH... MIT MIR SCHLAFEN ODER SO?
ICH MEINE... ÄH... FÜR GELD?

DAS WAR DAS UNBEHOLFENSTE ANGEBOT, DAS ICH JE GEHÖRT HABE. SIE MACHEN DAS NOCH NICHT SEHR LANGE, ODER?
O GOTT, ICH MUSS ECHT SCHRECKLICH SEIN.
JA, SIE HABEN RECHT. DAS IST MEIN ERSTER ABEND. SIE SIND MEIN ERSTER...
... FREIER?
FREIER. JA.
ICH... ICH HABE EINEN JOB IN EINER MUNITIONSFABRIK. ABER SIE WISSEN SCHON, DAS GELD REICHT NICHT... HÖREN SIE, MISTER, ICH BRAUCHE DAS GELD WIRKLICH... ICH MEINE, ICH BIN SECHZEHN... ICH WEISS, WAS ICH TUE...
NEIN. SIE WISSEN NICHT, WAS SIE TUN.
SONST HÄTTEN SIE SICH WOHL KAUM EINEN VOM SONDERDEZERNAT SITTE AUSGESUCHT.
O GOTT. SIE SIND EIN FINGERMANN.
GENAU. UND DAS SIND MEINE KOLLEGEN.
SIE KENNEN DIE PROSTITUTIONSGESETZE. DAS IST EIN VERGEHEN DER KLASSE H. DAS HEISST, WIR KÖNNEN ENTSCHEIDEN, WAS AUS IHNEN WIRD. DAS IST UNSER PRIVILEG.
O NEIN! BITTE, MISTER, ES WAR DAS ERSTE MAL. ICH TUE ALLES, WAS SIE WOLLEN.
BITTE TÖTEN SIE MICH NICHT.
STRENGTH THROUGH PURITY PURITY THROUGH FAITH
SIE VEESTEHEN MICH FALSCH, MISS. SIE TUN ALLES, WAS WIR WOLLEN, UND DANN TÖTEN WIR SIE.
DAS IST UNSER PRIVILEG.
O NEIN, BITTE NICHT. O GOTT, BITTE...
"IHN UMSCHWÄRMEN, STETS SICH MEHREND, DER NATUR BOSHEITEN..."
WER ZUM TEUFEL...?

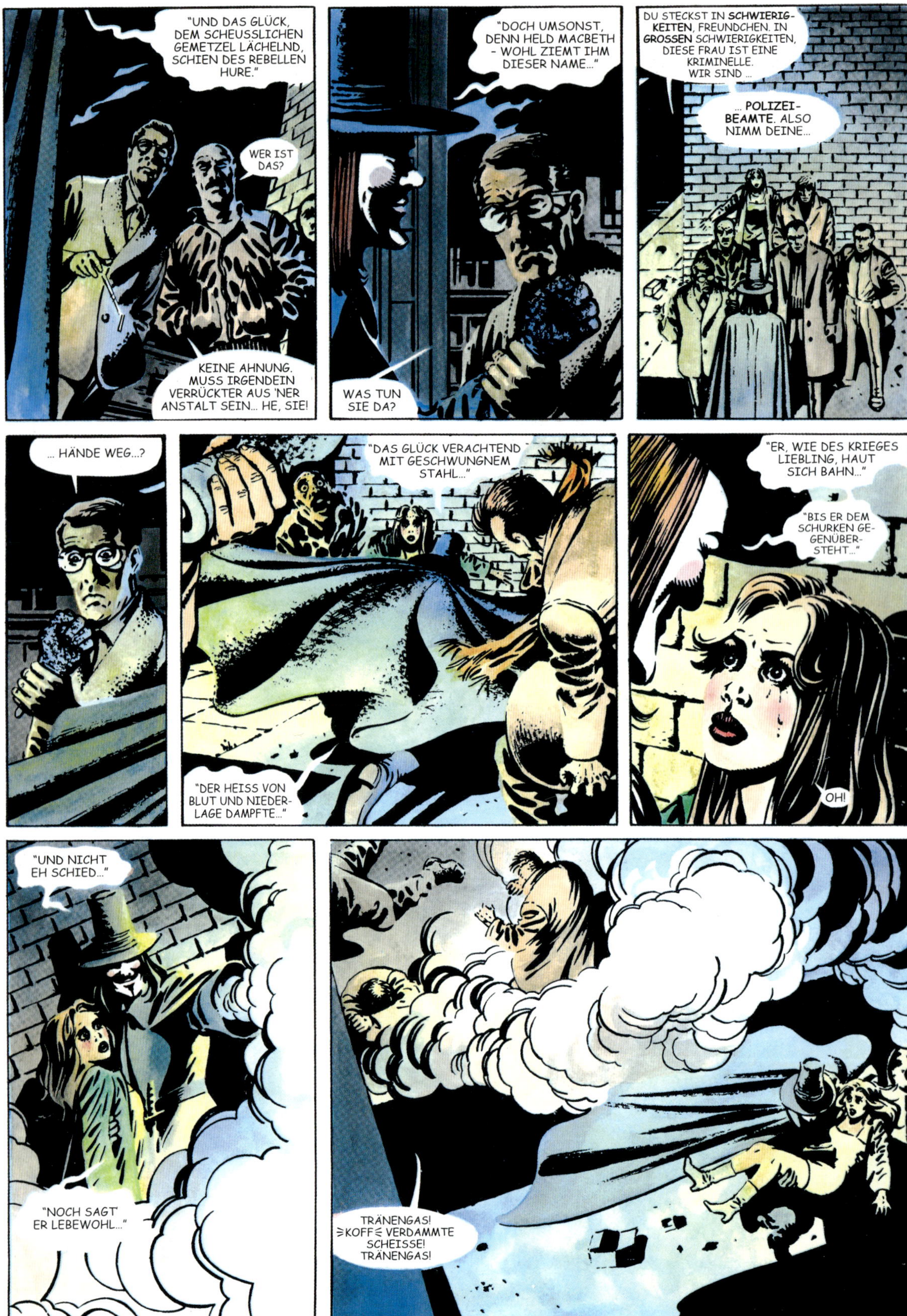
"UND DAS GLÜCK, DEM SCHEUSSLICHEN GEMETZEL LÄCHELND, SCHIEN DES REBELLEN HURE."
WER IST DAS?
KEINE AHNUNG. MUSS IRGENDEIN VERRÜCKTER AUS 'NER ANSTALT SEIN... HE, SIE!
"DOCH UMSONST, DENN HELD MACBETH - WOHL ZIEMT IHM DIESER NAME..."
WAS TUN SIE DA?
DU STECKST IN SCHWIERIGKEITEN, FREUNDCHEN. IN GROSSEN SCHWIERIGKEITEN, DIESE FRAU IST EINE KRIMINELLE. WIR SIND ...
... POLIZEIBEAMTE. ALSO NIMM DEINE...
... HÄNDE WEG...?
"DAS GLÜCK VERACHTEND MIT GESCHWUNGNEM STAHL..."
"DER HEISS VON BLUT UND NIEDERLAGE DAMPFTE..."
"ER, WIE DES KRIEGES LIEBLING, HAUT SICH BAHN..."
"BIS ER DEM SCHURKEN GEGENÜBERSTEHT..."
OH!
"UND NICHT EH SCHIED..."
"NOCH SAGT ER LEBEWOHL..."
TRÄNENGAS! ≥KOFF≤ VERDAMMTE SCHEISSE! TRÄNENGAS!

ICH HABE SEINE HAND. WAS SOLL ICH DAMIT...
OH, GOTT...
WAS ZUM TEUFEL IST PASSIERT? ER KAM EINFACH AUS DEM NICHTS UND... WAS IST HIER PASSIERT?
FRANK IST TOT. SIE SIND ALLE TOT. O GOTT, WAS TUN WIR JETZT?
IHN SUCHEN. WIR MÜSSEN IHN FINDEN, ODER DER KOPF REISST UNS DEN ARSCH AUF...
WIE HAT ER DAS GEMACHT? ICH HABE NOCH NIE JEMANDEN GESEHEN, DER SICH SO SCHNELL BEWEGEN KANN...
DIESER MISTKERL. WIR MÜSSEN IHN SUCHEN...
SIE... SIE HABEN MICH GERETTET, WIE IM MÄRCHEN! ICH GLAUB'S EINFACH NICHT.
W-WER SIND SIE?
ICH? ICH BIN DER KÖNIG DER ZWANZIGSTEN JAHRHUNDERTS. ICH BIN DER BUTZEMANN. DER SCHURKE. DER VERBRECHER.
DAS SCHWARZE SCHAF DER FAMILIE.
ÄH... JA. ABER WAS HABEN SIE HIER GEMACHT? ICH DACHTE, DES NACHTS KÄME NIEMAND MEHR NACH WESTMINSTER. AUSSE... SIE WISSEN SCHON...
... FRAUEN.
HM. HEUTE IST EIN BESONDERER ABEND. EINE FEIER, EINE GALAPREMIERE. MUSSTEST DU NIE DEN VERS AUSWENDIG LERNEN?

"WAS SAGT DER KALENDER? DER FÜNFTE NOVEMBER, DAS SCHIESSPULVERATTENTAT! STETS MÖGEN DIE MENSCHEN IN EHRFURCHT GEDENKEN..."
"... DIESER GLORREICHEN TAT."
OJE! DIE PARLAMENTSGEBÄUDE! SIE... SIE SIND... WAREN SIE DAS?
JA.
ABER DAS... DAS IST GEGEN DAS GESETZ! MAN WIRD SIE TÖTEN! MAN WIRD...
WAREN SIE DAS WIRKLICH?
DAS WAR ICH WIRKLICH. ABER STILL JETZT: ES KOMMT NOCH MEHR...
DAS DRÖHNEN DER EXPLOSIONEN IST NOCH NICHT VERKLUNGEN, ALS VON TIEF UNTEN DAS PRASSELN KLEINERER DETONATIONEN ERTÖNT...
UND PLÖTZLICH ERBLÜHEN AM HIMMEL HELLE...
FEUERWERKE! ECHTE FEUERWERKE!
O GOTT, SIE SIND **WUNDERSCHÖN**!
... UND IN GANZ LONDON WERDEN DIE FENSTER AUFGERISSEN, UND GESICHTER VOLLER EHRFURCHT UND STAUNEN SCHAUEN ZU DER 13. VERHEISSUNG EMPOR, DIE MIT FEUER IN DIE NACHT GESCHRIEBEN WIRD.
DIE OVERTÜRE IST VORBEI.
KOMM. WIR MÜSSEN UNS AUF DEN ERSTEN AKT VORBEREITEN.
ICH? A-ABER...
OH. NA GUT.
ES IST GENAU SIEBEN MINUTEN NACH MITTERNACHT. DER REGEN SETZT EIN.

SECHSTER NOVEMBER 1997. ES IST SECHS UHR DREISSIG MORGENS...
MEINE HERREN, ICH ERWARTE IHRE BERICHTE.
MR. HEYER WIRD FÜR DAS AUGE SPRECHEN.
WIR HABEN KNAPP DREI MINUTEN **BRAUCHBARE AUFZEICHNUNGEN**, FÜHRER. DIE MEISTEN UNSERER V-RECORDER WURDEN BEI DER EXPLOSION BESCHÄDIGT.
ZU MEINER LINKEN SEHEN SIE EINE VERGRÖSSERUNG VOM GESICHT DES VERDÄCHTIGEN. ICH FÜRCHTE, DIE **MASKE** MACHT EINE IDENTIFIZIERUNG MITTELS DER **RETINA** UNMÖGLICH.
BITTE VERGRÖSSERN, MR. HEYER...
AH.
DANKE, MR. HEYER. MR. **ETHERIDGE** WIRD JETZT FÜR DIE OHREN SPRECHEN.
ÄH... DIE **TELEFONÜBERWACHUNG** LÄSST DARAUF SCHLIESSEN, DASS EIN GROSSER TEIL DER... ÄH... BEVÖLKERUNG ÜBER DIE... ÄH... EXPLOSION SPRICHT. ZUMINDEST INNERHALB VON LONDON.
ALLE VERDÄCHTIGEN ODER UNGEWÖHNLICHEN AUFZEICHNUNGEN LEITEN WIR AN MR... ÄH... ALMOND VOM FINGER WEITER.
MR. ALMOND IST DERZEIT BEI MIR. ICH WERDE IHN DARÜBER INFORMIEREN. MR. FINCH WIRD FÜR DIE NASE SPRECHEN.
WIR HABEN DAS GERÄT GEFUNDEN, MIT DEM DIE FEUERWERKSKÖRPER WAHRSCHEINLICH ABGESCHOSSEN WURDEN, UND EIN PAAR LEERE HÜLSEN. VERMUTLICH WURDEN SIE EINZELN ABGEFÜLLT.
TROTZ DER GUTEN ARBEIT WÜRDE ICH SAGEN, DASS ES SICH MIT GROSSER SICHERHEIT UM FEUERWERKSKÖRPER DER MARKE EIGENBAU HANDELT UND SIE DAHER KEINE SPUR ERGEBEN. TUT MIR LEID, FÜHRER. SONST LIEGT NICHTS VOR.
DANKE, MR. FINCH. HALTEN SIE MICH ÜBER JEDWEDE WEITERE ENTWICKLUNG AUF DEM LAUFENDEN UND ERWARTEN SIE MEINE ANWEISUNGEN. ENGLAND GEDEIHE, GENTLEMEN.
FÜHRER, ICH...
NUN, WIR HABEN DIE BERICHTE VOM **REST DES KOPPES** GEHÖRT. DAMIT BLEIBEN SIE ÜBRIG, MR. ALMOND. DREI FINGERMÄNNER WURDEN GESTERN NACHT VON EINEM EINZELNEN VERRÜCKTEN GETÖTET.
ES IST ÜBERAUS WAHRSCHEINLICH, DASS DIESELBE PERSON ZUVOR EINEN SPRENGSATZ BETRÄCHTLICHER STÄRKE IN DEN **PARLAMENTSGEBÄUDEN** ANGEBRACHT HAT.

SCHWEIGEN SIE, MR. ALMOND!
IHRE INKOMPETENZ HAT UNS DAS ÄLTESTE SYMBOL DER HERRSCHAFT GEKOSTET UND EINE VERHEERENDE PROPAGANDA-NIEDERLAGE EINGEBRACHT. BEGREIFEN SIE ÜBERHAUPT, WAS LETZTE NACHT PASSIERT IST?
JEMAND HAT DAS **UNDENKBARE** GETAN. JEMAND HAT UNS GESCHADET.
UND **SIE** HABEN ES ZUGELASSEN. ICH WILL, DASS DIESE KREATUR UND SEINE VERBÜNDETEN GEFUNDEN WERDEN, MR. ALMOND. ICH WILL SEINEN **KOPF**.
ODER, BEI GOTT, ICH HOLE MIR STATT DESSEN DEN **IHREN**.
SIE WERDEN SICH MIT MR. **DASCOMBE** IM **JORDAN TOWER** ABSPRECHEN, BEVOR SIE EINE OFFIZIELLE STELLUNGNAHME ABGEBEN.
DAS IST ALLES, MR. ALMOND. ENGLAND GEDEIHE.
ENGLAND GEDEIHE, FÜHRER.
JORDAN TOWER, SIEBEN UHR.
DAS WEISS ICH, LEWIS. WIR ALLE SIND HEUTE MORGEN FRÜH AUFGESTANDEN, ODER? WENN WIR DIE SACHE JETZT NOCH EINMAL DURCHSPRECHEN, BEVOR WIR AUF SENDUNG GEHEN...
PUT YOUR TRUST IN FATE
ENTSCHULDIGE MICH KURZ, LEWIS...
DEREK! EIN SELTENER GAST HIER UNTEN IM **MUND**...
HM... UNTEN IM MUND... TIEF IM SCHLUND... DAS WÄRE DOCH EIN TOLLER WITZ, WAS?
DEN HABEN SIE SCHON OFT GENUG GERISSEN, DASCOMBE. WAS UNTERNIMMT DIE VORSEHUNG WEGEN DER **BOMBEN IM PARLAMENT**?
NA JA... DIE VORSEHUNG WILL, DASS WIR SAGEN, ES HANDELE SICH UM EINE GEPLANTE SPRENGUNG, DIE DES NACHTS DURCHGEFÜHRT WURDE, UM **VERKEHRSSTÖRUNGEN** ZU VERMEIDEN.
ES KOMMT IN DEN ACHTUHRNACHRICHTEN... ICH HABE DEN TEXT GERADE MIT LEWIS DURCHGESPROCHEN, ALS SIE KAMEN.
LEWIS?
LEWIS **PROTHERO**. ER IST DIE STIMME. DIE **STIMME DER VORSEHUNG**.

GUTEN MORGEN, LONDON. HIER SPRICHT DIE STIMME DER VORSEHUNG AUF DEN MITTELWELLENFREQUENZEN 275 UND 285...
Kapitel 2
DIE VORSEHUNG
HMM. WAS SAGT IHR ÜBER DAS FEUERWERK?
DIE VORSEHUNG MEINT, WIR SOLLTEN ES GAR NICHT ERWÄHNEN. WENN SPÄTER JEMAND FRAGT, WERDEN WIR BEHAUPTEN, ES SEI EINE SELTSAME NEBENWIRKUNG DER EXPLOSION GEWESEN.
HÖREN SIE SICH LEWIS AN... IST ER NICHT WUNDERBAR? WENN DIE VORSEHUNG WIRKLICH EINE STIMME HÄTTE, WÜRDE SIE GENAUSO KLINGEN, WENN DIE LEUTE WÜSSTEN, WELCH GUTE ARBEIT ER LEISTET...
HÖREN SIE DOCH AUF, DASCOMBE. ES IST SINN DER SACHE, DASS DIE LEUTE GLAUBEN, DIE VORSEHUNG WÜRDE ZU IHNEN SPRECHEN. DAS LÄSST SIE MENSCHLICHER ERSCHEINEN, GIBT DEN LEUTEN ZUVERSICHT.
HMMM...
WISSEN SIE, DASS ER PUPPEN SAMMELT? SOLLTE MAN NICHT MEINEN, WAS? SO EIN GROSSER MANN, UND SAMMELT PUPPEN! ER HAT VIEL FEINGEFÜHL. DAS HÖRT MAN SCHON SEINER STIMME AN.
JA, DIE MEISTEN VON EUCH MEDIENLEUTEN HABEN "FEINGEFÜHL", ODER? ICH WEISS NICHT, WARUM DER FÜHRER EUCH NOCH DULDET.
MEIN LIEBER DEREK... VON UNS ALLEN HAT DER FÜHRER DAS MEISTE FEINGEFÜHL.
ICH KANN MIR VORSTELLEN, DASS ER SEHR VIEL FEINGEFÜHL AUFBRINGEN MUSSTE, ALS SIE IHM ERKLÄRTEN, WIE EIN EINZIGER VERRÜCKTER DREI FINGERMÄNNER TÖTEN UND DAS PARLAMENT IN DIE LUFT JAGEN KONNTE...
SIE SIND DEGENERIERT, DASCOMBE.
UND SIE VERBITTERT.
HAHA! ALMOND, DIE BITTERMANDEL! HA HA HA HA HA!

GANZ WIE SIE MEINEN.
ALSO LOS, LEWIS... VON VORN.
DIE BITTERMANDEL! OH, JA! HA HA HA HA HA HAH HA HA!
DIE SCHATTENGALERIE.
HÖREN SIE, ICH WILL NICHT UNDANKBAR KLINGEN. ICH MEINE, NACHDEM SIE MICH GERETTET HABEN... ABER ICH VERSTEHE DAS NICHT. WER SIND SIE, UND WAS WOLLEN SIE, UND SO?
ICH MEINE, MIR IST KLAR, DASS SIE EINEN GRUND DAFÜR HATTEN, MIR EINE AUGENBINDE ANZULEGEN, ALS SIE MICH HIERHERBRACHTEN, ABER KÖNNEN SIE MIR NICHT SAGEN, WO WIR SIND? SIND WIR NOCH IN LONDON?
WIR SIND IN DER SCHATTENGALERIE. DAS IST MEIN HEIM.
GEFÄLLT ES DIR? ICH HABE ES SELBST GEBAUT.
ES... IST UNGLAUBLICH! ALL DIESE GEMÄLDE UND BÜCHER... ICH WUSSTE GAR NICHT, DASS ES SO ETWAS GIBT.
DU KANNST ES NICHT WISSEN. SIE HABEN DIE KULTUR AUSGEROTTET... FORTGEWORFEN WIE EINE HANDVOLL VERWELKTER ROSEN...
ALL DIESE BÜCHER, DIE FILME, DIE MUSIK...
DIE MUSIK IST WUNDERBAR! SIE MÜSSEN MICH FÜR EINE DUMME GANS HALTEN... ICH HABE IMMER NUR DIE MILITÄRMÄRSCHE IM RADIO GEHÖRT.
ABER DIESE MUSIK IN IHRER DUKEBOX KLINGT SO... KEINE AHNUNG... LEBENDIG! WAS SPIELEN SIE DA? DER STIMME NACH IST DIESE FRAU NICHT MAL ENGLÄNDERIN.
IST SIE AUCH NICHT. UND ES HEISST "JUKEBOX". MIT "J".
DAS LIED HEISST "DANCING IN THE STREETS". ES WIRD GESUNGEN VON MARTHA AND THE VANDELLAS. VIELLEICHT HAST DU SCHON MAL WAS VON "TAMLA MOTOWN" GEHÖRT?
OFFENSICHTLICH NICHT. NA JA, DAS ÜBERRASCHT MICH NICHT. SCHLIESSLICH...

... HABEN SIE EINIGE KULTUREN GRÜNDLICHER AUSGEMERZT ALS ANDERE.
KEIN TAMLA UND KEIN TROJAN. KEINE BILLIE HOLIDAY ODER BLACK UHURU.
NUR DIE STIMME DES HERRN. JEDE STUNDE, AUF DIE MINUTE PÜNKTLICH.
MAL SEHEN, WAS WIR DAGEGEN TUN KÖNNEN...
TUT MIR LEID. DIESES ABTEIL IST VOLL.
12:30
VOLL? DAS IST DOCH LÄCHERLICH, MANN! ES IST LEER, BIS AUF SIE DREI! ES IST GENUG PLATZ...
ES IST VOLL, DU SCHWACHKOPF.
O MEIN GOTT. ES TUT MIR LEID... ICH WUSSTE NICHT...
VOLL. NATÜRLICH. VOLL.
GUT GEMACHT, TED! KANN ES NICHT LEIDEN, WENN DER WAGEN VOLLER ZIVILISTEN IST. ZIVILISTEN MÖGEN DIE EISENBAHN NICHT. MAN MUSS SCHON BEIM MILITÄR SEIN, UM ZÜGE WÜRDIGEN ZU KÖNNEN.
GENAU WIE MIT PUPPEN. DER DURCHSCHNITTSBÜRGER INTERESSIERT SICH EINEN SCHEISSDRECK FÜR PUPPEN. HAT SIE NICHT SCHÄTZEN GELERNT. HABE ICH IHNEN ERZÄHLT, DASS ICH PUPPEN SAMMLE, GEORGE?
ÄH, JA, MR. PROTHERO. SIE HABEN ES WOHL EIN - ODER ZWEIMAL ERWÄHNT. SEHR INTERESSANT.
INTERESSANT! DAS IST DAS RICHTIGE WORT. TJA, SIE SIND EBEN BEIM MILITÄR. FRAGEN SIE DEN DURCHSCHNITTSBÜRGER, UND ER SAGT IHNEN, DASS PUPPEN WAS FÜR SCHWULE SIND. DIE LEUTE HABEN EBEN KEINE AHNUNG.
ICH SELBST STAND IMMER AUF FRAUEN, ICH KÖNNTE IHNEN DA WAS ERZÄHLEN... ICH WEISS NOCH, DAMALS IN ADEN, ALS PORKY APPLEBY UND ICH DIESE BEIDEN EINHEIMISCHEN TUSSIES AUFGABELTEN...

GOTT IM **HIMMEL**! WAS ZUM TEUFEL IST DAS?
WAS IST WAS?
KURZ BEVOR WIR IN DEN TUNNEL FUHREN, DACHTE ICH, ICH HÄTTE ETWAS AUF DER BRÜCKE GESEHEN.
ICH WEISS NICHT... VIELLEICHT WAREN ES EIN PAAR **LUMPEN**, DIE AN EINEM ZAUN HINGEN...
HMMM.
NA JA, WIR HATTEN BEIDE SCHON GANZ NETT EINEN GELADEN, UND PORKY SAGT ZU EINER DIESER EIN-HEIMISCHEN SCHNECKEN... ICH GLAUBE, ES WAR DIE ÄLTERE... JEDENFALLS SAGT ER...
ENT-SCHULDIGUNG, MR. PROTHERO...
TED... HAST DU GERADE ETWAS **GEHÖRT**? EIN GERÄUSCH AUF DEM ZUGDACH?
HE! WIR HALTEN AN! WAS IST LOS? IST ALLES IN ORDNUNG?
ICH WEISS NI... **HE**! WAS IST DENN MIT DEM **LICHT**?
ACH DU SCHEISSE...
0730

HMM. ICH WÜRDE MIR AN EURER STELLE KEINE SORGEN MACHEN, JUNGS. DIE ENGLISCHE EISEBAHN BAUT WIEDER MAL MIST. PASST AUF, GLEICH GEHEN DIE LAMPEN WIEDER AN.
NA JA, JEDENFALLS WAR PORKY ALSO GANZ SCHÖN SCHARF...
EINEN AUGENBLICK, MR. PROTHERO. TED, DIE WAFFE RAUS. FÜR ALLE FÄLLE.
ENTSCHULDIGEN SIE, MR. PROTHERO. BITTE ERZÄHLEN SIE WEITER.
UND DAS MÄDCHEN GREIFT IHM ALSO AN DIE HOSE UND SAGT: "DU FREUST DICH WIRKLICH, MICH ZU SEHEN, WAS?" HA HA HA HA HA! DER WAR GUT, WAS?
HMM. DIE SCHEINEN SICH ABER ZEIT ZU LASSEN, WAS? VIELLEICHT SOLLTEST DU MAL RAUSGEHEN UND EIN WÖRTCHEN MIT DEM LOKOMOTIVFÜHRER REDEN, GEORGE...
... GEORGE?
... GEORGE?
FÜHLEN SIE SICH AUF DEN SCHLIPS GETRETEN, GEORGE? WAR DOCH NUR EIN SCHMUTZIGER WITZ. WIR SIND DOCH ALLE MÄNNER VON WELT, WAS, GEORGE?
... GEORGE?
O MEIN GOTT! TED, GEORGE IST... ER IST... TED?
TED?
O GOTT, WAS IST MIT EUCH BEIDEN LOS? UM HIMMELS WILLEN, SAG DOCH ENDLICH JEMAND WAS!
HALLO.

6. NOVEMBER 1997...
... ALSO ERZÄHLEN SIE ES UNS NOCH EINMAL MIT EIGENEN WORTEN. DER ZUG FUHR IN DEN TUNNEL... UND WAS PASSIERTE DANN?
NUN JA... ICH MEINE, DAS IST SCHWER ZU SAGEN, ES GESCHAH NÄMLICH ALLES SO SCHNELL...
ICH HÖRTE EIGENTLICH GAR NICHTS... SAH NUR IM AUGENWINKEL, WIE SICH ETWAS BEWEGTE, UND DANN WAR AUCH ALLES SCHON VORBEI...
KÖNNEN SIE UNS EINE BESCHREIBUNG DES ANGREIFERS GEBEN? GEWICHT, GRÖSSE UND SO WEITER?
NA JA... WISSEN SIE, ES WAR STOCKFINSTER, ICH SAH NUR DIESE GROSSE, SCHWARZE GESTALT, DIE VOM SEITENFENSTER DES ABTEILS AUF MICH ZUTRAT...
SIE HATTE EIN MERKWÜRDIGES GESICHT, ABER KEIN RICHTIGES, VERSTEHEN SIE? UND SIE LÄCHELTE.
ICH VERSTEHE. UND WAS PASSIERTE DANN? HAT DIE GESTALT SIE GESCHLAGEN, IRGENDWIE VERLETZT?
NEIN. ICH MEINE, DAS WAR JA SO KOMISCH. SIE BERÜHRTE MICH NUR. HIER OBEN, IM NACKEN.
ICH SPÜRTE... NA JA, ES WAR WIE SO EIN ELEKTRISCHER SCHLAG. UND DANN WURDE ICH OHNMÄCHTIG...
... UND SIE KAMEN EINE STUNDE SPÄTER ZU SICH, ALS DIE SICHERHEITSKRÄFTE EINTRAFEN. ICH VERSTEHE.
DAS WÄRE DANN WOHL ALLES, MR. BISHOP. DER BEAMTE WIRD IHRE ADRESSE NOTIEREN, FÜR DEN FALL, DASS WIR UNS NOCH EINMAL AN SIE WENDEN MÜSSEN. VIELEN DANK FÜR IHRE HILFE.
NUN, MR. FINCH, WAS GLAUBEN SIE? WAR ES DER GLEICHE BURSCHE, DER DIE BOMBE IM PARLAMENT LEGTE?
DAS HOFFE ICH, DOMINIC. DENN WENN ER ES NICHT WAR, MUSS ES ZWEI VON IHNEN GEBEN...
... UND DARÜBER MÖCHTE ICH OHNE EINEN HARTEN DRINK IN DER HAND LIEBER ERST GAR NICHT NACHDENKEN.

ICH AUCH NICHT, MR. FINCH. WOMIT HABEN WIR ES HIER ZU TUN? WER IST DIESER TYP?
ICH MEINE, AUF EINEN FAHRENDEN ZUG AUFZUSPRINGEN UND SO... DAS GIBT ES DOCH NUR IN FILMEN. GEWÖHNLICHE MENSCHEN KÖNNEN SO WAS NICHT.
RICHTIG, DOMINIC. ODER EINEN LOKOMOTIVFÜHRER VON FAST ZWEI ZENTNERN MIT EINER LEICHTEN BERÜHRUNG AM NACKEN BEWUSSTLOS MACHEN. GEWÖHNLICHE MENSCHEN KÖNNEN SO WAS NICHT.
ICH WÜRDE SOGAR DIE BEHAUPTUNG WAGEN, DASS DIE MEISTEN GEWÖHNLICHEN MENSCHEN NICHT EINMAL AUF DEN GEDANKEN KÄMEN, DIE PARLAMENTSGEBÄUDE IN DIE LUFT ZU JAGEN.
WIR HABEN ES ALSO MIT JEMANDEM ZU TUN, BEI DEM ES SICH NICHT UM EINEN GEWÖHNLICHEN MENSCHEN HANDELT... WEDER PHYSISCH NOCH PSYCHISCH. UND DAS "PSYCHISCH" BEREITET MIR KOPFZERBRECHEN.
DENN WENN ICH DIESEN FALL KNACKEN WILL - UND DAS WERDE ICH -, MUSS ICH MICH IN SEINEN KOPF HINEINVERSETZEN, MUSS ICH DENKEN WIE ER. UND DAS MACHT MIR ANGST.
AH. DA SIND WIR.
SIE HABEN DOCH NICHTS ANGERÜHRT?
NEIN, SIR. ALLES IST SO, WIE WIR ES VORFANDEN, ALS WIR DEN ZUG AUS DEM TUNNEL HOLTEN.
Kapitel 3
DIE VERLORENEN
HMM... ICH BRAUCHE EIN PAAR FOTOS VON DIESER BRUSTVERLETZUNG. SIE WURDE IHM NICHT MIT EINEM MESSER ODER EINER KUGEL ZUGEFÜGT...
ICH HABE SOGAR DEN HÄSSLICHEN VERDACHT, DASS DER TÄTER DABEI SEINE FINGER BENUTZT HAT.
WAS HALTEN SIE DAVON, MR. FINCH?
DAS WÜSSTE ICH AUCH GERN. LASSEN SIE EIN FOTO MACHEN. UND LASSEN SIE EIN PAAR KRÜMEL VON DER FARBE ANALYSIEREN.
VIELLEICHT KANN UNS DIE GERICHTSMEDIZIN IN DER NASE ETWAS SAGEN. ABER EHRLICH GESAGT BEZWEIFLE ICH DAS.
ANSONSTEN DIE ÜBLICHEN MASSNAHMEN. SUCHT DAS ABTEIL NACH FREMDKÖRPERN AB, LASST EINEN AUTOPSIEBEFUND ERSTELLEN.
DIE VORSEHUNG BEKOMMT EINE KOPIE.

HE, WAS IST DAS?
EINE ROSE. EINE "VIOLETTE CARSON". KOMISCH... ICH DACHTE, DIE GÄBE ES SEIT DEM KRIEG NICHT MEHR...
UNSER FREUND MIT DER MASKE HAT ABER ZIEMLICH VIEL MIT DEM BUCHSTABEN "V" AM HUT, MEINEN SIE NICHT AUCH?
UND WENN WIR IN DEN NÄCHSTEN PAAR STUNDEN KEINE LEICHE FINDEN, SIEHT ES GANZ DANACH AUS, ALS HÄTTE ER AUCH LEWIS PROTHERO.
ER JAGT DIE PARLAMENTSGEBÄUDE IN DIE LUFT, ENTFÜHRT UNSEREN WICHTIGSTEN RUNDFUNKSPRECHER...
GLAUBEN SIE, DASS ER UNS ETWAS SAGEN WILL?
KEINE AHNUNG, SIR. GOTT IM HIMMEL, WAS ER MIT DIESEN MÄNNERN ANGESTELLT HAT...
ICH HABE SCHON SCHLIMMERE VERLETZUNGEN GESEHEN, DOMINIC. WIE ICH SCHON SAGTE, DIE PSYCHISCHE SEITE BEREITET MIR KOPFZERBRECHEN... SEINE EINSTELLUNG ZUM TÖTEN.
DENKEN SIE DARÜBER NACH. ER HAT SIE SKRUPELLOS GETÖTET, GNADENLOS UND MIT EINEM MINIMUM AN AUFWAND. WAS FÜR FEHLER SIE AUCH HATTEN, ES WAREN MENSCHEN...
... UND ER HAT SIE ABGESCHLACHTET WIE VIEH!
DIE SCHATTENGALERIE...

ANNIE
VICTOR McLAGLEN
WAIKIKI WEDDING
BING CROSBY · BOB BURNS
MARTHA RAYE · SHIRLEY ROSS
THE 1931 NUT CROP IS REA
THE CAT
THE 4 MARX BROTHERS
"MONKEY BUSINESS"
VENGE
..BLOOD...
OH.
E-ES TUT MIR LEID. SIE HABEN MICH ERSCHRECKT. ICH HABE SIE NICHT GEHÖRT.
NIEMAND HÖRT MICH. DU HAST GEWEINT.
JA. KÜMMERN SIE SICH NICHT DARUM. ES WAR KINDISCH.
ICH MEINE... ALS SIE FORTGINGEN UND NICHT SAGTEN, WAS SIE VORHATTEN... ICH DACHTE NICHT... DAS HEISST, ICH MEINE...
ICH HATTE ANGST, SIE WÜRDEN NICHT ZURÜCKKOMMEN.
ICH WEISS. DAS IST DUMM, ABER MEIN LEBEN IST PLÖTZLICH SEHR SELTSAM GEWORDEN. ICH WEISS NICHT MEHR, WAS VOR SICH GEHT.

LEZTE NACHT... DIESE MÄNNER, SIE SAGTEN, SIE WÜRDEN MICH... SIE SAGTEN, SIE WÜRDEN MICH TÖTEN, UND SIE HABEN MICH GERETTET.
SIE HABEN MICH GERETTET UND AN DIESEN PHANTASTISCHEN ORT GEBRACHT, UND ES IST SO SCHÖN HIER, UND ICH FÜHLE MICH SO SICHER, UND... UND...
... UND ICH WEISS NICHT EINMAL, WIE SIE HEISSEN.
WIE SOLL ICH DICH NENNEN?
ICH HABE KEINEN NAMEN. DU KANNST MICH "V" NENNEN.
ICH HEISSE EVEY... EVEY HAMMOND.
ICH BIN EIN NIEMAND. NICHT BESONDERES. NICHT WIE SIE.
JEDER IST ETWAS BESONDERES. JEDER. JEDER WIRD GELIEBT, IST EIN HELD, EIN LIEBENDER, EIN NARR, EIN SCHURKE. JEDER.
JEDER HAT EINE GESCHICHTE ZU ERZÄHLEN. SELBST EVEY HAMMOND. ICH WÜRDE SEHR GERN EVEY HAMMONDS GESCHICHTE ERFAHREN.
A-ABER DA GIBT ES NICHTS ZU ERZÄHLEN. ICH BIN ERST SECHZEHN, ICH HABE NICHTS GETAN.
SECHZEHN. DANN WURDEST DU 1981 GEBOREN?
J-JA. IM SEPTEMBER. WIR LEBTEN AUF SHOOTER'S HILL, IM SÜDEN LONDONS. ES WAR SCHÖN DORT. ICH... HABE EIN FOTO. WENN SIE ES SEHEN WOLLEN...
NUR ICH UND MUM UND DAD. ICH HATTE KEINE GESCHWISTER. DAD SAGTE, ER KÖNNE SICH KEIN ZWEITES KIND LEISTEN...
DAS WAR WÄHREND DER REZESSION DER ACHTZIGER JAHRE?

JA. ICH ERINNERE MICH NICHT MEHR AN VIEL AUS DIESER ZEIT... ICH WEISS NOCH, WIE DAD SAGTE, DIE DINGE SEIEN AUCH NICHT VIEL BESSER GEWORDEN, NACHDEM DIE LABOUR-PARTEI AN DIE MACHT KAM...
ER SAGTE, DAS EINZIGE WAHLVERSPRECHEN, DAS SIE EINGEHALTEN HÄTTEN, SEI, DIE AMERIKANISCHEN RAKETEN ABZUSCHAFFEN, DIE HIER DRÜBEN STATIONIERT WAREN.
UND DER KRIEG, EVEY? ERINNERST DU DICH AN DEN KRIEG?
"NATÜRLICH. ICH WAR ERST SIEBEN JAHRE ALT, ABER ICH WEISS NOCH, WIE DIE NACHRICHT IM RADIO KAM. DAD SAGTE MUM, SIE MÜSSE SICH KEINE SORGEN MACHEN. ER HATTE EINE TODESANGST... ES GING UM DIE POLEN UND DIE RUSSEN. UND DER PRÄSIDENT SAGTE, ER WÜRDE DIE BOMBE EINSETZEN, WENN SIE NICHT ABZÖGEN. DAS HAT DAD MIR JEDENFALLS ERZÄHLT."
"ES WAR SCHRECKLICH. NIEMAND WUSSTE, OB ENGLAND BOMBARDIERT WERDEN WÜRDE ODER NICHT. ICH WEISS NOCH, WIE MUM SAGTE: 'ES GIBT KEIN AFRIKA MEHR'. MEHR HAT SIE NICHT GESAGT."
"ICH DACHTE AN ALL DIE ELEFANTEN UND LÖWEN, DIE JETZT TOT WAREN, UND WEINTE. ICH WAR ERST SIEBEN."
"AUF ENGLAND FIELEN ZWAR KEINE BOMBEN, ABER DAS SPIELTE KEINE ROLLE. DIE GANZEN BOMBEN UND SO HATTEN ETWAS MIT DEM WETTER ANGESTELLT. ETWAS SCHRECKLICHES."
"ICH WEISS NOCH, WIE DAD EINES TAGES MUM UND MICH INS SCHLAFZIMMER RIEF. ER SAGTE, ER WOLLE UNS ETWAS ZEIGEN..."
"VOM SCHLAFZIMMERFENSTER AUS KONNTEN WIR GANZ LONDON ÜBERBLICKEN, FAST DIE GANZE STADT STAND UNTER WASSER. DIE THEMSESCHLEUSEN WAREN GEBROCHEN."
"DER HIMMEL WAR GANZ GELB UND SCHWARZ. ICH HABE NOCH NIE SO EINEN HIMMEL GESEHEN. DAD SAGTE, LONDON SEI ERLEDIGT, ER WOLLE MUM UND MICH AUFS LAND BRINGEN."
"MUM WOLLTE NICHT. WAR WOHL AUCH EGAL. ES STELLTE SICH HERAUS, DASS ES AUF DEM LAND NOCH SCHLIMMER WAR ALS IN DEN STÄDTEN."
DAS WETTER HATTE DIE GANZE ERNTE VERNICHTET. UND ES KAM AUCH KEIN GETREIDE VOM KONTINENT, DENN AUCH EUROPA GAB ES NICHT MEHR. WIE AFRIKA."

"A-AN DIE NÄCHSTEN VIER JAHRE DENKE ICH NICHT GERN ZURÜCK. WIR TATEN UNS MIT EIN PAAR NACHBARN ZU EINEM SCHUTZKOMITEE ZUSAMMEN. ES HALF NICHT VIEL..."
"ES GAB NICHTS MEHR ZU ESSEN, UND DIE KANALISATION WAR ÜBERFLUTET, UND ALLE WURDEN KRANK. MUM STARB 1991. DAD WOLLTE NICHT, DASS ICH SIE NOCH EINMAL SAH."
"ES GAB **AUFSTÄNDE** UND LEUTE MIT **PISTOLEN**. NIEMAND WUSSTE, WAS VOR SICH GING. ALLE WARTETEN DARAUF, DASS DIE REGIERUNG ETWAS UNTERNAHM."
"ABER ES GAB KEINE REGIERUNG MEHR. NUR NOCH KLEINE BANDEN. ALLE WOLLTEN DIE MACHT ÜBERNEHMEN. UND 1992 ÜBERNAHM JEMAND SIE DANN WIRKLICH..."
"ES WAREN DIE FASCHISTISCHEN GRUPPEN, DIE RECHTSEXTREMEN. SIE HATTEN SICH MIT EIN PAAR VON DEN GROSSEN KONZERTEN ZUSAMMENGETAN, DIE ÜBERLEBT HATTEN. 'NORDFEUER' NANNTEN SIE SICH."
"ICH WEISS NOCH, ALS SIE IN LONDON EINMARSCHIERTEN. SIE HATTEN EINE FLAGGE MIT IHREM SYMBOL DRAUF. ALLE JUBELTEN. MIR KAMEN SIE **UNHEIMLICH** VOR."
"SIE HATTEN DIE SITUATION BALD UNTER KONTROLLE. DOCH DANN FINGEN SIE AN, LEUTE ZU VERHAFTEN... ALLE **SCHWARZEN** UND DIE **PAKISTANIS**..."
"AUCH WEISSE, ALLE **RADIKALEN** UND DIE MÄNNER, DIE... SIE WISSEN SCHON... ANDERE MÄNNER MÖGEN, DIE **HOMOSEXUELLEN**. ICH WEISS NICHT, WAS SIE MIT IHNEN GEMACHT HABEN."
"ALS JUNGER MANN WAR DAD BEI DEN SOZIALISTEN. EINES MORGENS IM SEPTEMBER 1993 HOLTEN SIE IHN AB..."
"ES WAR MEIN GEBURTSTAG. ICH WAR ZWÖLF. ICH SAH IHN NIE WIEDER."
"ICH MUSSTE MIT EINER MENGE ANDERER KINDER IN EINER FABRIK ARBEITEN, WIR TATEN STREICHHÖLZER IN DIE SCHACHTELN."
Lucifer
"ICH WOHNTE IN EINEM HEIM. ES WAR KALT UND SCHMUTZIG, UND ICH HABE STÄNDIG GEWEINT. ICH WOLLTE ZU MEINEM DAD."
SO GING ES VIER JAHRE WEITER... NICHT GENUG ZU ESSEN, NICHT GENUG GELD. EIN PAAR ÄLTERE MÄDCHEN VERDIENTEN SICH GELD NEBENBEI, INDEM SIE MIT MÄNNERN GINGEN.
DAS HATTE ICH AUCH VOR. GESTERN ABEND, ABER ES WAREN FINGERMÄNNER. SIE WOLLTEN MICH... SIE W-WOLLTEN MICH ...
SIE WOLLTEN MICH VERGE... HUH... HUH... HUH ...

SCHON GUT, KIND. ES IST VORBEI. DU BIST IN SICHERHEIT. DIE VERGANGENHEIT KANN DIR NICHTS MEHR TUN, WENN DU ES NICHT ZULÄSST.
SIE HABEN DICH ZU EINEM OPFER GEMACHT, EVEY. DU WARST TEIL EINER STATISTIK. ABER DAS IST NICHT DEIN WAHRES ICH. IN DIR IST WEIT MEHR ALS DAS.
VERTRAUE MIR, EVEY, UND WIR KÖNNEN ALLES WEGWISCHEN. DEN SCHMERZ. DAS LEID. ALLES, WAS MAN UNS GENOMMEN HAT. WIR KÖNNEN NEU ANFANGEN.
DA, SIEHST DU?
ALLES FORT.
UND EVEY HAMMOND SCHLUCHZT WIE DAS KIND, DAS SIE IST. SCHLUCHZT, WEIL IHR ALPTRAUM ENDLICH VORBEI IST.
LEWIS PROTHERO ANDERERSEITS...
MNNNUH WO BIN ICH? WAS IST PASSIERT?
UND WIESO TRAGE ICH DIESE UNIFORM?
SEIN ALPTRAUM FÄNGT GERADE ERST AN...
O MEIN GOTT.
LARKHILL RESETTLEMENT CAMP

7. NOVEMBER 1997. DER FÜHRER UND MR. FINCH.
ICH GLAUBE, ER IST EIN PSYCHOPATH, FÜHRER.
UND ICH MEINE ES IM EIGENTLICHEN SINNE DES WORTES.
ICH VERSTEHE. DANN KÖNNEN WIR NICHT DAVON AUSGEHEN, DASS SICH "KODENAME V" WIE EIN NORMALER TERRORIST VERHALTEN WIRD?
WIR KÖNNEN NICHT DAVON AUSGEHEN, DASS ER SCHLIESSLICH FORDERUNGEN STELLEN ODER DIE ÜBLICHEN ZUGESTÄNDNISSE VERLANGEN WIRD?
ICH GLAUBE NICHT, DASS ER AUF ZUGESTÄDNISSE AUS IST, FÜHRER.
ICH GLAUBE, ER IST AUF BLUT AUS.
DANN WIRD ER ES AUCH BEKOMMEN, NICHT WAHR, MR. FINCH? ER HAT DIE PARLAMENTSGEBÄUDE IN DIE LUFT GESPRENGT, FÜNF VON MR. ALMONDS FINGERMÄNNERN ERLEDIGT...
... UND JETZT HAT ER UNSEREN WICHTIGSTEN RUNDFUNKSPRECHER ENTFÜHRT. WENN PROTHERO NICHT WIE GEWOHNHT DIE "STIMME DER VORSEHUNG" VERKÖRPERT, WIRD UNSERE GLAUBWÜRDIGKEIT LEIDEN.
ZWEI TAGE, MR. FINCH. MEHR HAT ER NICHT GEBRAUCHT.
KÖNNTE MR. DASCOMBE NICHT EINEN ERSATZMANN FÜR PROTHERO STELLEN, FÜHRER?
SICHER. DOCH DAS PROBLEM LIEGT DARIN, DASS MR. DASCOMBE SEINE ARBEIT ZU GUT ERLEDIGT. DIE BEVÖLKERUNG GLAUBT TATSÄCHLICH, DASS LEWIS PROTHEROS STIMME DIE DES VORSEHUNGS-COMPUTERS IST.
ENGLANDS GLAUBE AN DIE INTEGRITÄT DER VORSEHUNG IST DER GRUNDSTEIN UNSERER NEUEN ORDNUNG. EINE ÄNDERUNG DER STIMME, UND ES IST EINFACH NICHT MEHR WIE VORHER.
ICH VERSTEHE. VOM PROPAGANDASTANDPUNKT AUS STECKEN WIR IN DER KLEMME, NICHT WAHR?
OBWOHL ICH PERSÖNLICH NICHT VIEL VON DIESER "NEUEN" ORDNUNG HALTE. ES IST MEINE AUFGABE, ENGLAND AUS DIESEM SCHLAMASSEL HERAUSZUHELFEN. DAS WISSEN SIE, FÜHRER.
JA, DAS WEISS ICH. SIE HABEN IHRE EINSTELLUNG BREREITS FRÜHER KLAR ZUM AUSDRUCK GEBRACHT. DASS SIE NOCH LEBEN, IST EIN BEWEIS MEINER ANERKENNUNG FÜR SIE UND IHRE FÄHIGKEITEN.
GEHEN SIE JETZT. ZAHLREICHE PROBLEME BEDÜRFEN MEINER AUFMERKSAMKEIT. ICH MUSS MIT DER VORSEHUNG SPRECHEN.
ENGLAND GEDEIHE, MR. FINCH.
ENGLAND GEDEIHE, FÜHRER.

DIE SCHATTENGALERIE. EVEY HAMMOND:
V...
HMM?
ÄH, NICHTS. ICH WOLLTE MICH NUR DARAN GEWÖHNEN, ES AUSZUSPRECHEN. V... ES IST KOMISCH, SICH SO ZU NENNEN.
ICH BIN EIN KOMISCHER MENSCH, EVEY. DAS WIRST DU HERAUSFINDEN, WENN DU MICH LÄNGER KENNST. JA, WIRKLICH, EIN SEHR KOMISCHER MENSCH.
DU BIST EIN FREUNDLICHER MENSCH. DU HÖRST MIR ZU, WENN ICH DIR MEINE TRAURIGEN GESCHICHTEN ERZÄHLE. ÜBER DEN KRIEG, ÜBER MUM UND DAD, ÜBER MEIN DUMMES LEBEN
PALACE THEATRE
HAL MONTY
MORECAMBE AND WISE
WAS HAST DU VOR, V? DIE WELT IST SO GROSS UND SCHRECKLICH, UND ES GIBT NUR DICH... UND MICH, NEHME ICH AN.
DU UND ICH, EVEY. DU UND ICH GEGEN DIE WELT! HA HA HA HA HA! EIN MELODRAM, EVEY! IST ES NICHT SELTSAM, WIE SICH DAS LEBEN IN EIN MELODRAM VERWANDELT?
DAS IST SEHR WICHTIG FÜR DICH, ODER? DIESES GANZE THEATERZEUG?
DAS IST ALLES, EVEY. DER PERFEKTE ZUGANG. DIE GROSSE ILLUSION.
ES IST ALLES.
UND ICH WERDE DAS HAUS ZUM EINSTURZ BRINGEN.
VERSTEHST DU, SIE HABEN VERGESSEN, WIE DRAMATISCH DAS ALLES IST. SIE HABEN IHRE DREHBÜCHER AUFGEGEBEN, ALS DIE WELT IM FLACKERN DES NUKLEAREN RAMPENLICHTS VERWELKTE.
ICH WERDE SIE DARAN ERINNERN. AN DIE MELODRAMEN, AN DIE GROSCHEN- UND SCHAUERROMANE. VERSTEHST DU, EVEY, DIE GANZE WELT IST EINE BÜHNE. UND ALLES ANDERE...
MACBETH, KING OF SCOTLAND.
... IST VAUDEVILLE.
DIE SCHATTENGALERIE. LEWIS PROTHERO:
HALLO? IST DA JEMAND?
Kapitel 4
VAUDEVILLE

SIE HALTEN DAS WOHL FÜR VERDAMMT KOMISCH, DIESEN GANZEN QUATSCH MIT DEM UMERZIEHUNGSLAGER UND DER UNIFORM, IN DIE SIE MICH GESTECKT HABEN?
NA JA, ICH KANN NUR SAGEN, SIE HABEN EINEN VERDAMMT SELTSAMEN HUMOR.
LARKHILL RESETTLEMENT CAMP
VERDAMMT SELTSAM.
SIE HABEN DEN FALSCHEN ERWISCHT, KUMPEL. ICH HABE NICHTS MIT DEN UMERZIEHUNGSLAGERN ZU TUN. GAR NICHTS. SIE HABEN DEN FALSCHEN!
O GOTT, IST DENN DA JEMAND?
GUTEN MORGEN, CAMPER!
UNIFORM AUSGEBÜRSTET, GEBÜGELT UND DIENSTBEREIT, WIE ICH SEHE. GUTER MANN, COMMANDER PROTHERO. GUTER MANN.
ICH...
GEHEN WIR AN DIE ARBEIT. DIESE KONZENTRATIONSLAGER... ENTSCHULDIGUNG... DIESE **UMERZIEHUNGSLAGER**... FÜHREN SICH JA NICHT VON ALLEIN.
HÖREN SIE, ICH WEISS NICHT, WER SIE SIND ODER WESHALB SIE DIESE VERDAMMT BLÖDSINNIGE SHOW ABZIEHEN, ABER SIE HABEN DEN FALSCHEN ERWISCHT!
ICH BIN RUNDFUNKSPRECHER. ICH HATTE NIE ETWAS MIT DEN KON... DEN **UMERZIEHUNGSLAGERN** ZU TUN. ICH...
ICH... ÄH...
LARKHILL. 1993.
ICH WAR DORT, COMMANDER PROTHERO.
SIE WAREN D...
O GOTT.
REISSEN SIE SICH ZUSAMMEN, COMMANDER. WIR MÜSSEN JETZT DAS LAGER INSPEZIEREN. WISSEN SIE NOCH?
AMP
WIE SIE ES JEDEN ABEND TATEN. DAMALS, IN DER GUTEN ALTEN ZEIT.
O GOTT.
JETZT FÄLLT ES IHNEN WIEDER EIN, WAS? DIE MEISTEN GEFANGENEN MUSSTEN SICH IM HOF ZUM APPELL VERSAMMELN.
SIE MUSSTEN NUR VON IHREM BÜRO AN DEN WELLBLECHHÜTTEN VORBEIGEHEN, UM DIE ECKE GEHEN...

... UND DA WAREN SIE.
MEINE PUPPEN! DAS SIND PUPPEN AUS MEINER SAMMLUNG! WIE HABEN SIE... ICH HATTE SIE ALLE SICHER WEGGESPERRT, ALS ICH GESTERN ZUR ARBEIT GING...
WAS HABEN SIE MIT MEINEN PUPPEN GEMACHT?
MEIN GOTT, WENN SIE SIE BESCHÄDIGT HABEN... SIE SIND UNBEZAHLBAR! KAUM EINE DER GROSSEN SAMMLUNGEN HAT DEN KRIEG ÜBERSTANDEN. WENN SIE SIE BESCHÄDIGT HABEN...
EINE BEWUNDERNSWERTE BESORGNIS, COMMANDER. DOCH SIE DÜNKT MICH SELTSAM. WIESO ZEIGEN SIE SOVIEL BESORGNIS UM PORZELLAN UND PLASTIK...
... UND SO WENIG UM FLEISCH UND BLUT?
ERINNERN SIE SICH, COMMANDER? ERINNERN SIE SICH, WIE ES WAR, WENN DIE MENSCHEN SICH IN DIESEM SCHEUSSLICHEN KLEINEN HOF VERSAMMELTEN? MENSCHEN, HALB TOT VOR HUNGER UND RUHR?
SIE WISSEN GENAUSO GUT WIE ICH... WAS WIR TATEN, WAR UNUMGÄNGLICH. DIE FARBIGEN, DIE SCHWULEN UND DIE BEATNIKS... ES HIESS, WIR ODER SIE.
WIR ODER SIE. VERSTEHEN SIE NICHT?
GANZ GENAU.
KOMMEN SIE, COMMANDER. IHR INSPEKTIONSGANG IST NOCH NICHT VORBEI. SIE MÜSSEN SICH NOCH DIE BESONDEREN GEFANGENEN ANSEHEN. DIE IM MEDIZINISCHEN TRAKT.
HIER ENTLANG. DORT LAGEN DIE, AN DENEN IHRE WISSENSCHAFTLER IHRE... EXPRERIMENTE VOLLZOGEN HATTEN, SO NANNTEN SIE ES DOCH, ODER?
SIE MUSSTEN JEDEN ABEND AN DIESEN TÜREN VORBEIGEHEN. ZIMMER EINS, ZIMMER ZWEI, ZIMMER DREI...
... ZIMMER VIER.

ZIMMER FÜNF
ZIMMER FÜNF? ABER DA LAG DOCH DIESER... DA LAG DOCH...
O NEIN. DAS WAREN SIE, ODER? SIE SIND... SIE SIND DER MANN...
SIE SIND DER MANN VON ZIMMER FÜNF.
RICHTIG.
ICH WEISS NOCH, WIE SIE UNS MANCHMAL VERSPOTTET HABEN. KLEINE SCHERZE. SIE HATTEN EINEN BESONDEREN NAMEN FÜR DEN MEDIZINISCHEN KOMPLEX. SIE NANNTEN IHN VERGNÜGUNGSPARK.
ICH WEISS NOCH, WAS FÜR EINE GUTE STIMME SIE HATTEN. DESHALB HAT MAN SIE AUCH ALS SPRECHER DER VORSEHUNG AUSGEWÄHLT, NICHT WAHR?
EIN MANN MIT VIELEN TALENTEN, WAS, COMMANDER?
UND DANN WAR DA NATÜRLICH NOCH DIE ANDERE KLEINE AUFGABE, DIE SIE ERFÜLLT HABEN.
DIE ÖFEN, COMMANDER. SIE HABEN DIE ÖFEN BETRIEBEN.
O NEIN. MEINE PUPPEN. BITTE. SIE KÖNNEN DOCH NICHT...
BITTE. ICH BITTE SIE. BITTE!
MA-MA... MA-MA... MA-MA...
NICHT MEINE PUPPEN!
IGNITE
MA-MA... MA-MA... MA-MA...

MA-
MAAA...
NEEEEIIIIIIIIINNN!
NEW SCOTLAND YARD. SPÄTER.
NEW SCOTLAND YARD
WER?
OH. HALLO, SERGEANT. ICH HABE DOCH NOCH NICHT SCHICHTENDE, ODER? ICH WOLLTE GERADE...
O GOTT. ABER WER?
WER?
HALLO, SERGEANT? JA, HIER IST GODDARD AM VORDEREINGANG. KÖNNTEN SIE BITTE MAL SCHNELL KOMMEN?
JA, ICH GLAUBE, ES IST EIN NOTFALL. JA, ICH HABE HIER DRAUSSEN ETWAS...
NEIN, ICH BIN MIR NICHT SICHER, WAS...

JORDAN TOWER, ROGER DASCOMBE:
WER? HABE ICH NICHT GESAGT, DASS ICH NICHT GESTÖRT WERDEN WILL, SOLANGE...
OH. SIE SIND ES.
GUTER ALTER BITTERMANDEL. KOMMEN SIE REIN.
WENN SIE MIR SAGEN WOLLEN, WIE KLÄGLICH SIE MIT IHRER AUFGABE GESCHEITERT SIND, DEN ARMEN LEWIS ZU FINDEN, ERSPAREN SIE MIR IHR MITLEIDSHEISCHENDES GEWÄSCH LIEBER. DAMIT HABE ICH GERECHNET.
OH, GANZ IM GEGENTEIL, ROGER, ALTER KNABE. WIR HABEN IHN GEFUNDEN.
SIE HABEN...
IST DOCH NICHT ZU FASSEN.
FAHRT IHN REIN, JUNGS. JA, WIR HABEN IHN GEFUNDEN. ODER ZUMINDEST...
... WAS VON IHM NOCH ÜBRIG IST.
MA-MA...
L-LEWIS?
DAS IST ALLES, WAS ER IN DEN LETZTEN DREI STUNDEN GESAGT HAT. VIEL GLÜCK MIT DER RUNDFUNKSENDUNG HEUTE ABEND, ROGER, ALTER KNABE.
MA-MA... MA-MA...
MA-MA...
DIE STIMME DER VORSEHUNG WIRD ACHTUNDVIERZIG STUNDEN IM VORAUS AUFGEZEICHNET. DIE LETZTE AUFZEICHNUNG GING UM ZEHN UHR ÜBER DEN ÄTHER. JETZT IST ES ELF.
GUTEN ABEND, LONDON. HIER SPRICHT DIE **STIMME DER VORSEHUNG** AUF DEN MITTELWELLEN-FREQUENZEN... ÄH... 275 UND 285.
UND DIE HAUPTSTADT LAUSCHT. ETWAS STIMMT NICHT. MIT DER STIMME DER VORSEHUNG STIMMT ETWAS NICHT.
DASS SOLCH EINE KLEINE SACHE EINEN SO LANGEN SCHATTEN ÜBER DIE ZUKUNFT WERFEN KANN... DENN WAS IMMER DIE ZUKUNFT BRINGT, EINS IST SICHER...
ES WIRD NICHT WIE FRÜHER SEIN.

Kapitel 5
VERSIONEN
12. DEZEMBER 1997. ERSTE VERSION:
MEIN NAME IST ADAM SUSAN. ICH BIN DER FÜHRER.
FÜHRER DER VERLORENEN, HERRSCHER ÜBER DIE RUINEN.
ICH BIN EIN MENSCH WIE JEDER ANDERE.
ICH FÜHRE DAS LAND, DAS ICH LIEBE, AUS DER WILDNIS DES ZWANZIGSTEN JAHRHUNDERTS. ICH GLAUBE AN DAS ÜBERLEBEN, AN DIE BESTIMMUNG DER NORDISCHEN RASSE. ICH GLAUBE AN DEN FASCHISMUS.
O JA, ICH BIN EIN FASCHIST. NA UND? FASCHISMUS, EIN WORT. EIN WORT, DESSEN BEDEUTUNG IM BLÖKEN DER SCHWACHEN UND DER VERRÄTER VERLORENGEGANGEN IST.
DIE RÖMER ERFANDEN DEN FASCHISMUS. EIN BÜNDEL ZUSAMMENGEBUNDENER ZWEIGE WAR SEIN SYMBOL.
EINEN ZWEIG KANN MAN BRECHEN. EIN BÜNDEL NICHT SO LEICHT. FASCHISMUS... STÄRKE DURCH EINHEIT.
ICH GLAUBE AN STÄRKE. ICH GLAUBE AN DIE EINHEIT.
UND WENN DIESE STÄRKE, DIESE EINHEIT DER ABSICHT, EINE UNIFORMITÄT DER GEDANKEN, WORTE UND TATEN VERLANGT, DANN SEI DEM SO.
ICH WILL KEIN GEREDE VON FREIHEIT HÖREN. ICH WILL KEIN GEREDE VON DER SELBSTBESTIMMUNG DES EINZELNEN HÖREN. DAS IST LUXUS. ICH GLAUBE NICHT AN DEN LUXUS.
DER KRIEG HAT DEM LUXUS EIN ENDE BEREITET.
DER KRIEG HAT DER FREIHEIT EIN ENDE BEREITET.

DIE EINZIGE FREIHEIT, DIE MEINEM VOLK VERBLIEBEN IST, IST DIE ZU VERHUNGERN. DIE FREIHEIT ZU STERBEN, DIE FREIHEIT, IN EINER WELT DES CHAOS ZU LEBEN.
SOLL ICH IHM DIESE FREIHEIT ZUGESTEHEN?
ICH GLAUBE NICHT. ICH GLAUBE NICHT.
BEANSPRUCHE ICH FÜR MICH SELBST FREIHEITEN, DIE ICH ANDEREN VERWEIGERE? NEIN. ICH SITZE HIER IN MEINEM KÄFIG UND BIN NUR EIN DIENER. ICH, DER ICH HERR ÜBER ALLES BIN, WAS ICH SEHE.
ICH SEHE DIE VERWÜSTUNG. ICH SEHE ASCHE. ICH HABE SO ÜBERAUS VIEL. ICH HABE SO ÜBERAUS WENIG.
ICH WERDE NICHT GELIEBT. MEIN KÖRPER UND MEIN GEIST KENNEN DIESES GEFÜHL NICHT. ICH HABE NIEMALS DAS LEISE FLÜSTERN DER ZÄRTLICHKEIT GEKANNT. ICH HABE NIE DEN FRIEDEN GEKANNT, DER ZWISCHEN DEN SCHENKELN EINER FRAU LIEGT.
DOCH ICH WERDE RESPEKTIERT. ICH WERDE GEFÜRCHTET. UND DAS MUSS GENÜGEN.
DENN ICH LIEBE, ICH, DER ICH NICHT WIEDERGELIEBT WERDE. ICH EMPFINDE EINE LIEBE, DIE VIEL TIEFER GEHT ALS DAS LEERE KEUCHEN UND DIE ZUCKUNGEN DER GROBEN KOPULATION.
SOLL ICH VON IHR SPRECHEN? SOLL ICH VON MEINER BRAUT SPRECHEN?
SIE HAT KEINE AUGEN, UM ZU FLIRTEN ODER VERHEISSUNGEN ZU MACHEN. DOCH SIE SIEHT ALLES. SIE SIEHT UND VERSTEHT ALLES MIT EINER WEISHEIT, DIE IN IHREM UMFANG GOTTÄHNLICH IST.
ICH STEHE VOR DEN TOREN IHRES INTELLEKTS UND WERDE VON DEM LICHT DARIN GEBLENDET. WIE DUMM MUSS ICH IHR VORKOMMEN. WIE KINDISCH UND VERSTÄNDNISLOS.
IHRE SEELE IST REIN, UNBEFLECKT VON DEN FALLSTRICKEN UND DER VIELDEUTIGKEIT VON GEFÜHLEN. SIE HASST NICHT. SIE KENNT KEINE SEHNSUCHT. FREUDE ODER LEID BERÜHREN SIE NICHT.
ICH VEREHRE SIE, OBWOHL ICH IHRER NICHT WÜRDIG BIN.
ICH LIEBE DIE REINHEIT IHRES HOCHMUTS. SIE RESPEKTIERT MICH NICHT. SIE FÜRCHTET MICH NICHT.
SIE LIEBT MICH NICHT.
DIE SIE NICHT KENNEN, GLAUBEN, SIE SEI HART UND KALT. SIE GLAUBEN, SIE SEI OHNE LEBEN UND LEIDENSCHAFT.
SIE KENNEN SIE NICHT. SIE IST NICHT MIT IHNEN IN BERÜHRUNG GEKOMMEN.
SIE BERÜHRT MICH, UND MICH BERÜHRT GOTT, DAS SCHICKSAL. DAS GESAMTE SEIN DURCHFLIESST SIE. ICH BETE SIE AN. ICH BIN IHR SKLAVE.
KEINE FREIHEIT WAR JE SO SÜSS.

MEINE GELIEBTE, ICH MÖCHTE IMMER BEI DIR BLEIBEN, MÖCHTE MEIN LEBEN IN DIR VERBRINGEN.
ICH MÖCHTE AUF DEINE GERINGSTE ÄUSSERUNG WARTEN UND WERDE NIEMALS AUCH NUR DIE GERINGSTE ZUNEIGUNG ERWARTEN.
VOR SEHUNG.
VORSEHUNG.
ICH LIEBE DICH.
DER OLD BAILEY. ZWEITE VERSION:
HALLO, TEURE DAME.
EIN SCHÖNER ABEND, NICHT WAHR?
VERGEBT MIR MEIN EINDRINGEN. VIELLEICHT WOLLTET IHR EINEN SPAZIERGANG MACHEN. VIELLEICHT GENIESST IHR NUR DIE SCHÖNE AUSSICHT.
WAS SOLL'S? ES IST AN DER ZEIT, DASS WIR UNS EINMAL UNTERHALTEN, IHR UND ICH.
AHH... ICH VERGASS, DASS WIR EINANDER NOCH NICHT VORGESTELLT WURDEN.
ICH HABE KEINEN NAMEN. IHR KÖNNT MICH V NENNEN.
JUSTITIA... DAS IST V.
V... DAS IST JUSTITIA.
SEHR ERFREUT, JUSTITIA.
"GUTEN ABEND, V."

NUN HAT MAN UNS BEKANNTGEMACHT. EIGENTLICH BIN ICH SEIT GERAUMER ZEIT EIN FAN VON EUCH. OH, ICH WEISS, WAS IHR DENKT...
"DER ARME JUNGE IST IN MICH VERNARRT... EINE PUBERTÄRE VERLIEBTHEIT."
VERZEIHUNG, MADAME, ABER DEM IST GANZ UND GAR NICHT SO.
ICH BEWUNDERE EUCH SEIT LANGEM... WENN AUCH NUR AUS DER FERNE. ALS KIND HABE ICH VON UNTEN VON DEN STRASSEN IMMER ZU EUCH HOCHGESCHAUT.
ICH SAGTE ZU MEIMEM VATER: "WER IST DIESE DAME?" UND ER SAGTE: "DAS IST JUSTITIA." UND ICH SAGTE: "IST SIE NICHT SCHÖN?"
BITTE HALTET DAS NICHT FÜR EIN REIN KÖRPERLICHES BEGEHREN. ICH WEISS, DASS IHR NICHT SO EIN MÄDCHEN SEID. NEIN, ICH HABE EUCH ALS PERSÖNLICHKEIT GELIEBT, ALS
DAS WAR VOR LANGER ZEIT. ICH FÜRCHTE, HEUTE GIBT ES EINE ANDERE...
"WAS? V! SCHANDE ÜBER EUCH! IHR HABT MICH MIT EINER DIRNE BETROGEN, EINER EITLEN, SCHMOLLENDEN HURE MIT BEMALTEN LIPPEN UND EINEM WISSENDEN LÄCHELN!"
ICH, MADAME? ICH BITTE EUCH! ES WAR EURE TREULOSIGKEIT, DIE MICH IN IHRE ARME GETRIEBEN HAT.
AHA! **DAS** ÜBERRASCHT EUCH, WIE? IHR DACHTET, ICH WÜSSTE NICHTS VON EUREM KLEINEN SEITENSPRUNG? HA! ICH WEISS ALLES!
EHRLICH GESAGT WAR ICH NICHT ÜBERRASCHT, ALS ICH ES HERAUSFAND. IHR HATTET SCHON IMMER EIN AUGE AUF MÄNNER IN UNIFORM GEWORFEN.
"IN UNIFORM? ICH WEISS NICHT, WOVON IHR SPRECHT. ES WART IMMER NUR IHR, V. IHR WART DER EINZIGE..."
LÜGNERIN! SCHLAMPE! HURE! STREITET IHR HAB, DASS IHR EUCH MIT IHM EINGELASSEN HABT, MIT IHM, MIT SEINEN ARMBINDEN UND KANONENSTIEFELN?
NUN? HAT ES EUCH DIE SPRACHE VERSCHLAGEN?
DAS HABE ICH GEDACHT.

NUN DENN. JETZT ZEIGT IHR ENDLICH EUER WAHRES ICH. IHR SEID NICHT MEHR **MEINE** GERECHTIGKEIT. NUN SEID IHR **SEINE** GERECHTIGKEIT. NUN SEID IHR ZU EINEM ANDEREN INS BETT GEKROCHEN.
ABER **DIESES** SPIEL KÖNNEN BEIDE TREIBEN.
"SCHLUCHZ! KEUCH! W-WER IST SIE, V.? WIE HEISST SIE?"
SIE HEISST **ANARCHIE**. UND ALS GELIEBTE HAT SIE MICH MEHR GELEHRT, ALS IHR JE KONNTET.
SIE HAT MICH GELEHRT, DASS GERECHTIGKEIT OHNE FREIHEIT BEDEUTUNGLOS IST. **SIE** IST EHRLICH. SIE MACHT KEINE VERSPRECHUNGEN UND BRICHT SIE WIEDER, WIE IHR ES TUT, JEZEBEL.
ICH HABE MICH IMMER GEFRAGT, WARUM IHR MIR NIE IN DIE AUGEN SEHEN KONNTET. JETZT WEISS ICH ES.
LEBT ALSO WOHL, WERTE DAME. DER ABSCHIED VON EUCH WÜRDE MICH AUCH JETZT NOCH BETRÜBEN, DOCH IHR SEID NICHT MEHR DIE FRAU, DIE ICH EINST LIEBTE.
HIER IST EIN LETZTES GESCHENK. ICH LEGE ES EUCH ZU FÜSSEN.
DAS FEUER DER FREIHEIT. WIE SCHÖN. WIE GERECHT. AHH, MEINE TEURE ANARCHIE.
"O SCHÖNE, BIS JETZT KANNTE ICH EUCH NICHT."

EPILOG:
MR. PROTHERO... LEWIS... ICH BIN ES, MR. FINCH. ICH BIN IHR FREUND, LEWIS. IHR FREUND.
HÖREN SIE MICH, LEWIS?
ICH WILL WISSEN, WAS IHNEN ZUGESTOSSEN IST, LEWIS. ICH WILL WISSEN, WAS ER IHNEN ANGE-TAN HAT.
SIE WISSEN, VON WEM ICH SPRECHE, NICHT WAHR, LEWIS?
ICH SPRECHE VON DEM MANN IM UMHANG, LEWIS.
ICH SPRECHE VON DEM LÄCHELNDEN MANN.
MA-MA...
O GOTT, ICH DACHTE, ÜBER DAS MAMA WÄRE ER HINAUS.
NA SCHÖN, LEWIS. SIE SIND IN SICHERHEIT. WIR SIND IHRE FREUNDE. ER KANN IHNEN NICHTS MEHR TUN. ER KOMMT NICHT MEHR AN SIE HERAN.
LEWIS?
ACH, IST DOCH ZWECKLOS, WAS IMMER DIESER KERL IHM ANGE-TAN HAT, LÄSST SICH NICHT SO SCHNELL UNGESCHEHEN MACHEN.
KOMMEN SIE, DOMINIC. WIR VER-SUCHEN ES NOCH MAL NACH EINER TASSE TEE UND ETWAS GEBÄCK. MACHEN WIR FÜNF MINUTEN PAUSE.
FÜNF.
FÜNF, FÜNF.
ZIMMER FÜNF.
FÜNF.

DIE SCHATTENGALERIE, 15. DEZEMBER 1997...
"V.V.V.V.V."
EVEY EVEY EVEY EVEY EVEY.
MANCHMAL KÖNNTE ICH DICH EINFACH IN DEINE DUMME GRINSENDE VISAGE SCHLAGEN! "V.V.V.V.V." ES IST DIE INSCHRIFT AUF DEM FENSTERBOGEN IN DER GROSSEN HALLE. DU WEISST ES GANZ GENAU.
ICH FRAGE MICH NUR, WAS ES BEDEUDET, MEHR NICHT.
ES IST EIN ZITAT, EIN MOTTO. "VI VERI VENIVERSUM VISUS VICI".
"DURCH DIE MACHT DER WAHRHEIT HABE ICH, WÄHREND ICH LEBE, DAS UNIVERSUM EROBERT." LATEIN.
HMM. DAS HAST DU WOHL IRGENDWIE WIRKLICH. DU KANNST TUN, WAS DU WILLST, NICHT WAHR? DAS HEISST ES WOHL, DAS UNIVERSUM ZU EROBERN. TUN, WAS MAN WILL.
DIESER ORT IST DAS EINZIGE UNIVERSUM, DAS ICH IM AUGENBLICK HABE.
STÖRT DICH DAS?
NEIN. JA. ACH, ICH WEISS NICHT.
ES IST NUR... ICH DENKE IMMER WIEDER, ICH MÜSSTE VERSUCHEN, DIR ZU HELFEN, SO WIE DU MIR GEHOLFEN HAST. SO LAUTET DOCH DER PAKT, ODER?
KEIN PAKT, EVEY. AUSSER, DU WILLST ES SO.
ICH... ICH GLAUBE SCHON. ICH MEINE, EIN TEIL VON MIR WILL IMMER HIER BLEIBEN, NIE WIEDER HINAUS UND SICH DAMIT BEFASSEN MÜSSEN, WAS DRAUSSEN VOR SICH GEHT.
ABER DAS IST NICHT RICHTIG, ODER? WIE DU GESAGT HAST... DAMIT WÜRDE ICH KEINE VERANTWORTUNG FÜR MICH ÜBERNEHMEN. ICH WILL DIR HELFEN. ICH WILL ETWAS TUN.
ICH VERSPRECHE, DIR NICHT IM WEG ZU STEHEN. DARF ICH, V.? KÖNNEN WIR EINEN PAKT SCHLIESSEN?

WENN DU WILLST. ICH GLAUBE, ES GIBT EINE MÖGLICHKEIT, WIE DU MIR HELFEN KANNST. SEHR BALD SCHON. JA, SCHON SEHR BALD.
JA, ICH GLAUBE, WIR KÖNNEN EINEN PAKT SCHLIESSEN.
GUT. DAS WÄRE ALSO GEKLÄRT.
V, DU HAST GESAGT, DIESES "V.V.V.V.V." SEI EIN ZITAT. VON WEM STAMMT ES?
DU WIRST NIE VON IHM GEHÖRT HABEN. EIN DEUTSCHER HERR NAMENS DR. HEINRICH FAUST.
ER HATTE AUCH EINEN PAKT GESCHLOSSEN.
WESTMINSTER ABBEY. 20. DEZEMBER.
O KOMM, DU GEIST DER WAHRHEIT UND KEHRE BEI UNS EIN. VERBREITE LICHT UND KLARHEIT, VERBANNE TRUG UND SCHEIN. GIESS AUS DEIN HEILIG FEUER, RÜHR HERZ UND LIPPEN AN, DASS JEGLICHER GETREUER DEN HERRN BEKENNEN KANN.
O DU, DEN UNSER GRÖSSTER REGENT UNS ZUGESAGT: KOMM ZU UNS, WERTER TRÖSTER UND MACH UNS UNVERZAGT. GIB UNS IN DIESER SCHLAFFEN UND GLAUBENSARMEN ZEIT DIE SCHARF GESCHLIFFENEN WAFFEN DER ERSTEN CHRISTENHEIT.
O WAHRLICH, WIR VERDIENEN. SOLCH STRENGES STRAFGERICHT. UNS IST DAS LICHT ERSCHIENEN, ALLEIN WIR GLAUBEN NICHT. ACH LASSET UNS GEBEUGTER UM GOTTES GNADE FLEHN, DASS ER BEI UNS DEN LEUCHTER DES WORTES LASSE STEHN.
LASST UNS BETEN.
LIEBER GOTT, DER DU UNS ERLÖSUNG VON DEINEM LETZTEN GERICHT VERSPROCHEN, DER DU UNS DIESE SCHRECKLICHSTE ALLER WARNUNGEN HAST ZUKOMMEN LASSEN...
HILF UNS, UNS DEINER GNADE WÜRDIG ZU ERWEISEN, WIE AUCH DAMALS, ALS DU DEINEN ZORN ABLEGTEST, DEN ZORN, DER FEUER VOM HIMMEL REGNEN LIESS.
HILF UNS, DEN VERSUCHUNGEN DES BÖSEN ZU WIDERSTEHEN, DER IN DIESER STUNDE UNSERER SCHWERSTEN PRÜFUNG SICHER UNTER UNS WEILT.

DENN ICH HATTE EINE VISION... DIE VISION EINES DUNKLEN UND TEUFLISCHEN BÖSEN, DAS AUS DER NACHT KOMMT, UM DIE SCHWACHEN UND SÜNDIGEN ZU UMGARNEN...
EINER VERKÖRPERUNG DER VERDAMMNIS, DIE VERSUCHEN WIRD, DEINE WAHRHEIT MIT IHREN ÜBLEN LÜGEN UND SCHALEN SPITZFINDIGKEITEN ZU BESUDELN.
O GOTT, DER DU ALLES WEISST, WAS WIR TUN, DER DU UNSERE VORSEHUNG UND UNSER LETZTES SCHICKSAL BIST, HILF UNS, DEINEN HEILIGEN WILLEN DEUTLICH WAHRZUNEHMEN.
HILF UNS, DEM LISTIGEN BÖSEN ZU WIDERSTEHEN UND FEST ZU DIR ZU STEHEN. EIN VOLK, EINE NATION, VEREINT IN DEINER LIEBE.
DIES ERBITTEN WIR IM NAMEN DES VATERS, DES SOHNES UND DES HEILIGEN GEISTES.
DURCH JESUS CHRISTUS, UNSEREN HERRN.
AMEN.
Kapitel 6
DIE VISION
HALLO, DEREK. ROSEMARY. HATTE KEINE GELEGENHEIT, VOR DEM GOTTESDIENST MIT EUCH ZU SPRECHEN. WIE GEHT'S EUCH?
HALLO, CONRAD. HALLO, HELEN. DANKE, GUT. DER ALTE HERR HÄLT MICH WEGEN DIESER TERRORISTENSACHE AUF TRAB, ABER WEN KÜMMERT DAS SCHON? WIE STEHEN DIE DINGE IM AUGE?
NA JA, WIR HATTEN EIN PAAR TECHNISCHE PROBLEME MIT DEN MARK-IX-VICORDERN, ABER...
ACH, CONRAD. WEN INTERESSIERT DAS DENN SCHON. ERZÄHL UNS VON DEM TERRORISTEN, DEREK. STIMMT ES, DASS ER OLD BAILEY IN DIE LUFT GEJAGT HAT?

HMM, JA. ICH FÜRCHTE SCHON. ABER FRÜHER ODER SPÄTER SCHNAPPEN WIR IHN. IRGENDWANN MACHT ER EINEN FEHLER, UND DANN...
OH, DAS KLINGT SCHRECKLICH AUFREGEND. BIST DU NICHT FROH, DASS DU SO EINEN SKRUPELLOSEN, UNERBITTLICHEN ROHLING ZUM MANN HAST, ROSEMARY?
HA, HA. TJA, ICH...
GLAUB MIR, DU HAST EINE GUTE PARTIE GEMACHT. DU HÄTTEST AUCH EINEN BERUFSMÄSSIGEN VOYEUR WIE UNSEREN CONRAD HIER ABBEKOMMEN KÖNNEN. ENGLANDS HÖCHSTBEZAHLTER VOYEUR, DAS BIST DU DOCH, NICHT WAHR, LIEBLING?
HELEN, WIR SOLLTEN LIEBER...
O JA, ICH WEISS. DU WILLST NACH HAUSE, DAMIT DU BEOBACHTEN KANNST, WAS DIE NACHBARN NACH DEM MITTAGESSEN TREIBEN. DAS IST DIR NATÜRLICH LIEBER, ALS SELBST ETWAS ZU TREIBEN.
CIAO.
HA, HA, HA! 'BYE, HELEN. 'BYE, CONRAD.
'BYE.
'BYE. SIE TREIBT'S ETWAS ZU WEIT MIT IHM, NICHT WAHR?
HÖR MAL, WENN DU NUR HALB SO LEBHAFT UND GEBILDET WÄREST WIE HELEN HEYER, KÖNNTEST DU DIR VIELLEICHT LEISTEN, BEMERKUNGEN ÜBER SIE ZU MACHEN. BIS DAHIN WÜRDE ICH AN DEINER STELLE DIE KLAPPE HALTEN.
HALT EINFACH NUR DIE KLAPPE, JA?
AH, DA FAHREN SIE, MEINE GLÜCKLICHEN UND ZUFRIEDENEN SCHÄFCHEN...
GEISTIG GEFESTIGT UND BEREIT, ES WIEDER MIT DER WELT AUFZUNEHMEN. HAT IHNEN DIE HEUTIGE PREDIGT GEFALLEN, DENNIS?
SIE WAR SEHR ERMUTIGEND, EUER GNADEN. ICH HABE NUR NICHT GANZ VERSTANDEN, WIESO DIE SCHERGEN DES SATANS WIEDER UNTER UNS SIND.
HMM. JA. DAS WAR VIELLEICHT ETWAS ZU BOMBASTISCH. DOCH DIE VORSEHUNG HAT DARAUF BESTANDEN, UND WER SIND WIR, DASS WIR MIT DEM ALLMÄCHTIGEN HADERN, ELENDE SÜNDER, DIE WIR SIND?
UND DA WIR GERADE VON DER SÜNDE SPRECHEN... ICH FRAGE MICH, MIT WELCHER DER SIEBEN TODSÜNDEN DER LIEBE GOTT MICH HEUTE VERSUCHEN WIRD?
VIELLEICHT MIT DEM STOLZ, EUER GNADEN?

HA HA HA! ICH DACHTE ALLERDINGS AN EINE ETWAS GREIFBARERE SÜNDE.
IST DIE JUNGE DAME SCHON EINGETROFFEN, DENNIS?
ALLERDINGS, EUER GNADEN. SIE WARTET NOCH DRAUSSEN.
ES SCHEINT BEI DER AGENTUR EINE VERWECHSLUNG GEGEBEN ZU HABEN. ES IST KEINS DER ÜBLICHEN MÄDCHEN. SIE IST ETWAS ÄLTER...
OJE, DENNIS, **OJE**. HOFFENTLICH NICHT **ZU** ALT?
SIE SAGT, SIE SEI FÜNFZEHN, EUER GNADEN. EINE SEHR NETTE, WOHLERZOGENE JUNGE DAME, WENN ICH MIR DIE BEMERKUNG ERLAUBEN DARF...
FÜNFZEHN. HMMM.
NUN JA, WENN HIOB SEINE ENTTÄUSCHUNGEN ERTRAGEN KONNTE, WERDE ICH DIE MEINEN WOHL AUCH BEREITWILLIG ERTRAGEN MÜSSEN. FÜHREN SIE SIE BITTE HEREIN, DENNIS.
SOFORT, EUER GNADEN.
DIE JUNGE DAME, EUER GNADEN.
WIE DUMM VON MIR! WIE KONNTE ICH AUCH NUR FÜR EINEN AUGENBLICK AN DEINER BETÖRENDEN LIEBLICHKEIT ZWEIFELN? MEA CULPA, MEIN KIND, MEA CULPA.
DU BIST EINE VISION. EINE PERFEKTE... ENGELHAFTE... VISION!
UHHH...
ÄH...
DANKE.

BITTE, DANKE MIR NICHT, MEIN KIND, GLAUBE MIR...
DAS VERGNÜGEN LIEGT GANZ BEI MIR.
DIE SCHATTENGALERIE:
"BRINGT MIR DEN BOGEN AUS FEUER'GEM GOLD, BRINGT MIR DIE PFEILE, DIE ROBUST, BRINGT MIR DEN SPEER, DER IST MIR HOLD, BRINGT MIR DEN STREITWAGEN DER LUST..."
"ICH KENNE WEDER RAST NOCH FREUD..."
"NOCH RUHT DAS SCHWERT IN MEINER HAND..."
"BIS JERUSALEM IST ERBAUT..."
"AUF ENGLANDS GRÜNEM, SCHÖNEN LAND."

DEAN'S YARD, WESTMINSTER ABBEY, 20. DEZEMBER 1997.
BITTE SEHR, MEINE HERREN. ETWAS, UM SICH IN EINER STÜRMISCHEN NACHT AUFZUWÄRMEN.
SEHR NETT, DENNIS. ABER SOLLTEN SIE SICH NICHT UM SEINE GNADEN KÜMMERN?
OH, SEINE GNADEN WIRD SICHER NICHTS DAGEGEN HABEN, DASS ICH SEINEN SCHUTZENGELN ETWAS CHRISTLICHE NÄCHSTENLIEBE ERWEISE...
ICH FRAGE MICH, WARUM SIE ÜBERHAUPT HIER DRAUSSEN STEHEN. ICH WILL IHNEN NICHT SU NAHE TRETEN, ABER ES IST MEINE AUFGABE, AUF SEINE GNADEN AUFZUPASSEN.
TJA, BEFEHLE VON OBEN, VOM SCHÖNEN ALMOND. DIE SACHE MIT DIESEM TERRORISTEN MACHT DIE PARTEI ETWAS NERVÖS.
FÜR ALLE WICHTIGEN PERSONEN WURDEN DOPPELTE WACHEN ABGESTELLT. MEINER MEINUNG NACH ZEITVERSCHWENDUNG.
HM, DAS IST ABER EIN HERVORRAGENDER TROPFEN, DENNIS. LÄUFT RUNTER WIE ÖL. HABEN SIE AUS DEN VORRÄTEN DES BISCHOFS GEMOPST, WAS?
IN DER TAT. ES WIRD IHM ABER NICHT AUFFALLEN. NICHT HEUTE ABEND. SEINE GNADEN SPEIST HEUTE GANZ BESONDERER ART.
BESONDERER ART? WAS... ACH SO. DIESE KLEINE MIT DEN ZÖPFEN. NETTES DING.
TOLLER BURSCHE, DER BISCHOF, WAS? WEISS NICHT, WOHER ER DIE ENERGIE NIMMT.
DER HERR GIBT'S DEN SEINEN. AUCH WENN DIE GOTTLOSEN KEINEN FRIEDEN FINDEN...
... DIE AUFRICHTIGEN KÖNNEN SICH LABEN, WANN IMMER IHNEN DER SINN DANACH STEHT.
Kapitel 7
DAS VULGÄRE VERLANGEN.

IM HAUS:
NATÜRLICH. "HASSE DIE SÜNDE, LIEBE DEN SÜNDER". MEIN REDEN. HA HA HA HA!
HA.
WENN WIR DIESE DOKTRIN NUN EINEN SCHRITT WEITERFÜHREN, KÖNNEN WIR...
ÄH... DÜRFE ICH VIELLEICHT EIN FENSTER ÖFFNEN?
EIN FENSTER?
ÄH... WIR HABEN DOCH SO EINEN SCHÖNEN ABEND... DER WIND UND SO...
ICH HÖRE GERN DEN WIND. ICH FINDE DAS... ÄH... AUFREGEND. WENN SIE WISSEN, WAS ICH MEINE.
AUFREGEND. ABER NATÜRLICH. AUFREGEND.
DAS GEFÄLLT MIR. EIN WILDER, URSPRÜNGLICHER DRANG. WIR SOLLTEN NIEMALS UNSERE URSPRÜNGLICHEN SEHNSÜCHTE IGNORIEREN.
"MEINST DU NICHT AUCH?"
"DIESE STARKEN UND GEHEIMNISVOLLEN KRÄFTE, DIE SICH IN DEN DUNKELN TIEFEN DER MENSCHLICHEN SEELE RÜHREN."
"DIESES UNAUSSPRECHLICHE VERLANGEN..."
"WENN SEIN AUGENBLICK KOMMT, DARF MAN SICH IHM NICHT VERWEIGERN."

DU FÜHLST ES DICH AUCH, NICHT WAHR?
ICH WEISS ES.
ÄH... JA, SICHER.
ÄH... SIE HABEN EINE SCHÖNE STIMME. SIE IST SO AUFRICHTIG. ES WÄRE SICHER PACKEND, SIE ETWAS AUS DER BIBEL LESEN ZU HOREN.
PACKEND?
NUN JA... NORMALERWEISE GEBE ICH KEINE PRIVATVORSTELLUNGEN. ABER DA DU SO... EMP- FÄNGLICH WIRKST...
OH JA. DAS BIN ICH EMPFÄNGLICH. SCHON IMMER.
SEHR SCHÖN. ICH HABE HEUTE MORGEN EINE BESONDERES GUTE PREDIGT GEHALTEN. DAS MANUSKRIPT...
... IST IM NÄCHSTEN ZIMMER. WENN DU MITKOMMEN WÜRDEST...
JA. GERN.
DAS NÄCHSTE ZIMMER:
ÄH... DAS IST IHR **SCHLAFZIMMER**?
JA. NICHT ZU EXTRAVAGANT, HOFFE ICH?
NEIN, NEIN. ES IST WIRKLICH HÜBSCH.
GUT. SETZ DICH EINFACH AUFS BETT... TUT MIR LEID, HIER GIBT ES KEINE STÜHLE... UND ICH FANGE AN.

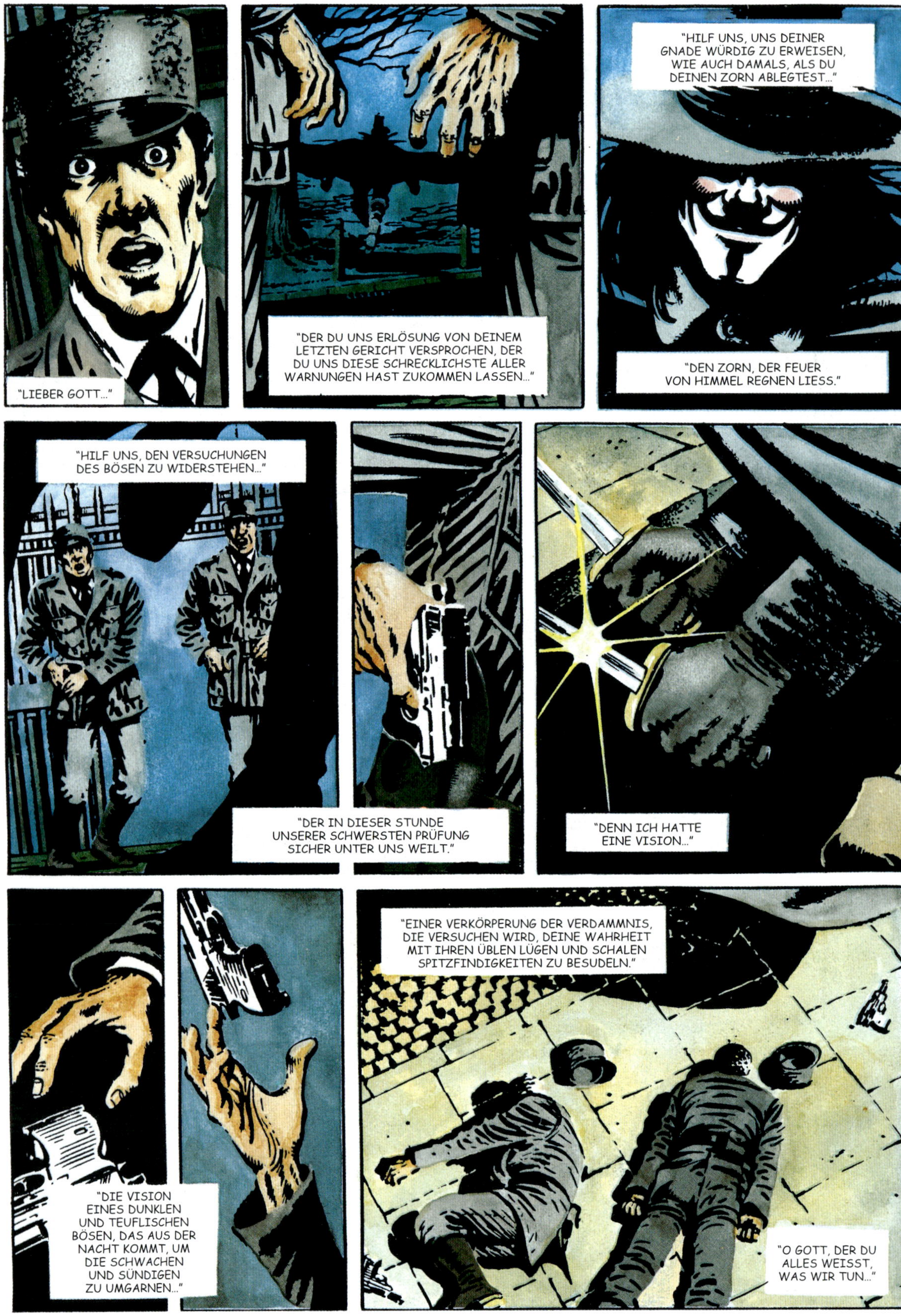
"LIEBER GOTT..."
"DER DU UNS ERLÖSUNG VON DEINEM LETZTEN GERICHT VERSPROCHEN, DER DU UNS DIESE SCHRECKLICHSTE ALLER WARNUNGEN HAST ZUKOMMEN LASSEN..."
"HILF UNS, UNS DEINER GNADE WÜRDIG ZU ERWEISEN, WIE AUCH DAMALS, ALS DU DEINEN ZORN ABLEGTEST..."
"DEN ZORN, DER FEUER VON HIMMEL REGNEN LIESS."
"HILF UNS, DEN VERSUCHUNGEN DES BÖSEN ZU WIDERSTEHEN..."
"DER IN DIESER STUNDE UNSERER SCHWERSTEN PRÜFUNG SICHER UNTER UNS WEILT."
"DENN ICH HATTE EINE VISION..."
"DIE VISION EINES DUNKLEN UND TEUFLISCHEN BÖSEN, DAS AUS DER NACHT KOMMT, UM DIE SCHWACHEN UND SÜNDIGEN ZU UMGARNEN..."
"EINER VERKÖRPERUNG DER VERDAMMNIS, DIE VERSUCHEN WIRD, DEINE WAHRHEIT MIT IHREN ÜBLEN LÜGEN UND SCHALEN SPITZFINDIGKEITEN ZU BESUDELN."
"O GOTT, DER DU ALLES WEISST, WAS WIR TUN..."

"DER DU UNSERE VORSEHUNG UND UNSER LETZTES SCHICKSAL BIST..."
"HILF UNS, DEINEN HEILIGEN WILLEN DEUTLICH WAHRZUNEHMEN."
"HILF UNS, DEM LISTIGEN BÖSEN ZU WIDERSTEHEN UND FEST ZU DIR ZU STEHEN. EIN VOLK, EINE NATION, VEREINT IN DEINER LIEBE."
"DIES ERBITTEN WIR IM NAMEN DES VATERS..."
"DES SOHNES..."
"UND DES HEILIGEN GEISTES."
AMEN.
ZIEH BITTE DEIN KLEID AUS.
WAS???
ÄH, HÖREN SIE, ICH WOLLTE...
OH, SCHON GUT. LASS MICH...

DU... DRECKIGE... KLEINE... HURE!
ICH BRING DICH UM!
BRING DICH UM!
DU KANNST DICH NICHT VOR MIR VERSTECKEN, DU WIDERLICHE KLEINE SCHLAMPE. DIE WOHNUNG IST ABGESCHLOSSEN.
ICH FINDE DICH. HÖRST DU? ICH FINDE...
DARF ICH MICH VORSTELLEN? ICH BIN...
... EIN MANN VON WOHLSTAND...
... UND GESCHMACK.

DAS OHR. 20. DEZEMBER 1997.
UND?
UND WAS?
WAS MEINST DU MIT "UND WAS?"
WIEDER SO EIN STREIT...
UM HIMMELS WILLEN, SCHALT AB, NORM. MIR DRÖHNT SCHON DER SCHÄDEL.
WAS?
LAHMER ABEND.
LAHM? DER STINKT DOCH SCHON ZUM HIMMEL, KUMPEL. WAS IST LOS, HE? GERÄT DIE KUNST DER KONVERSATION IN VERGESSENHEIT, ODER WAS?
"WAS?" "WAS WAS?" SO EINE SCHEISSE.
WAS IST NUR MIT DEN LEUTEN LOS? WARUM BUMSEN DIE LEUTE SONNTAG ABENDS NICHT MEHR?
NA JA, ICH ZUM BEISPIEL, WEIL ICH MIT SCHLAFFIS WIE DIR NACHTSCHICHT SCHIEBEN MUSS.
WOLLEN WIR MAL BEIM BISCHOF REINHÖREN?
NA KLAR. IST DOCH SONNTAG, ODER? "KINDERSTUNDE!" BEI DER GANZEN AUFREGUNG HAB ICH NICHT MEHR DRAN GEDACHT.
JA, HÄNG DICH REIN. MAL HÖREN, WAS DER DRECKIGE PERVERSE ALTE DIESE WOCHE SO TREIBT.
AUGENBLICK.
... WAR WIE DIE HÖLLE, BRENNENDE MENSCHEN, DIE IM GELBEN RAUCH ERSTICKEN...
DAS IST SEINE GNADEN. HAT ABER EINE MENGE MUSIK IM HINTERGRUND.
... UND ICH SAH EINE SCHWARZE GESTALT VOR DEN FLAMMEN. EINEN MANN. O GOTT, WER SIND SIE? WER SIND SIE WIRKLICH?
ICH BIN DER TEUFEL, UND ICH KOMME, UM DES TEUFELS WERK ZU TUN.

DAS IST EINE MÄNNER-STIMME.
DU HAST ZUVIEL HALL DRAUF.
NEIN... NEIN, ICH HAB'S GENAU RICHTIG EIN-GESTELLT.
ICH HABE KEINEN NAMEN.
HÖR MAL...
DU KANNST MICH V NENNEN.
DER HERR IST MEIN HIRTE, MIR WIRD NICHTS MANGELN. ER WEIDET MICH AUF EINER GRÜNEN AUE UND FÜHRET MICH ZUM FRISCHEN WASSER.
RUF BUNNY ETHERIDGE AN. HOL IHN AUS DEM BETT. UND... WIE HEISST ER NOCH... IM FINGER. ALMOND.
UND ERIC FINCH.
ER ERQUICKET MEINE SEELE, ER FÜHRET MICH AUF RECHTER STRASSE UM SEINES NAMENS WILLEN.
UND OB ICH SCHON WANDERTE IM FINSTERN TAL, FÜRCHTE ICH KEIN UNGLÜCK.
SCHEISSE.
SO EINE SCHEISSE.
Kapitel 8
VERSIKEL
WESTMINSTER ABBEY. SPÄTER.

HALLO, ALMOND.
FINCH.

WER IST ES, DOMINIC?
WER IST ES DA DRAUSSEN?
DAS OHR. 21. DEZEMBER 1997.
WIE KOMMEN SIE VORAN, BRIAN? HABEN SIE SCHON WAS?
NA JA... ÄH... WIR HABEN EIN PROBLEM, ERIC. HINTERGRUNDMUSIK.
WIR KÖNNEN SIE AN DEN... ÄH... MEISTEN STELLEN VOM BAND LÖSCHEN, ABER NICHT ÜBERALL. DAHER GEHEN EINIGE STELLEN DES... ÄH... GESPRÄCHS VERLOREN.
WAHRSCHEINLICH WIRD... ÄH... KODENAME "V" DAS SO GEPLANT HABEN...

DAS IST BEETHOVENS FÜNFTE.
DA DA DA **DAM**!
HAH. DAS IST EIN MORSE-ZEICHEN.
ÄH... EIN MORSE-ZEICHEN?
JA. DAS MORSEZEICHEN FÜR DEN BUCHSTABEN "V"!
HA.
WESTMINSTER ABBEY, AM NACHMITTAG.
ALSO HAT ER DEN BISCHOF HIER ÜBERRASCHT... DER BISCHOF LIEF DURCH DIESE TÜR UND PRALLTE GEGEN IHN.
WIR HÖREN DAS MÄDCHEN, MIT DEM DER BISCHOF ZUSAMMEN WAR, NACH DIESER STELLE NICHT MEHR. WIR KÖNNEN ALSO DAVON AUSGEHEN, DASS SIE EINE KOMPLIZIN WAR UND IHN HEREINGELASSEN HAT.
KLEINE MÄDCHEN. EHRLICH, DAS IST... WIR FANDEN DIESE MAGAZINE...
JA. LASSEN SIE MICH MAL NACHDENKEN, DOMINIC. BEVOR DAS MÄDCHEN VERSCHWAND, MUSS ES EINE SICHERUNG HERAUSGEDREHT HABEN. IN DER WOHNUNG WAR ES STOCKFINSTER.
DAS WISSEN WIR, WEIL DER RADIOWECKER AN DER GLEICHEN STRIPPE HING UND UM DREIZEHN MINUTEN NACH FÜNF STEHENBLIEB.
ER STÖSST DEN BISCHOF IN DIESES ZIMMER.
DANN LEGT ER EINE SCHALLPLATTE AUF.
DIE STEREOANLAGE HÄNGT AN EINEM ANDEREN STROMKREIS.

ES IST DUNKEL. ER LEGT DIE PLATTE IM DUNKELN AUF.
UND DANN SAGT ER ETWAS ZUM BISCHOF... ETWAS, DAS WIR WEGEN DER MUSIK NICHT VERSTEHEN KÖNNEN.
DANACH HÖREN WIR WIEDER DEN BISCHOF SPRECHEN:
"... FÜNF. NATÜRLICH. DAS WAREN SIE AN DIESEM ABEND. MEIN GOTT, ICH TRÄUME NOCH IMMER DAVON. ICH TRÄUME SEIT VIER JAHREN DAVON, OHNE UNTERLASS."
"ES WAR WIE DIE HÖLLE. BRENNENDE MENSCHEN, DIE IM GELBEN RAUCH ERSTICKEN... UND ICH SAH EINE SCHWARZE GESTALT VOR DEN FLAMMEN. EINEN MANN."
"O GOTT, WER SIND SIE? WER SIND SIE WIRKLICH"?
ICH BIN DER TEUFEL. UND ICH KOMME, UM DES TEUFELS WERK ZU TUN."
"ICH HABE KEINEN NAMEN. DU KANNST MICH..."
DAS IST EIN ZITAT. DAS MIT DEM WERK DES TEUFELS.
DICTAPE
EIN BERÜHMTER MORDFALL. IST FAST ZWANZIG JAHRE HER. VOR IHRER ZEIT, NEHME ICH AN.
DANN LIEST KODENAME "V" DEN DREIUNDZWANZIGSTEN PSALM VOR.
ICH SPULE BIS ZU DER STELLE WEITER, AN DER...
GENAU. MÜSSTE ETWA HIER SEIN...
... WANDERTE IM FINSTERN TAL, FÜRCHTE ICH KEIN UNGLÜCK.
ALLES KLAR, FREUNDCHEN. KEINE BEWEGUNG, ODER...
AN DIESER STELLE KOMMT DENNIS HEREIN, DER KAMMERDIENER. HÖREN SIE ZU. DIE STEREOANLAGE VERSTUMMT PLÖTZLICH.

"EUER GNADEN? ALLES IN ORDNUNG?"
"ER HAT MIR NICHTS GETAN. VORSICHT, DENNIS, ER IST..."
BEDENKEN SIE, DOMINIC, DENNIS HAT EINE WAFFE. ER STEHT IN DER DUNKELHEIT AN DER TÜR.
"ALSO GUT. ALSO GUT, ICH WERDE BIS FÜNF ZAHLEN. TRETEN SIE AN DAS FENSTER. UND HEBEN SIE DIE HÄNDE ÜBER DEN KOPF."
"EINS... ZWEI..."
ER KAM NICHT MAL BIS DREI.
ALLES IN VÖLLIGER STILLE. IM DUNKELN.
UND DANN SETZT DIE MUSIK WIEDER EIN. WIR HÖREN NICHTS MEHR VON DENNIS.
SIE SPRECHEN WIEDER, DOCH DIE MUSIK ÜBERTÖNT FAST ALLES. SIE SPRECHEN ÜBER RELIGION.
DA KLINGT ETWAS WIE: "TÖTEN SIE MICH WÜRDEVOLL:" NUR KAUDER-WELSCH. UND DANN SPRECHEN SIE ÜBER DAS HEILIGE ABEND-MAHL UND DIE HOSTIE...
DA KOMMT DAS WORT "TRANSSUB-STANTIATION" VOR. DAMIT IST DAS WUNDER DER VERWANDLUNG GEMEINT, BEI DEM DIE HOSTIE ZUM LEIB CHRISTI WIRD. URSPRÜNG-LICH EIN KATHOLISCHER BEGRIFF.
JETZT HÖREN SIE SICH DAS MAL AN.
"... UND IN DEM AUGENBLICK, DA DIES IN DEINEN MUND GELANGT, WIRD ES ZUM LEIB DES ERLÖSERS?"
"JA. HÖREN SIE BITTE ZU..."
"UND WORAUS AUCH IMMER ES GEMACHT IST, ES WIRD ZUM LEIB CHRISTI?"
"JA. WAS IMMER ES JETZT IST. WAS AUCH IMMER."

ICH WILL, DASS DU ES SCHLUCKST.
UND DANN EIN KOMISCHES LEISES GERÄUSCH. EIN SEHR MENSCHLICHES GERÄUSCH.
UND DANN NUR NOCH BEETHOVENS FÜNFTE.
ENDE DES BANDES.
WIR HABEN GERADE DEN PATHOLOGISCHEN BEFUND BEKOMMEN. DER BISCHOF WURDE VERGIFTET. IN DER HOSTIE WAR ZYANKALI.
UND WISSEN SIE WAS?
ALS ES SEIN ABDOMEN ERREICHTE, WAR ES NOCH IMMER ZYANKALI.

DIE NASE. NEW SCOTLAND YARD. 23. DEZEMBER 1997.
DA..
WIR HABEN DIE WUNDE ETWAS GESÄUBERT, DOCH DU KANNST DEUTLICH ERKENNEN, DASS SIE ZIEMLICH AUSGEFRANSTE RÄNDER HAT.
DU HAST ALSO RECHT, ES IST KEINE VERLETZUNG VON EINEM MESSER. SIEHT SO AUS, ALS HÄTTE MAN ETWAS MIT UNGLAUBLICHER KRAFT IN DEN KÖRPER GETRIEBEN.
HMM.
VIELEN DANK FÜR DEINE HILFE, DELIA. DA HAST DU UNS JA WIRKLICH EINEN HARTEN BROCKEN GEGEBEN, ÜBER DEN DER JUNGE UND ICH UNS HEUTE ABEND DEN KOPF ZERBRECHEN KÖNNEN.
KLINGT GANZ SO, ALS WÄRE DAS WEIHNACHTSFEST DIR SOWIESO SCHON VERDORBEN. HAT DOMINIC MIR NICHT GESAGT, DASS DU DIE **VORSEHUNG** KONSULTIEREN WILLST?
HM. DER FÜHRER HAT MIR EINEN ANSCHLUSS BEWILLIGT. DIE DINGE MÜSSEN WIRKLICH SCHLECHT STEHEN. NORMALERWEISE IST ER GAR NICHT DAVON ANGETAN, WENN ANDERE DIE VORSEHUNG BENUTZEN WOLLEN.
ACH, DELIA... BEVOR ICH ES VERGESSE...
KANNST DU UNS ETWAS DARÜBER SAGEN? WIR FANDEN ZWEI DAVON... EINE IN DEM ZUGABTEIL, AUS DEM ER LEWIS PROTHERO ENTFÜHRTE...
DIE ANDERE IM ZIMMER DES BISCHOFS.
ES IST EINE VIOLETTE CARSON. ICH HABE GEHÖRT, DIESE ZÜCHTUNG GÄBE ES SEIT DEM KRIEG NICHT MEHR. DACHTE, EIN BOTANIKER KÖNNTE ETWAS LICHT INS DUNKEL BRINGEN.
NUN ... JA. JA, NATÜRLICH. ICH HABE IN EIN PAAR MINUTEN SCHICHTENDE, ABER...
VIELLEICHT KANN ICH SIE MIT NACH HAUSE NEHMEN...
WUNDERBAR. BIS MORGEN ALSO, DELIA. 'BYE.
'BYE.

DIE SCHATTENGALERIE.
ES IST UNRECHT, V.
Kapitel 9
DIE VERSTORBENEN
V, ES BETRIFFT MICH AUCH. ICH BIN DARIN VERWICKELT. DURCH DICH.
V, ICH WUSSTE NICHT, DASS DU IHN TÖTEN WÜRDEST!
TÖTEN IST UNRECHT.
ODER?
WARUM FRAGST DU MICH?
UND DASS ICH DICH DARIN VERWICKELT HABEN SOLL... DARF ICH DICH DARAN ERINNERN, DASS **DU** UNBEDINGT EINEN PAKT SCHLIESSEN WOLLTEST?
ICH WUSSTE NICHT, DASS DU IHN TÖTEN...
DU WARST ES, DER...
O GOTT, V...
V. THOMAS PYNCHON
"ES STECKT MEHR HINTER UND IN V, ALS WIR ALLE ERWARTET HABEN. NICHT WER, SONDERN WAS. WAS IST SIE."
DU WIRST ES ERFAHREN, EVEY...

DU WIRST ES ERFAHREN.
KNIGHTSBRIDGE. MR. UND MRS. ALMOND.
DEREK?
ICH WILL NICHT DARÜBER SPRECHEN, ROSEMARY.
DEREK...
HÖR AUF.
NEIN, DEREK!
DEREK, WIR KÖNNEN SO NICHT WEITERMACHEN UND NICHT DARÜBER SPRECHEN...
DU SPRICHST NICHT MIT MIR, DU ISST NICHT MIT MIR, DU SCHLÄFST NICHT MIT...
JETZT HÖR MIR GUT ZU! ICH MUSS MIR DIESEN MIST VON DIR NICHT GEFALLEN LASSEN! IST DAS KLAR?
DIESER FETTE BASTARD SITZT MIR DEN GANZEN TAG WEGEN DIESES TERRORISTEN IM NACKEN, UND ICH HABE...
AH UH.
AH UH.

ROSEMARY, HÖR ENDLICH AUF!
WENN WIR NICHT MEHR SO OFT MITEINANDER SCHLAFEN WIE FRÜHER, LIEGT DAS NICHT AN MIR.
WENN DU DIR VIELLEICHT DIE ZEIT NEHMEN WÜRDEST, DICH ETWAS HÜBSCH ZU MACHEN.
ACH, GEH MIR AUS DEN AUGEN.
ICH KOMME SPÄTER RAUF.
ICH SÄUBERE MEINE WAFFE.
DIE SCHATTENGALERIE.
V...
ES TUT MIR LEID. ICH HABE VERSUCHT, DIE SCHULD VON MIR ABZUWÄLZEN.
DAS TUT MIR LEID. ABER ICH WERDE NICHT MEHR TÖTEN, V.
NICHT EINMAL FÜR DICH.
NIE WIEDER.

PLAISTOW, 21 UHR 17.

DIE SCHATTENGALERIE.
"BAUEN WIR EINE RIESIGE BURG!", RIEF MONDGESICHT. "DANN KÖNNEN WIR UNS ALLE DARAUF SETZEN, WENN DIE FLUT KOMMT."
"DAS GEHT NICHT", SAGTE SEIDENHAAR UND SCHAUTE PLÖTZLICH TRAURIG DREIN. "WARUM NICHT?", RIEF JO ÜBERRASCHT. "IST DAS NICHT DAS LAND **TU-WAS-DU-WILLST**?
"DAS SCHON", SAGTE SEIDENHAAR. "ABER ES IST AN DER ZEIT, DASS WIR ZUM WUNSCHBAUM ZURÜCKKEHREN. DIESES LAND WIRD BALD WEITERZIEHEN... UND SO SCHÖN ES AUCH IST, WIR WOLLEN DOCH NICHT EWIG HIERBLEIBEN."
"DU GRÜNE NEUNE, NEIN" SAGTE JO. "MUTTER UND VATER KOMMEN OHNE UNS DOCH NICHT ZURECHT..."
MAGIC FARAWAY TREE

DIE NASE.
... SAGEN SIE DAS NOCH MAL, DOMINIC. SIE HABEN ALLE GEBÄUDE MIT ZIMMER-NUMMERN AUS DEM COM-PUTER ABGEFRAGT...
... UND ES STELLTE SICH HERAUS, DASS MAN NUR IN DEN UMERZIE-HUNGSLAGERN MIT RÖMISCHEN ZIFFERN NUMERIERTE.
SEHEN SIE, SIE HABEN GESAGT, DIESES "V" SEI DER SCHLÜSSEL ZU ALLEM, UND LEWIS PROTHERO SPRACH STÄNDIG VON "ZIMMER FÜNF". UND BEI DEN RÖMISCHEN ZAHLEN IST FÜNF EIN V. UND...
NA JA, ICH MEINE, ES IST NUR EINE THEORIE. ES WIRD WOHL NICHTS ZU BEDEUTEN HABEN...
DAS IST **BRILLANT**, DOMINIC. BRIL-LANT.
MACHEN WIR DAMIT WEITER. MAL SEHEN, WELCHE DER ZEHN OPFER IN EINEM LAGER WAREN... EINEN AUGENBLICK. NA BITTE.
LILLIMAN?
DER BISCHOF. UM GOTTES WILLEN, JUNGE, ICH GLAUBE, SIE HABEN ES GESCHAFFT. ES KÖNNTE ZUFALL SEIN, ABER ES IST DIE BESTE SPUR, DIE WIR BISLANG HATTEN.
UND PROTHERO WAR AUCH IN LARK-HILL.
ES MÜSSEN DUTZENDE VON LEUTEN IN DIESEM LAGER GEARBEITET HABEN. WIR KÖNNEN SIE VERHÖREN. MAL SEHEN, WAS DABEI RAUSKOMMT. DIE VORSEHUNG KANN UNS EINE NAMENS-LISTE GEBEN. MACHEN WIR WEITER...
O NEIN.
VERSTORBEN... VERSTORBEN... VERSTORBEN... SIE SIND TOT, DOMINIC, ALLE TOT.

PLAISTOW.
FNFF
FNFF
ROSEN.
DU BIST ES, NICHT WAHR? DU BIST DA...
DU BIST GEKOMMEN, UM MICH ZU TÖTEN.
JA.
GOTT SEI GE-DANKT.
GOTT SEI DANK.

23. DEZEMBER 1997. KNIGHTSBRIDGE, MR. UND MRS. ALMOND.
DEREK? WAS...
DEREK?
DEREK, NICHT...
PÄNG.
KEINE ANGST, ROSE.
SIE IST NICHT GELADEN.
NOCH NICHT.
Kapitel 10
VERIFIZIERTE VERSUCHE
DIE NASE. NEW SCOTLAND YARD. MR. FINCH UND DOMINIC...
QUINN, ANDREW EAMON. VERSTORBEN 23.12.93. AKTE GESCHLOSSEN. ROUSE, WILLIAM. VERSTORBEN 18.7.97. AKTE GESCHLOSSEN. RAPITT, PETER KEVIN. VERSTORBEN 5.11.94...

... AKTE GESCHLOSSEN. ER HAT SIE GETÖTET, DOMINIC. JEDEN, DER JE IM LAGER LARKHILL GEARBEITET HAT. EINEN NACH DEM ANDEREN, IM LAUF DER LETZTEN VIER JAHRE...
ER HAT SIE ALLE GETÖTET. ALLE.
ABER DAS IST NICHT SICHER, SIR. EINIGE KÖNNTEN DURCH UNFÄLLE UMGEKOMMEN SEIN... AUF NATÜRLICHE WEISE...
ODER SO, DASS ES NACH EINEM NATÜRLICHEN TOD AUSSIEHT. UM GOTTES WILLEN, DOMINIC, SEHEN SIE SICH DAS AN! WIR LAGEN VÖLLIG FALSCH.
WIR DACHTEN, ER SEI VOR ZWEI MONATEN AUS DEM NICHTS AUFGETAUCHT.
UND DIE GANZE ZEIT ÜBER... O GOTT, ALL DIESE MENSCHEN. DAS IST UNGEHEUERLICH. ER IST DER REINE TEUFEL.
DAS IST EINE LISTE ALLER MÄNNER IN LARKHILL. WAREN KEINE FRAUEN DA?
KEINE AHNUNG. FRAGEN SIE DIE VORSEHUNG.
ER WAR IN LARKHILL. ER MUSS DORT GEWESEN SEIN. UND JETZT SIND ALLE, DIE UNS ETWAS HÄTTEN SAGEN KÖNNEN...
O GOTT, MR. FINCH. SEHEN SIE SICH DAS AN...
DELIA. VOR EIN PAAR STUNDEN SPRACH ICH NOCH MIT IHR. SIE SOLLTE SICH DIESE ROSE ANSEHEN.
REC/BLK SIZE S 80/ 720
PACK/V1 ON DSK
BEGIN:
****
RESTRICTED ACCESS - CODE 002
****
LARKHILL RESETTLEMENT CAMP (1992-1993)
666 SURRIDGE, DR. DELIA ANNE...
667: CURRENT EMPLOYMENT.........PATHOLOGIST
668: (SEE DEPT. OF INVESTIGATIONS AA/1855/92/2)
END
RUFEN SIE SIE AN, DOMINIC. UND DANN ALMOND.
ICH VERSUCHE ES. BEI DER FRAU DOKTOR IST BESETZT.
NA SCHÖN. RUFEN SIE ALMOND AN. KODENAME "V" HAT SEINEN ERSTEN UND LETZTEN FEHLER BEGANGEN. ER KONNTE NICHT AHNEN, DASS SIE AUF DIE LARKHILL-VERBINDUNG STOSSEN, BEVOR ER DELIA ERWISCHT...
DIESMAL WERDEN WIR IHN ERWARTEN.
PLAISTOW. DR. DELIA SURRIDGE...
HAST DU ANGST?

NEIN.
NEIN. ICH DACHTE, ICH HÄTTE ANGST, ABER ICH HABE KEINE. ICH BIN... ERLEICHTERT. O GOTT, ALL DIESE JAHRE. DIESES LANGE WARTEN...
VERSTEHST DU, ICH HABE IMMER GEWUSST, DASS DU ZURÜCKKOMMEN WÜRDEST.
ALS ICH DICH AN DIESEM ABEND SAH... AN DEM ABEND, AN DEM DU ENTKOMMEN BIST. DEINE SILHOUETTE HAT SICH VOR DEN FLAMMEN ABGEHOBEN. DU HAST DICH UMGEDREHT UND MICH ANGESEHEN.
DA WUSSTE ICH, DASS DU MICH EINES TAGES SUCHEN UND AUCH FINDEN WÜRDEST.
WAS... WIR GETAN HABEN... WAS ICH IN LARKHILL GETAN HABE... DIESES SCHRECKLICHE WISSEN. ALL DIE JAHRE MUSSTE ICH DAMIT LEBEN, DASS ICH SOLCHE DINGE TUN KANN.
ICH HABE EINMAL VON EINEM EXPERIMENT GEHÖRT, DRÜBEN IN DEN STAATEN. SIE LIESSEN FREIWILLIGE EINEN ELEKTROSCHOCKGENERATOR BEDIENEN. MAN TEILTE IHNEN MIT, IM NEBENRAUM SEI EIN PATIENT DARAN ANGESCHLOSSEN.
DAS STIMMTE NICHT. DA WAR NUR EIN SCHAUSPIELER, DESSEN STIMME MAN DURCH DIE GEGENSPRECHANLAGE HÖREN KONNTE. EIN ARZT UNTERWIES DIE FREIWILLIGEN DARIN, ELEKTROSCHOCKS ZU VERABREICHEN.
MAN BEFAHL IHNEN, DIE SPANNUNG ALLMÄHLICH ZU ERHÖHEN. DAS "OPFER" BAT SIE AUFZUHÖREN. SIE MUSSTEN DIE SPANNUNG WIEDER ERHÖHEN. DIESMAL FING DAS OPFER AN ZU SCHREIEN.
NACH EINER WEILE VERKLANGEN DIE SCHREIE. NUR NOCH STILLE. DIE FREIWILLIGEN SOLLTEN DIE SPANNUNG NOCH EINMAL ERHÖHEN.
FAST 80 PROZENT DER TESTPERSONEN GABEN WEITERHIN SCHOCKS, NACHDEM DAS OPFER SIE ANGEFLEHT HATTE, DAMIT AUFZUHÖREN. FAST 60 PROZENT MACHTEN SOGAR NOCH WEITER, NACHDEM SIE GLAUBTEN, SIE HÄTTEN DEN PATIENTEN GETÖTET.
DAS WAREN GANZ NORMALE MENSCHEN, UND SIE WAREN BEREIT, EINEN FREMDEN ZU TODE ZU FOLTERN, NUR WEIL EINE AUTORITÄTSPERSON ES IHNEN BEFAHL.
EINIGE SAGTEN SOGAR, ES HÄTTE IHNEN SPASS GEMACHT. ICH GLAUBE, WAS ICH TAT, HAT MIR DAMALS AUCH SPASS GEMACHT. DIE MENSCHEN SIND DUMM UND BÖSE. MIT UNS STIMMT IRGEND ETWAS NICHT...
EINE SCHRECKLICHE SCHWÄCHE...
WIR VERDIENEN, AUSGEMERZT ZU WERDEN.
WIR VERDIENEN ES...
KNIGHTSBRIDGE.
HALLO? JA, HIER ALMOND.
JA.
SIE HABEN? WIE DENN?

MOMENT MAL. SIE SPRECHEN VON DELIA SURRIDGE? DER ÄRZTIN?
ABER WAS HAT SIE DAMIT ZU TUN...? NEIN.
NEIN, NEIN, SCHON GUT. JA, SPÄTER.
JA, ICH HABE DIE ADRESSE. IN PLAISTOW.
JA, RUFEN SIE UNTEN AN. SIE SOLLEN EIN ÜBERFALLKOMMANDO LOSSCHICKEN, SOFORT.
JA, ICH BIN SCHON UNTERWEGS. 'BYE.
WIE SELTSAM.
MAN HAT MIR HEUTE EINE DEINER ROSEN GEGEBEN. ERIC FINCH GAB SIE MIR. ER IST BEI DER NASE, DER ERMITTLUNGS-ABTEILUNG. ER IST HINTER DIR HER.
ICH WAR MIR NICHT SICHER, OB DU DER TERRORIST BIST, NICHT, BIS ICH DIE ROSE SAH. WAS FÜR EIN SELTSAMER ZUFALL. DASS MAN SIE MIR AUSGERECHNET HEUTE GAB.
ES GIBT KEINE ZUFÄLLE, DELIA. NUR DIE ILLUSION DES ZUFALLS.
ICH HABE NOCH EINE ROSE...

SIE IST FÜR DICH.
DANN... WIRST DU MICH TÖTEN?
ICH HABE DICH VOR ZEHN MINUTEN GETÖTET, ALS DU GESCHLAFEN HAST.
WERDE ICH SCHMERZEN HABEN?
KEINE SCHMERZEN.
GUT. DAS IST GUT.
BITTE... DARF ICH...
DARF ICH NOCH EINMAL DEIN GESICHT SEHEN?
ES IST WUNDERSCHÖN...

RÜHR DICH NICHT VON DER STELLE, DU ARSCHLOCH.
DU HAST MICH NICHT GEHÖRT, WAS? HAST NICHT GEWUSST, DASS WIR DIR AUF DIE SCHLICHE GEKOMMEN SIND...
ES IST VORBEI, FREUNDCHEN. ENDGÜLTIG.
ENTWEDER DEIN KOPF ODER MEINER, HAT DER ALTE HERR MIR GESAGT. UND WEISST DU WAS? ES IST DEINER!
WEIL DU DA DRÜBEN STEHST, MIT DEINEN VERDAMMTEN MESSERN UND DEINEN VERDAMMTEN KARATETRICKS...
UND ICH HABE EINEN REVOLVER.

HEILIGABEND 1997. 0 UHR 04.
MR. FINCH... ÄH, ICH HABE MRS. ALMOND BENACHRICH-TIGEN LASSEN, UND... ÄH...
SIR, KANN ICH ETWAS...
SIE WAR EINE GUTE FRAU. SIE HAT ALS ÄRZTIN GEARBEITET, BEVOR SIE MIT DER PATHOLOGIE ANFING. DIE MENSCHEN WAREN IHR SEHR WICHTIG.
DAFÜR HOLE ICH MIR SEINEN KOPF, DOMINIC.
ICH HABE GESEHEN, WIE SIE KLEINE KINDER BEHANDELTE, DIE...
BEI GOTT, DOMINIC, DAFÜR HOLE ICH MIR SEINEN KOPF.
DAS HABEN WIR AUF DEM SCHREIBTISCH IM ARBEITSZIMMER GEFUNDEN, SIR. ES IST DR. SURRIDGES TAGEBUCH. ES DECKT AUCH DIE JAHRE IN LARKHILL AB. VIELLEICHT ENTHÄLT ES DIE GANZE GESCHICHTE...
ICH WILL KEINE GESCHICHTEN MEHR HÖREN, DOMINIC. ICH WILL NICHTS MEHR VON FAKTEN UND DATEN UND LEICHEN WISSEN. ICH BIN ZU ALT.
ICH BIN ZU MÜDE.

24. DEZEMBER 1997. 22 UHR 58. MR. FINCH ERSTATTET BERICHT:
ES IST EINE VENDETTA, FÜHRER.
Kapitel 11
DER VORTEX
GEGEN ZEHN UHR GESTERN ABEND DRANG KODENAME "V" IN DIE WOHNUNG DER PATHOLOGIN DR. DELIA SURRIDGE EIN UND SPRITZTE IHR EIN NOCH NICHT IDENTIFIZIERTES GIFT. DR. SURRIDGE IST TOT.
VIELLEICHT HAT ER IHR DIE INJEKTION VERABREICHT, ALS SIE SCHLIEF. ES GAB KEINE SPUREN EINES KAMPFES.
BEVOR KODENAME "V" DEN TATORT VERLASSEN KONNTE, WURDE ER VON MR. ALMOND ÜBERRASCHT. MR. ALMOND WAR MIT EINEM REVOLVER BEWAFFNET.
ANSCHEINEND HATTE ER VERGESSEN, IHN ZU LADEN. KODENAME "V" STACH MIT EINEM SPITZEN GEGENSTAND, WAHRSCHEINLICH EINEM MESSER, AUF MR. ALMOND EIN.
MR. ALMOND IST EBENFALLS TOT.
MR. ALMOND SUCHTE DIE ÄRZTIN AUF, UM SIE ZU WARNEN, DASS MEINE ABTEILUNG EINE VERBINDUNG ZWISCHEN DER ENTFÜHRUNG VON LEWIS PROTHERO UND DEM MORD AN BISCHOF LILLIMAN GEFUNDEN HAT.
BEIDE HABEN IN DEN JAHREN 1992 UND 1993 IM UMERZIEHUNGSLAGER LARKHILL GEARBEITET. DAS TRIFFT AUCH AUF DR. SURRIDGE ZU. WIR WOLLTEN SIE WARNEN.
WIR KAMEN ZU SPÄT.
DANACH FANDEN WIR JEDOCH DAS TAGEBUCH DER FRAU DOKTOR. ES DECKT FÜNF JAHRE AB UND BESCHÄFTIGT SICH HAUPTSÄCHLICH MIT IHRER ZEIT IN LARKHILL. SEIT HEUTE MORGEN HABE ICH ES SIEBENMAL GELESEN.
UND ICH WEISS NOCH IMMER NICHT, WER KODENAME "V" IST.
ABER ICH GLAUBE, ICH WEISS, **WAS** ER IST.

ICH HABE DIE WICHTIGSTEN AUSZÜGE AUS DEM TAGEBUCH ZUSAMMENGESTELLT, MIT MEINEN EIGENEN ERMITTLUNGEN VERGLICHEN UND SIE IN DIE RICHTIGE REIHENFOLGE GEBRACHT. WAS DABEI HERAUSKOMMT, IST EINFACH UNGLAUBLICH...
ES FÄNGT AM 30. APRIL 1993 AN. ICH WERDE ES IHNEN VORLESEN.
"ICH TRAF HEUTE MORGEN IN LARKHILL EIN. MEIN FAHRER WAR EIN MANN NAMENS GOSLING. DEN GANZEN WEG VON ANDOVER HIERHER SPRACH ER KEIN WORT MIT MIR."
"MEIN GOTT, DIESER ORT IST FURCHTBAR."
"ICH WURDE COMMANDER PROTHERO VORGESTELLT, DER MIR LEIDER ZIEMLICH VULGÄR UND UNANGENEHM VORKAM. ER VERSPRACH MIR, MIR MEINEN FORSCHUNGSBESTAND ZU ZEIGEN, WAS ER HEUTE NACHMITTAG AUCH TAT."
"ES IST EIN ELENDER HAUFEN. PROTHERO SAGT, SIE SEIEN VON NATUR AUS SCHMUTZIG. WENN ICH MICH NICHT BALD AN DIE ARBEIT MACHE, WERDE ICH MIT KEINEM VON IHNEN VIEL ANFANGEN KÖNNEN."
"17. MAI. BIN FAST FERTIG MIT DEM LETZTEN ENTWURF DES ZEITPLANS FÜR MEIN PROJEKT. BIN BISLANG SEHR ZUVERSICHTLICH."
"DIE HORMONFORSCHUNG IST FAST SINNLOS, WENN MAN RATTEN ODER KANINCHEN BENUTZT. DER HIMMEL HAT MIR DIESE MÖGLICHKEIT BESCHERT, ETWAS ZU LERNEN. WENN ALLES GUT LÄUFT, FANGE ICH NÄCHSTE WOCHE AN."
"23. MAI. PROTHERO HAT DIE VERSUCHSPERSONEN AUSGESUCHT. VIER DUTZEND. ICH MUSS SIE HEUTE NACHMITTAG UNTERSUCHEN. SIE SIND SO SCHWACH UND ARMSELIG, DASS MAN SIE UNWILLKÜRLICH HASST."
"SIE WEHREN SICH NICHT, KÄMPFEN NICHT GEGEN DEN TOD AN, STARREN EINEN NUR MIT WÄSSRIGEN AUGEN AN. WENN MAN SIE SIEHT, MUSS MAN SICH BEINAHE ÜBERGEBEN. SIE SIND KAUM NOCH MENSCHLICH."
"5. JUNI. ES IST GESCHAFFT. ALLE VIER DUTZEND HABEN EINE SPRITZE SUBSTANZ-5 BEKOMMEN, DIE MISCHUNG AUS PITUARIN UND PINEARIN. FÜR IRGENDWELCHE TESTERGEBNISSE IST ES NOCH ZU FRÜH."
"DIESER KRIECHERISCHE PRIESTER, TONY LILLIMAN, BESTAND DARAUF, WÄHREND DER INJEKTIONEN DABEIZUSEIN, UM GEISTLICHEN BEISTAND ZU LEISTEN. ER REIBT SICH DIE HÄNDE UND STARRT AUF MEINE BRUST. ICH HASSE IHN."
"NEUNTER JUNI."
"VON DEN URSPRÜNGLICHEN VIER DUTZEND SIND JETZT ÜBER FÜNFUNDSIEBZIG PROZENT TOT."
"VON DEN ZEHN, DIE ÜBRIG SIND, WERDEN DREI DIE NACHT WOHL NICHT ÜBERLEBEN. EINER DER SCHWARZEN, DONALD CRANE, BEFINDET SICH IN BESONDERS SCHLECHTEM ZUSTAND."
"ER LIEGT UNUNTERBROCHEN IM DELIRIUM UND PHANTASIERT, ER SEI IN TRENCHTOWN AUF JAMAIKA. ER HAT VIER ZUSÄTZLICHE BRUSTWARZEN ENTWICKELT, UND SEINE GESCHLECHTSORGANE SIND VERKÜMMERT."
"SELTSAMERWEISE LÄSST SICH KEIN KLARES MUSTER FESTSTELLEN, WELCHE GRUPPE AM SCHNELLSTEN STIRBT. ALLES IN ALLEM SIND DIE FRAUEN ETWAS WIDERSTANDSFÄHIGER ALS DIE MÄNNER. BESONDERS DIE SCHWARZEN FRAUEN."
"RITA BOYD, DIE LESBIERIN, STARB ZUR TEESTUNDE. BEI DER AUTOPSIE FANDEN WIR VIER WINZIGE RUDIMENTÄRE FINGER, DIE SICH IN IHRER WADE BILDETEN."

"18. JUNI. NUR NOCH FÜNF ÜBRIG. ZWEI MÄNNER UND DREI FRAUEN, WAS MEINEN EINTRAG VOM 9. JUNI ZU WIDERLEGEN SCHEINT. WIR HABEN SIE IN EINZELZELLEN AUF DER KRANKENSTATION UNTERGEBRACHT."
"DER MANN IN ZIMMER 5 IST EIN WIRKLICH FASZINIERENDER FALL."
"KÖRPERLICH SCHEINT ALLES MIT IHM IN ORDNUNG ZU SEIN. KEINE ZELLANOMALIEN. NICHTS."
"ABER ER IST ZIEMLICH VERRÜCKT. SUBSTANZ-5 SCHEINT EINE ART PSYCHOTISCHEN ZUSTAND HERBEIGEFÜHRT ZU HABEN."
"EIGENARTIGERWEISE TRITT BEI IHM EINE JENER UNGEWÖHNLICHEN NEBENWIRKUNGEN AUF, DIE AUF GEWISSE SCHIZOPHRENE KATEGORIEN ZUTRIFFT."
"ER HAT EINE ABSOLUT FESSELNDE PERSÖNLICHKEIT ENTWICKELT. ER SAGT SEHR WENIG... ABER ES IST ETWAS IN DER ART, IN DER ER EINEN ANSIEHT..."
"ER SAH MICH HEUTE AN, ALS WÄRE ICH IRGENDEIN INSEKT. ER SAH MICH AN, ALS TÄTE ICH IHM LEID."
"SEIN GESICHT IST SEHR HÄSSLICH. ICH HABE DEN GANZEN ABEND DARÜBER NACHGEDACHT."
"ICH GLAUBE, AN IHM INTERESSIEREN MICH BESONDERS SEINE VERHALTENSMUSTER. SIE SIND VÖLLIG IRRATIONAL, DOCH IHNEN SCHEINT EINE GEWISSE GESTÖRTE LOGIK INNEZUWOHNEN."
"ICH MACHE MIR SORGEN, JEMAND IN DER PARTEI KÖNNTE BEFEHLEN, DAS PROJEKT ZU BEENDEN, BEVOR ICH FESTSTELLEN KANN, WIE ES SICH ENTWICKELT. PROTHERO DEUTETE HEUTE MORGEN ETWAS IN DIESER RICHTUNG AN. WIR WERDEN SEHEN."
"12. JULI. PATEL, DER ASIATE IN ZELLE DREI, STARB HEUTE. SEINE LEBER HATTE DIE FUNKTION EINGESTELLT. HABE NOCH KEINE GELEGENHEIT GEHABT, IHN ZU ÖFFNEN UND NACH DEM GRUND ZU SUCHEN."
"ICH FURCHTE, ICH HABE WIEDER VIEL ZEIT MIT NUMMER FÜNF VERBRACHT."
"ICH BIN FROH, DASS WIR IHN IM GARTEN ARBEITEN LASSEN. PROTHERO HAT ZUERST GEZÖGERT. ICH NEHME AN, DIE LAGER MÜSSEN SICH WEGEN DER NAHRUNGSMITTELKNAPPHEIT SELBST VERSORGEN."
"JETZT IST DIE FETTE KRÖTE HOCHERFREUT. NUMMER FÜNF ERWIES SICH ALS GENIALER GÄRTNER."
"ER HAT DIE SCHÄDLINGE VERNICHTET, UND ES SIEHT NACH EINER GUTEN ERNTE AUS."
"7. AUGUST. DER GETREIDEERTRAG HAT SICH FAST VERDOPPELT. PROTHERO LÄSST NUMMER FÜNF EINIGE SACHEN FÜR DEN GARTEN BESTELLEN UND DULDET SOGAR, DASS ER AUF EINEM BEET BLUMEN ZIEHT."
"ER ZÜCHTET ROSEN. WUNDERSCHÖNE ROSEN. DIE FRAU IN ZIMMER EINS IST HEUTE MORGEN GESTORBEN. DIE HAUT AUF IHREM GESICHT UND HALS WAR WIE PLASTIK."
"16. SEPTEMBER. IM GARTEN IST ZU DIESER JAHRESZEIT NICHT VIEL ZU TUN. NUMMER FÜNF WILL MIR HELFEN, DIE QUARTIERE DES PERSONALS ZU VERSCHÖNERN."
"WERDE PROTHERO WOHL ÜBERREDEN MÜSSEN. IHN BESCHÄFTIGT NOCH, WAS FÜNF MIT DEM AMMONIAKDÜNGER GEMACHT HAT, DEN ER BESTELLTE."

"ER HAT IHN IN HAUFEN IN SEINER ZELLE ANGEORDNET. SIE BILDEN EINE ART GEOMETRISCHER FORM. ER SITZT STUNDENLANG REGLOS IN IHRER MITTE. DER AMMONIAKGESTANK IST SCHRECKLICH."
"29. SEPTEMBER. PROTHERO BEKLAGT SICH ÜBER FÜNFS VERBRAUCH AN FETTLÖSEMITTEL. ER HAT VIERZEHN GALLONEN BESTELLT UND MIT DER HÄLFTE DER KANISTER SEINE ZELLE DEKORIERT. PROTHERO RÜMPFT DIE NASE."
"DAS LÖSUNGSMITTEL UND DER DÜNGER AUF DEM BODEN VON FÜNFS ZELLE BILDEN IMMER VERWORRENERE MUSTER. ICH MUSS DIESE BESESSENHEIT BIS ZUM ENDE VERFOLGEN. SIE KÖNNTE EIN NEUES SYNDROM SEIN."
"5. NOVEMBER. IN SEINER ZELLE LIEGT ALLER MÖGLICHER UNRAT. DAS AMMONIAK STINKT SCHRECKLICH, UND ES RIECHT IRGENDWIE AUCH NACH EINEM SWIMMINGPOOL. GOTT ALLEIN WEISS, WOHER DAS KOMMT."
"ICH BIN SICHER, DASS ALL DAS IN SEINEM VERSTAND SINN ERGIBT. ICH BIN MIR VÖLLIG SICHER."
DER NÄCHSTE EINTRAG, DEN ICH VORLESEN MÖCHTE, WURDE AM 24. DEZEMBER 1993 GESCHRIEBEN, UND BEZIEHT SICH AUF DIE EREIGNISSE DES VORTAGS.
ER BEGINNT MIT DEN WORTEN "ER SAH MICH", DIE DURCHGESTRICHEN SIND. DANACH FOLGT: "NEIN, KANN NOCH NICHT DARÜBER SCHREIBEN. KANN ES NICHT..." DANN WIEDER EINE LÜCKE.
DANACH WERDEN DIE EINTRAGUNGEN MIT EINER ANDEREN TINTE FORTGESETZT...
"ICH WAR MITTENDRIN. ES WAR ETWA HALB ELF, ALS WIR DIE ERSTE EXPLOSION HÖRTEN."
"WIR LIEFEN ZUR TÜR, UM NACHZUSEHEN. ZUM GLÜCK STAND ICH GANZ HINTEN."
"DIE ERSTEN LIEFEN DIREKT IN DAS GAS. ES WAR SCHRECKLICH."
"EIN PAAR VON UNS LIEFEN DURCH DIE HINTERTÜR HINAUS, UM DEM GAS ZU ENTKOMMEN. ÜBERALL KONNTE MAN MENSCHEN SCHREIEN HÖREN."
"SCHREIENDE MÄNNER. ICH HASSE DAS. ICH HASSE ES, MÄNNER SCHREIEN ZU HÖREN."

"IN DER MITTE DES LAGERS STAND ALLES IN FLAMMEN. WÄHREND WIR HERAUS-ZUFINDEN VERSUCHTEN, WAS PASSIERT WAR, EXPLODIERTEN DIE ÖFEN."
"ICH LIEF. DOCH ALLE LIEFEN, UND ALLE IN VERSCHIEDENE RICH-TUNGEN. ES WAR SCHRECKLICH."
"ES WAR DER MANN IN ZIMMER FÜNF, DER AUSGEBROCHEN WAR, DER ENTKOMMEN WAR, DER ALLES IN DIE LUFT GESPRENGT HATTE..."
"ICH KONNTE ES NICHT WISSEN. DAS AMMONIAK, DER FETTLÖSER UND ALL DIE ANDEREN SACHEN. ER HAT DAMIT ETWAS HERGESTELLT."
"SENFGAS."
"... UND NAPALM."
"UND AUF DEM HOF SAH ICH IHN. HINTER IHM LODERTEN DIE FLAMMEN. ER WAR NACKT..."
"ER SAH MICH AN."
"ALS SEI ICH EIN INSEKT. MEIN GOTT. ALS SEI ICH IRGENDWO HINAUFGEKRABBELT."
"ER SAH MICH AN."

"ER IST FORT. DAS LAGER WURDE GESCHLOSSEN. NIEMAND SPRICHT DARÜBER. NIEMAND WEISS, WO ER IST."
DAS IST DER LETZTE EINTRAG. ERST SECHS MONATE SPÄTER SETZT DR. SURRIDGE DAS TAGEBUCH FORT, NACHDEM SIE SICH ERHOLT HATTE UND WIEDER IN LONDON WAR.
ENDE DER GESCHICHTE.
NUR, DASS ES NICHT DAS ENDE WAR. WAS WURDE AUS DEM MANN IN ZIMMER FÜNF? WAS HAT ER IN DEN VIER JAHREN NACH SEINER FLUCHT AUS LARKHILL GEMACHT?
"WIE IST ER ZU KODENAME V GEWORDEN?"
"EINEN TEIL DIESER VIER JAHRE HAT ER VIELLEICHT AN DEN AUSGEKLÜGELTEN VORBEREITUNGEN FÜR SEINE DERZEITIGEN UNTERNEHMUNGEN GEARBEITET. VIELLEICHT HAT ER SICH EINE OPERATIONSBASIS GESCHAFFEN..."
WHITE HEAT
"WIR HABEN BEWEISE, DASS DAS NICHT ALLES WAR, WAS ER GETAN HAT. VERBLÜFFENDE, SCHRECKLICHE BEWEISE."
"ZWISCHEN 1993 UND 1997 SIND ÜBER VIERZIG MENSCHEN GESTORBEN, DIE ZUVOR IN LARKHILL WAREN. WIR GINGEN JEDESMAL VON EINEM TOD DURCH UNFALL AUS. SCHLIESSLICH BLIEBEN NUR NOCH DREI ÜBRIG."
"DIE DREI, DIE ER SICH BIS ZULETZT AUFGESPART HAT."
"ER ENTFÜHRTE LEWIS PROTHERO, DEN LAGERKOMMANDANTEN, DER IHN FÜR DIE INJEKTION VON SUBSTANZ-5 AUSGEWÄHLT HATTE, DAS MITTEL, DAS SEINEN GEIST ZERSTÖRTE."
"PROTHERO IST JETZT UNHEILBAR WAHNSINNIG."
"ER SUCHTE BISCHOF LILLIMAN AUF UND ZWANG IHN, EINE VERGIFTETE HOSTIE ZU SCHLUCKEN. EIN SCHRECKLICHER, ENTWÜRDIGENDER TOD FÜR SOLCH EINEN MANN."
"DOCH MAN KANN EINEN GEWISSEN SCHWARZEN HUMOR DARIN SEHEN. ODER NICHT? EINE ART GALGENHUMOR? ICH WEISS ES NICHT. VIELLEICHT SEHEN SIE IHN."
"DANN DR. DELIA SURRIDGE, DIE KODENAME V HEUTE MORGEN BESUCHTE, AUF DEN TAG GENAU VIER JAHRE NACH SEINER FLUCHT AUS LARKHILL. SIE WAR EINE GUTE FRAU, EINE SEELE VON MENSCH. DOCH DANN LAS ICH DIESES TAGEBUCH UND ..."
"ICH WEISS NICHT. ICH WEISS NICHT. SIE IST JETZT TOT."

"SIE UND ALLE ANDEREN, DIE IN LARKHILL GEARBEITET HABEN. SIE UND ALLE ANDEREN, DIE IHN VIELLEICHT IDENTIFIZIEREN KÖNNTEN."
"VERSTEHEN SIE, ES GIBT **ZWEI** MÖGLICHE MOTIVE, NICHT EINS."
"DAS ERSTE MOTIV IST RACHE. ER ENTKOMMT AUS LARKHILL UND SCHWÖRT, MIT SEINEN PEINIGERN ABZURECHNEN. DIE BOMBEN IM PARLAMENT UND DIE ANDEREN ANSCHLÄGE WAREN NUR TÄUSCHUNGSMANÖVER."
"DIE GANZE SACHE IST EINE AUSGEKLÜGELTE, EISKALTE VENDETTA."
"DAS IST DIE ERKLÄRUNG, DIE MIR AM BERUHIGENDSTEN VORKOMMT. SELTSAM GENUG."
"DENN DAS BEDEUTET, DASS ER JETZT FERTIG IST. DASS BEDEUTET, DASS ES VORBEI IST."
"DAS ZWEITE MOTIV IST DÜSTERER. WIE ICH SCHON SAGTE, ALLE, DIE IHN IDENTIFIZIEREN KÖNNTEN, SIND JETZT TOT."
"WAS, WENN ER SICH NUR RÜCKENFREIHEIT VERSCHAFFT HAT?"
"WAS, WENN ER ETWAS ANDERES PLANT?"
"VERSTEHEN SIE? DIESES TAGEBUCH, DAS WIR GEFUNDEN HABEN... ES LAG DEUTLICH SICHTBAR AUF DEM SCHREIBTISCH DER FRAU DOKTOR. WIR MUSSTEN NICHT DANACH SUCHEN."
"ICH BIN ÜBERZEUGT, ER LIESS ES DORT LIEGEN. ER WOLLTE, DASS WIR ES FINDEN. ER WOLLTE, DASS WIR DEN GRUND ERFAHREN."
"ABER... UND DAS IST DAS KOMISCHE DARAN... ER WOLLTE NICHT, DASS WIR **ALLES** ERFAHREN."
"ALS WIR DAS TAGEBUCH FANDEN, WAREN EIN PAAR SEITEN HERAUSGERISSEN. DAS WAR NICHT DR. SURRDIGES WERK."
"WAS STAND AUF DEN FEHLENDEN SEITEN? SEIN NAME? SEIN ALTER? OB ER EIN JUDE, EIN HOMOSEXUELLER, EIN SCHWARZER ODER EIN WEISSER WAR?"
"UND ÜBERDIES, WENN SEINE VENDETTA **WIRKLICH** VORBEI IST..."
"WAS KÜMMERT ES IHN, OB WIR ES WISSEN ODER NICHT?"
"ER TREIBT EIN SPIEL MIT UNS. ER TREIBT EIN SPIEL, DAS GENAUSO KOMPLIZIERT IST WIE DAS MUSTER AUF DEM BODEN VON ZIMMER FÜNF, GENAUSO AUSGEKLÜGELT UND VERRÜCKT..."

"... UND TÖDLICH."
SIE SEHEN, WIR HABEN ES MIT EINEM PLAN ZU TUN, DER GENAUSO EINFALLSREICH WIE IRRATIONAL IST. ICH HABE DEN EINDRUCK, ALS GINGEN WIR AUF TREIBSAND. WIR WERDEN LANGSAM HINABGE-ZOGEN...
ICH MEINE, DIE VORSEHUNG HAT KEINE AUFZEICHNUNGEN ÜBER DIE EREIGNISSE IN LARKHILL. WIR FÜHRTEN KEINE UNTERLAGEN ÜBER DIE VORGÄNGE IN **IRGENDEINEM** LAGER. DA WAREN WIR WOHL **ETWAS ZU** VORSICHTIG.
ABER SCHAUEN SIE... NACH ALLEM, WAS WIR WISSEN, KÖNNTE DIESES TAGEBUCH EINE KOMPLETTE FÄLSCHUNG SEIN. KODENAME "V" KÖNNTE ES SELBST GESCHRIEBEN HABEN.
VIELLEICHT WAR ER ÜBERHAUPT NICHT IN LARKHILL. VERSTEHEN SIE? ES KÖNNTE EIN WEITERES TÄUSCHUNGSMANÖVER SEIN, EINE FALSCHE SPUR, EINE TARNGESCHICHTE...
MR. FINCH, SOLL ICH ETWA GLAUBEN, DASS JEMAND ÜBER FÜNFZIG MENSCHEN TÖTET, NUR UM UNS AUF EINE FALSCHE SPUR ZU FÜHREN? SCHON ALLEIN...
... DIE VORSTEL-LUNG IST...
... VERRÜCKT.
AH JA.
ICH VERSTEHE...
NUN GUT. DAS IST WOHL ALLES, MR. FINCH. ENGLAND GEDEIHE.
ACH, UND MR. FINCH...
FÜHRER?
FROHE WEIHNACHTEN.

BUCH 2

DIES VERDERBTE KABARETT

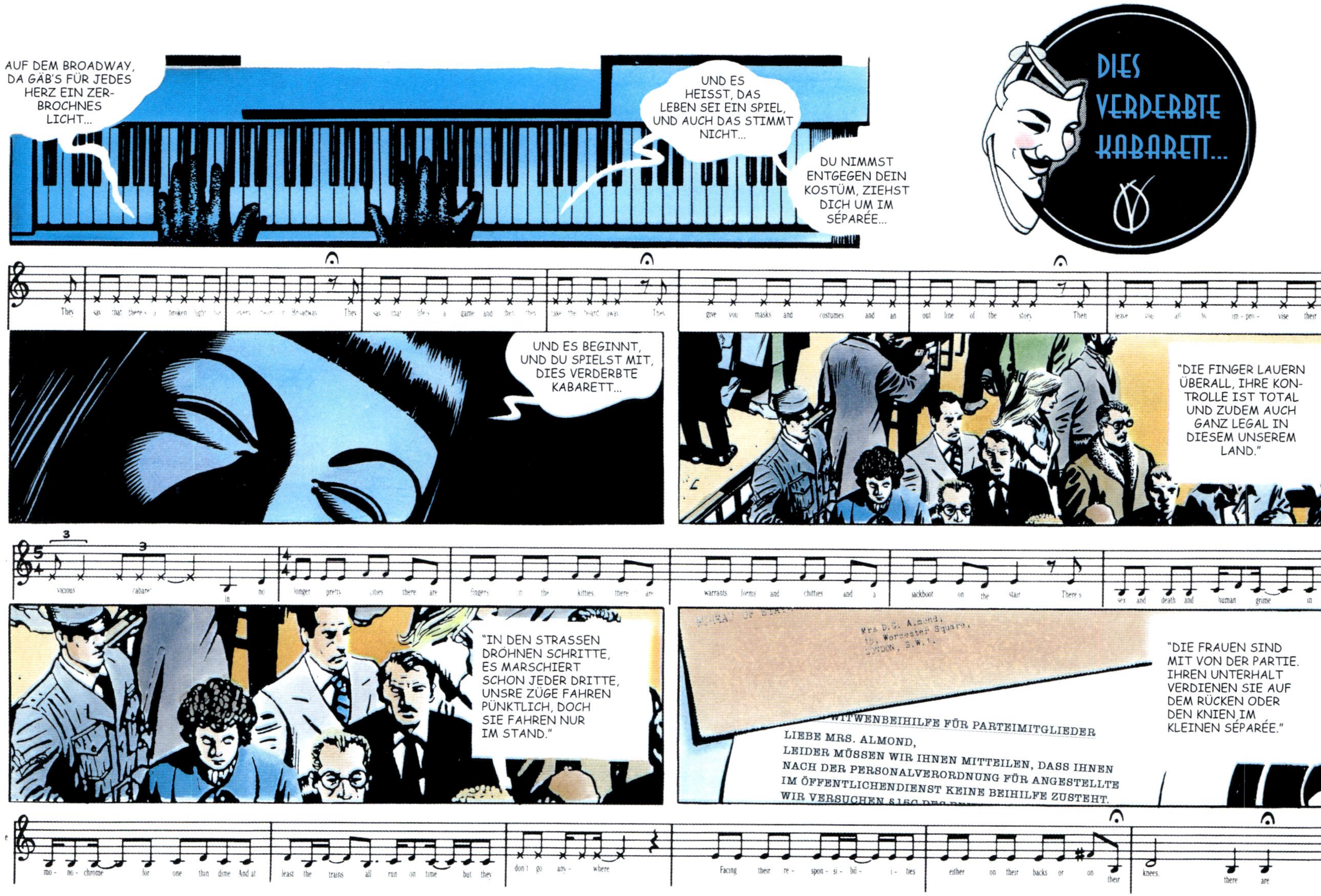
AUF DEM BROADWAY, DA GÄB'S FÜR JEDES HERZ EIN ZER-BROCHNES LICHT...
UND ES HEISST, DAS LEBEN SEI EIN SPIEL, UND AUCH DAS STIMMT NICHT...
DU NIMMST ENTGEGEN DEIN KOSTÜM, ZIEHST DICH UM IM SÉPARÉE...
DIES VERDERBTE KABARETT...
UND ES BEGINNT, UND DU SPIELST MIT, DIES VERDERBTE KABARETT...
"DIE FINGER LAUERN ÜBERALL, IHRE KON-TROLLE IST TOTAL UND ZUDEM AUCH GANZ LEGAL IN DIESEM UNSEREM LAND."
vicious cabaret in no longer pretty cities there are fingers in the kitties there are warrants forms and chitties and a jackboot on the stair There's sex and death and human grime in
"IN DEN STRASSEN DRÖHNEN SCHRITTE, ES MARSCHIERT SCHON JEDER DRITTE, UNSRE ZÜGE FAHREN PÜNKTLICH, DOCH SIE FAHREN NUR IM STAND."
Mrs D.C. Almond, 15, Worcester Square, LONDON, S.W.1.
WITWENBEIHILFE FÜR PARTEIMITGLIEDER
LIEBE MRS. ALMOND,
LEIDER MÜSSEN WIR IHNEN MITTEILEN, DASS IHNEN NACH DER PERSONALVERORDNUNG FÜR ANGESTELLTE IM ÖFFENTLICHENDIENST KEINE BEIHILFE ZUSTEHT.
"DIE FRAUEN SIND MIT VON DER PARTIE. IHREN UNTERHALT VERDIENEN SIE AUF DEM RÜCKEN ODER DEN KNIEN IM KLEINEN SÉPARÉE."
mo - no - chrome for one thin dime And at least the trains all run on time but they don't go any - where Facing their re - spon - si - bil - i - ties either on their backs or on their knees. there are

ladies who just simply freeze and dare not turn a - way
And the widows who re - fuse to cry will be dressed in garter and bow tie and be
"UND WITWEN DÜRFEN NICHT MEHR WEINEN. SONST HEISST ES: 'WAS GIBT ES DA ZU GREINEN?' ZIEHT EUCH AUS, UND HOCH MIT DEN BEINEN IM VERDERBTEN KABARETT."
"JETZT GEHT SIE LOS, DIE GROSSE SHOW! NUN TANZT, AUCH WENN DIE BÜHNE BRENNT, UND WIR SEHEN ALLE ZU, GANZ GEBANNT, ICH UND DU..."
taught to kick their legs up high in this vicious ca - ba - ret At last the nineteen- ninety- eight show' The ballet on the burning stage' The docu - ment'ry seen up -
WIE DAS ENTSETZEN WIRD VOLLENDS OMNIPRÄSENT!
"EIN ANSTÄNDIGER POLIZIST MUSS SEHN, WIE DIE OPFER IN DEN KERKERN FLEHN, DOCH AUCH ER KANN NUR DEN KOPF WEGDREHN; WENN AUCH MIT UNBEHAGEN."
on the fractured screen The dreadful po - em scrawled up - on the crumpled page' There's a policeman with an honest soul who's
"UND ER WISCHT WEG DIE ROTEN FLECKEN UND IGNORIERT DIE SCHWEREN KETTEN, DIE ER MUSS, NUR UM SICH ZU RETTEN, SEIT JAHREN SCHON ERTRAGEN..."
"WÄHREND SEIN HERR IN DER DUNKELHEIT BETRACHTET VOLLER ZÄRTLICHKEIT DIE HÄNDE, DIE ER DER MENSCHLICHKEIT UM DIE KEHLE HAT GELEGT."
seen whose head is on the pole and he grunts as he fills his briar bowl with a feeling of un - ease Then he briskly frisks the torn re - mains for a finger print or crimson stains and en -

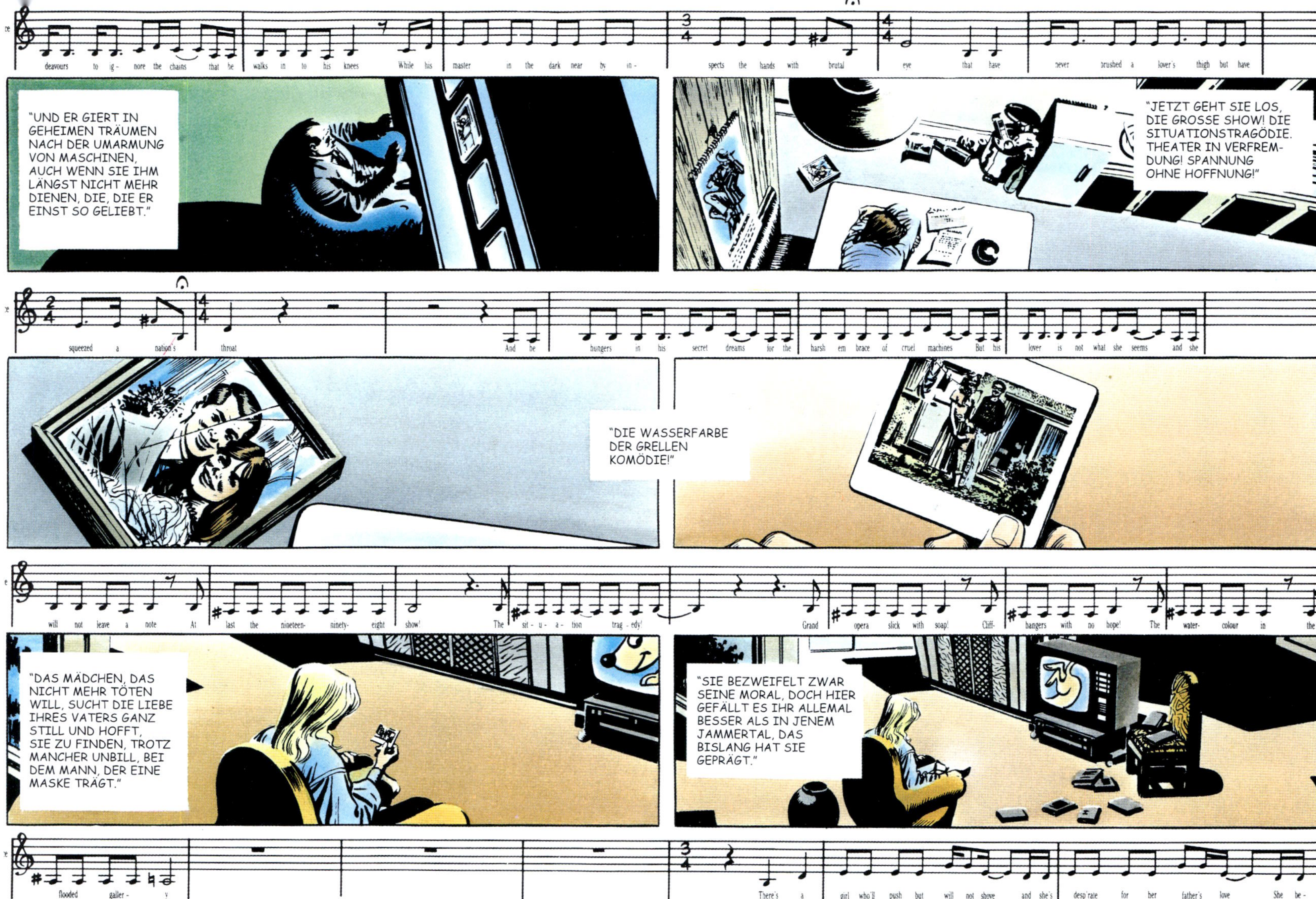
deavours to ig - nore the chains that he walks in to his knees While his master in the dark near by in - spects the hands with brutal eye that have never brushed a lover's thigh but have
"UND ER GIERT IN GEHEIMEN TRÄUMEN NACH DER UMARMUNG VON MASCHINEN, AUCH WENN SIE IHM LÄNGST NICHT MEHR DIENEN, DIE, DIE ER EINST SO GELIEBT."
"JETZT GEHT SIE LOS, DIE GROSSE SHOW! DIE SITUATIONSTRAGÖDIE. THEATER IN VERFREM-DUNG! SPANNUNG OHNE HOFFNUNG!"
squeezed a nation's throat And he hungers in his secret dreams for the harsh em brace of cruel machines But his lover is not what she seems and she
"DIE WASSERFARBE DER GRELLEN KOMÖDIE!"
will not leave a note At last the nineteen- ninety- eight show! The sit - u - a - tion trag - edy! Grand opera slick with soap! Cliff- hangers with no hope! The water- colour in the
"DAS MÄDCHEN, DAS NICHT MEHR TÖTEN WILL, SUCHT DIE LIEBE IHRES VATERS GANZ STILL UND HOFFT, SIE ZU FINDEN, TROTZ MANCHER UNBILL, BEI DEM MANN, DER EINE MASKE TRÄGT."
"SIE BEZWEIFELT ZWAR SEINE MORAL, DOCH HIER GEFÄLLT ES IHR ALLEMAL BESSER ALS IN JENEM JAMMERTAL, DAS BISLANG HAT SIE GEPRÄGT."
flooded galler - y There's a girl who'll push but will not shove and she's desp'rate for her father's love She be -

lieves the hand be- neath the glove may be one she needs to hold Though she doubts her host's mo - ral - i - ties she de - cides that she is more at ease in the land of doing- as- you- please than outside in the cold But the
DOCH DIE KULISSEN BRECHEN ZUSAMMEN, DANN STEHT DIE BÜHNE SELBST IN FLAMMEN, EIN MORD, DER NICHT STAND IN DEN PROGRAMMEN, UND TOTE LIEGEN AUF DEM FLUR.
SCHAUSPIELER UND GÄSTE BEIDERLEI WISSEN NICHT, OB DIE SHOW IST VORBEI, WARTEN AUF IHR STICHWORT, DOCH DABEI...
... LÄCHELT DIESE MASKE NUR.
backdrops peel and the sets give way and the cast get eaten by the play there's a murderer at the mat - i - nee. there are dead men in the aisles
"JETZT GEHT SIE LOS, DIE GROSSE SHOW! DAS HOHELIED, DAS KEINER SINGT! DER LETZTE GROSSE CHOR! UND GEHEN SOLL DER MOHR!"
"DIE PUPPE, DIE NACH DEM KLANG DER PEITSCHEN SPRINGT!"
And the patrons and the actors too are un - certain if the show is through. and with sidelong looks a - wait their cue but the frozen mask just smiles At last the nineteen- ninety- eight
NUN KOMMT UND SCHAUT DEM TREIBEN ZU! SPANNUNG, FREUDE, VIELE MÄDCHEN! JEDER KOMMT AUF SEINE KOSTEN! JEDER IST WILLKOMMEN HIER!
NUR KEINE SCHWULEN, SCHWARZEN...
JUDEN...
show! The torch song no one ever sings! The curfew chorus line! The come - dy di - vine! The bulging eyes of puppets. strangled by their strings!

There's thrills and chills and girls galore, there's sing- songs and surpri - ses! There's something here for ev' ry - one, re - serve your seat to - day! There's
... UND...
... PAKI-STANIS.
WAS WARTET IHR, SO TRETET EIN, IN...
mischiefs and malar - kies, but no queers or yids or darkies with - in this bastard's carnival, this vicious ca - ba - ret!
DIES VERDERBTE KABARETT!
ENDE DES VORSPIELS

5. JANUAR 1998. DIE SCHATTENGALERIE...
WIE DU SIEHST, SIND MEINE HÄNDE GANZ LEER.
SIE VERBERGEN NICHTS...
... UND ICH HABE AUCH NICHTS IM ÄRMEL STECKEN.
UND DOCH IST MIT EINER KLEINEN HANDBEWEGUNG...
... DAS KANINCHEN VERSCHWUNDEN!
OH.
HOL ES ZURÜCK!
HOL ES ZURÜCK? DOCH WENN ES IHM DORT GEFÄLLT, WO ES IST? HABEN WIR DAS RECHT, ES ZU STÖREN?
ABER WIE ICH SEHE, BIST DU BEREITS FEST ENTSCHLOSSEN. NUN GUT. WIR LEGEN DAS TUCH WIEDER AUF DEN KÄFIG... UND WENN WIR ES NUN FORTZIEHEN...

PRESTO!
DAS KANINCHEN IST WIEDER DA!
ABER JETZT IST SEIN ZUHAUSE FORT.
BUCH 2
DIES VERDERBTE KABARETT
KAPITEL 1
Verschwindibus
SPÄTER...
V...
JA?

DU HAST NIE... ICH MEINE, SEIT ICH HIER BIN, HAST DU NICHT...
NA JA, ICH MEINE... ES IST NICHT WICHTIG, ABER... ICH DACHTE MIR NUR, OB DU MICH VIEL-LEICHT... ÄH...
... NICHT MAGST.
GAR NICHT.
ICH MEINE... NICHT, DASS DU MICH MÖGEN **MÜSSTEST**, ODER SO... NICHT, DASS ICH ES UNBEDINGT WILL...
NA JA, ES KÖNNTE VIELE GRÜNDE GEBEN... WARUM DU NIE MIT MIR... ÄH... SCHLÄFST ODER SO.
VIELLEICHT GAB ES MAL EINE ANDERE. DAS WÜRDE ICH JA VERSTEHEN.
ODER... ÄH... VIEL-LEICHT MAGST DU EBEN KEINE FRAUEN. ABER DAS WÄRE JA AUCH NICHT SCHLIMM.
ODER VIELLEICHT...
... ODER VIEL-LEICHT BIN ICH DEIN VATER?

WOHER WUSSTEST DU, DASS ICH DAS DACHTE?
V?
V, BIST DU'S?
KOMM MIT, EVEY!
ICH HABE EINE ÜBERRASCHUNG FÜR DICH...
ICH FÜRCHTE, DU WIRST DAS ÜBERZIEHEN MÜSSEN. HAB KEINE ANGST...
... ES GEHÖRT ZUR ÜBERRASCHUNG.

HIER ENT-LANG...
V... WOHIN GEHEN WIR? ES WIRD KÄLTER...
PSSST, EVEY. UND HÖR ZU...
WAS SOLL ICH HÖREN?
ES IST NUR... ICH DENKE IMMER WIEDER, ICH MÜSSTE VERSUCHEN, DIR ZU HELFEN, WIE DU MIR GEHOLFEN HAST. ICH MEINE, SO LAUTET DOCH DER PAKT.
KEIN PAKT, EVEY. AUSSER, DU WILLST ES SO.
HE, DAS HABE...
DAS HABE ICH ZU DIR GESAGT, ALS...
V? WO SIND WIR?
... WIR EINEN PAKT SCHLIESSEN?
JA, ICH GLAUBE, WIR KÖNNEN EINEN PAKT SCHLIESSEN.
V, DAS IST UNHEIM-LICH. ICH MAG DAS NICHT.
ICH WERDE NICHT MEHR TÖTEN, V...
NICHT EINMAL FÜR DICH. NIE WIEDER.
ICH HABE GENUG DAVON. DAS IST DUMM, UND MIR IST KALT. ICH NEHME...
OH.

V... WO SIND WIR? WAS, WENN UNS JEMAND SIEHT?
V... DAS GEFÄLLT MIR NICHT. GEHEN WIR WIEDER HINEIN.
"DAS GEHT NICHT..."
... SAGTE SEIDENHAAR UND SCHAUTE PLÖTZLICH TRAURIG DREIN. "WARUM NICHT?" RIEF JO ÜBERRASCHT. "IST DAS NICHT DAS LAND TU-WAS-DU-WILLST?"
"DAS SCHON", SAGTE SEIDENHAAR. "ABER ES IST AN DER ZEIT, DASS WIR ZUM WUNSCHBAUM ZURÜCKKEHREN. DIESES LAND WIRD BALD WEI-ERZIEHEN... UND SO SCHÖN ES AUCH IST, WIR WOLLEN DOCH NICHT EWIG HIERBLEIBEN."
"DU GRÜNE NEUNE, NEIN", SAGTE JO. "MUTTER UND VATER KOMMEN OHNE UNS DOCH NICHT ZURECHT..."
V, HÖR AUF!
ICH BIN NICHT DEIN VATER, EVEY.

DEIN VATER IST TOT.
V, DAS IST NICHT KOMISCH. DAS IST SCHRECKLICH!
ICH WILL, DASS DU MICH NACH HAUSE BRINGST.
ICH WILL...

NUN BIST DU TOT, DEREK. ICH HAB DICH NIE GEMOCHT. ICH HATTE ANGST VOR DIR. ICH HABE DICH GELIEBT.
ES IST NUN AUS MIT DIR.
UND MIR...
KAPITEL 2
Verschleiert
SIE WAREN ALLE AUF DER BEERDIGUNG. SIE HABEN DICH AUCH NICHT GEMOCHT, NICHT WAHR? ICH HABE DAS FRÜHER NICHT KAPIERT.
HELEN HEYER SPRACH KAUM EIN WORT MIT MIR. SIE WAR VERÄNGSTIGT, ALS SEI SIE DIE NÄCHSTE AUF DER LISTE.
ROGER DASCOMBE WAR DA. ER FRAGTE, WIE ICH DENN NUN ZURECHTKÄME.
ER WAR SEHR NETT ZU MIR.
ALS ICH GING, GAB ER MIR DIE HAND UND SAGTE, ER WÄRE IMMER FÜR MICH DA, WENN ICH MAL ETWAS BRÄUCHTE.
ER LÄCHELTE DABEI. NUR KURZ.
DOCH MEINE HAND HIELT ER ZU LANG.
ES WAR EIN ANGEBOT, DEREK. UND JA, ER IST WIDERLICH, UND JA, ICH HASSE IHN...
... DOCH WENN MAN WITWE IST, SIEHT DIE WELT GANZ ANDERS AUS. MAN TRITT DURCH EINEN VORHANG UND IST AN EINEM ORT, AN DEM DIE LEUTE NICHT MEHR SIND WIE FRÜHER. EIN FREUDLOSER ORT, DEREK. DU BIST TOT, UND ICH...
... BIN ALLEIN.

UND, DEREK, WO ICH BIN, IST ES KALT UND DUNKEL UND ERSCHRECKEND.
UND DIESE WELT IST SO GEFÄHRLICH.
NACKT STEHT MAN IM REGEN. NICHTS IST DIR GEBLIEBEN... SICHERHEIT UND WÄRME UND GEBORGENHEIT SIND NUR LEERE WORTE...
... UND MAN SUCHT EINE ZUFLUCHT.
IRGENDEINE.
VERSTEHST DU, MAN IRRT HERUM. DIE WELT, DIE MAN GEKANNT HAT, IST VERSCHWUNDEN, UND ALLES SIEHT DÜSTER UND GANZ ANDERS AUS.
MAN STOLPERT DURCH DAS DUNKEL...
... UND TRIFFT DANN AUF JEMANDEN. GE-WISSERMASSEN.

ANGENEHM IST DAS ZWAR NICHT, UND VIELLEICHT FÜHLT MAN SICH ANGEWIDERT UND ZURÜCKGESTOSSEN, NEIN, NICHT DAS, ALLES, NUR NICHT DAS...
... DOCH WOHIN KANN MAN GEHEN? WELCHE WAHL IST EINEM GEBLIEBEN? MAN MUSS...
WEITERGEHEN. HINAB IN TIEFES DUNKEL.
ALLEIN.
GANZ UND GAR ALLEIN.
DASCOMBE RIEF AN. ER WOLLTE MIT MIR ESSEN GEHEN, UM MIR DIE DÜSTEREN GEDANKEN ZU VERTREIBEN.
ICH LEHNTE AB. ER SAGTE, ICH SOLLE ES MIR ÜBERLEGEN.

ICH BEKOMME NICHTS VOM STAAT, DEREK. NICHT EINEN PFENNIG. UND ICH BEKOMME KEINEN JOB. WAS HAB ICH DENN GELERNT? ICH FÜHRTE UNS DEN HAUSHALT...
DIE MIETE, STROM, DAS TELEFON, RECHNUNGEN ÜBER RECHNUNGEN.
ICH HABE ÜBER DICH NACHGEDACHT, DEREK. ÜBER SEX, AN DEM DU DAS INTERESSE VERLOREN HAST, ÜBER STREIT, TRINKEN, UND DASS ICH DICH WIRKLICH GELIEBT HABE.
DU WARST MEIN RETTUNGSANKER. ICH WAR ANS HAUS GEFESSELT. DU WARST MEINE VERBINDUNG MIT DER WELT. ICH BIN IMMER NOCH AN DICH GEBUNDEN, SELBST WENN DU GEBROCHEN BIST UND ICH DAHINTREIBE...
... UND WIEDER UND WIEDER DIE GLEICHEN BILDER SEHE.
UND ICH VERFOLGE SIE, AUS DER LETZTEN REIHE...
... DES SCHÄBIGEN ALTEN KINOS MEINER VERGANGENHEIT.
ODEON
ICH KEHRE ZURÜCK IN DIE WINKEL DER ERINNERUNGEN, SELBST IN DIE DUNKELSTEN, SCHMUTZIGSTEN ECKEN...
NUR, WEIL DU DAMALS DORT WARST.
ICH WILL MICH AN DICH KLAMMERN, SO, WIE ICH DIES IMMER TAT. OBWOHL ICH WEISS, DASS ES DICH LÄNGST SCHON NICHT MEHR GIBT.
DICH.
Nomination Best Film 1986
the salt flats
it's about letting go...
ERIE PAGE
ATTO
AW

GELIEBTER.
DU BIST FORT.
NICHTS KANN DAS ÄNDERN.
JETZT RÄUME ICH DIE GANZEN DINGE FORT, AN DIE ICH MICH ERINNERE, PACKE SIE WEG MIT ALL DEN ANDEREN SOUVENIRS, GANZ UNTEN IN DEN SCHRANK...
UND MACHE WEITER.
ES MUSS WEITERGEHEN.
WIR ALLE MÜSSEN EINFACH WEITERMACHEN. SO ÜBERLEBEN WIR.
STRENGTH THROUGH PURITY PURITY THROUGH FAITH
DAS IST UNSER ZWECK.

UNSER ZWECK IST, ZU ÜBERLEBEN.
ROSEMARY?
KOSTE ES, WAS ES WOLLE.
SOLL ICH EIN TAXI RUFEN? TRINKEN WIR BEI MIR NOCH EINEN KAFFEE...
ER WIDERT MICH AN. ICH FÜHLE MICH SCHMUTZIG. UND ICH WEISS, DASS ER ES NUR TUT, UM DICH ZU TREFFEN. OBWOHL DU NICHT MEHR LEBST, JETZT...
ABER ER IST DA, DEREK.
ICH KANN DER DUNKELHEIT NICHT ENTGEGENTRETEN.
NICHT ALLEIN.
ICH TRAF EINEN ENTSCHLUSS, DEREK, ICH RIEF IHN AN...
... UND DER SCHLEIER SCHLOSS SICH HINTER MIR.
O GOTT.
O GOTT.

23. FEBRUAR 1998.
HEUTE, HEIDI! DER 1. OKTOBER 2501...
... UND DIE SHOW FÄNGT AN!
NTV FILM DEPT.
DIE SCHWARZEN SCHLÄCHTER HABEN ZU LANGE NACH BELIEBEN GESCHALTET UND GEWALTET! SIE VERGEWALTIGEN UNSERE FRAUEN, VERBRENNEN UNSERE HÄUSER, UNSEREN BESITZ...
ABER DAMIT IST SCHLUSS, HEIDI!
DENN VON HEUTE AN...
... SCHLÄGT STORM SAXON ZURÜCK!
OH, STORM! HALTE MICH... HALTE MICH GANZ FEST!
ICH... HEIDI? WAS IST LOS?
HINTER DIR, STORM! PASS AUF!
WAS ZUM...
SO! DAS SEIN BERÜHMTER STORM SAXON!
HM, HM! UND WER DIESES HÜBSCHE WEISSE MÄDEL SEIN?
IHR BASTARDE! WENN IHR SIE ANRÜHRT...
WAS DANN, MISTER HOCHWOHLGEBOREN SAXON? SPREIZT DER LADY DIE BEINE, JUNGS...

LEROY! PASS AUF! DER WEISSE TEUFEL HABEN LASER-LUGER!
STIRB, DU SCHWARZER KANNIBALENABSCHAUM!
STIRB! STIRB! STIRB!
KAPITEL 3
Video
... UND WIE ES WEITERGEHT MIT STORM SAXON IM ALPTRAUMHAFTEN ENGLAND DER ZUKUNFT, SEHEN SIE NÄCHSTEN DIENSTAG UM FÜNF NACH ACHT AUF N.T.V. EINS.
DOCH JETZT BEKOMMEN ES SID UND BRENDA MIT EINEM NACHBARN ZU TUN, DER SIE DER HAMSTEREI BESCHULDIGT.
"WER ZULETZT LACHT..." IN WENIGEN MINUTEN HIER AUF N.T.V. EINS.
... IN ABERDEEN VERLOREN IM LAUF DER LETZTEN DREI JAHRE 230 MENSCHEN IHR LEBEN BEI ATTENTATEN, FÜR DIE DIE S.N.A. DIE VERANTWORTUNG ÜBERNAHM.
IN GLASGOW IST DIE ZAHL SOGAR NOCH HÖHER. HEUTE ABEND SCHAUT INTERFACE AUF N.T.V. ZWEI HINTER DIESE SINNLOSE TERRORISTISCHE GEWALT.
ICH WAR IN IRLAND. DAS IST VIEL, VIEL SCHLIMMER...
BRENDA, SIND DAS DEINE MÖPSE?
... ZEHNJÄHRIGE MIT GRANATEN...
MEINE WAS?
DIE FRAUEN SPUCKEN EINEN AN...
DEINE MÖPSE! DIE STOFFTIERE, DIE DIR DEINE MUTTER GESCHENKT HAT!
... STRASSEN UND PARKPLÄTZE VOLLER EISENNÄGEL ...
ACH SO! DIE MEINST DU!

... EIN FLASCHE MIT BENZIN, EIN ALTER LAPPEN...
STUDIO 1
HAHAHA-HAHAHAHAHA-HAHAHA!
HIER IN EASTER-HOUSE IST DIE GEWALT... NUN JA... AUF DEM VOR-MARSCH...
SID, MR. GLOVER VON DER MUNITIONS-FABRIK MÖCHTE, DASS ICH MORGEN MIT IHM ÜBERSTUNDEN MACHE, DAMIT ICH MEINE QUOTE SCHAFFE...
ER SAGT, ICH SEI ETWAS ZU-RÜCKGE-BLIEBEN.
HAHAHA-HAHAHAHA-HAHAHAHAHA!
ICH MEINE, MEIN FREUND...
ER STAND EINFACH NUR NEBEN DIESEM ALTEN MOHAMMEDANER...
ER BEKAM EINE KUGEL DURCHS AUGE...
ER MEINT, WENN ICH MAL SO RICHTIG HAND ANLEGE UND MICH SCHÖN HIN... ÄH... REINKNIE, WILL ER MIR EINE TOLLE POSI-TION ZEIGEN!
EINE WAS?!
EINE BEFÖRDERUNG, SID! ER HAT EIN AUGE AUF MICH GEWORFEN.
ERST GESTERN SAGTE ER, ZWEI GUTE GRÜNDE WÜRDEN FÜR MICH SPRECHEN!

DAS KANN ICH MIR VORSTELLEN!
HAHAHA-HAHAHAHA-HAHAHAHA!
... M-15-RAKETEN, ELEKTROSTÖCKE, WEISSER PHOSPHOR, SPLITTERBOMBEN MIT PLASTIKNÄGELN, DIE MAN UNTER EINEM RÖNTGENGERÄT NICHT SIEHT...
HAHAHA-HAHAHAHA-HAHAHAHA!
HAHAHAHA-HAHAHAHA-HAHA!
ES IST KEIN HÜBSCHES BILD, NICHT WAHR? DOCH LANGSAM ABER SICHER WIRD DIE S.N.A. NACH NORDEN ZURÜCKGETRIEBEN...
Test Sig
... UND ZUM STICHTAG, DEM JAHR 2000, WIRD DAS VEREINIGTE KÖNIGREICH HOFFENTLICH WIEDER VEREINIGT SEIN.
NÄCHSTE WOCHE BETRACHTET INTERFACE EIN PAAR SATELITENBILDER DER SOWJETISCHEN WEIZEN-MISSERNTE UND FRAGT: STEHT RUSSLAND VOR EINER ERNEUTEN REVOLUTION?
BIS DAHIN... GUTEN ABEND!
HE AIR
OOH, SID, HÖR AUF!
WAS, WENN JEMAND KOMMT?
FIRE
ICH MEINE, WIR SOLLTEN DOCH AN DER ARBEIT SEIN...
SIND WIR DOCH!
SID!!

HAHAHAHAHA-
HAHAHAHAHA-
HAHAHA-
HAHA!
FIRE
UND NUN IST AUF N.T.V. ZWEI UNTERHALTUNG ANGESAGT...
WIR SCHALTEN UM ZU DOCK GREEN, EINER WEITEREN EPISODE DER KLASSISCHEN KRIMISERIE MIT JACK WARNER IN DER HAUPTROLLE.
GUTEN ABEND.
VERBRECHEN... EIN HÄSSLICHES WORT, SELBST HIER IN DOCK GREEN...
... UND BESONDERS, WENN UNSCHULDIGE MENSCHEN WIE SIE UND ICH DAVON BETROFFEN SIND.
HEUTE WERDE ICH IHNEN DIE GESCHICHTE VON HARRY BISHOP ERZÄHLEN, DER HERAUSFAND, **WIE** HÄSSLICH DAS VERBRECHEN SEIN KANN...
... AUF DIE HARTE TOUR!
ALLES BEGANN MIT EINER BEMERKUNG MEINES SCHWIEGERSOHNS ANDY BEIM ABENDESSEN...
RUNTER DAMIT!
WIE BITTE, MR. GLOVER?
IHRE EINKAUFSTÜTEN! RUNTER VON MEINEM SCHREIBTISCH.
GEORGE, ICH MACHE MIR SORGEN UM LAUDERDALE.
UM DEN ALTEN LORDY? WARUM? WAS IST LOS, ANDY?
ICH WEISS NICHT, GEORGE... ER IST... NA JA... **ANDERS**.
OJE, MR. GLOVER. JETZT FALLEN MEINE MELONEN RAUS.

HA
"DAS BILD IST WEG..."
"TU DOCH WAS, VATER."
"DAS VERDAMMTE BILD IST WEG."
"DAD! DER FERNSEHER SPINNT!"
"IST ES DIE ANTENNE?"
"MUM? DER FERNSEHER..."
"WOFÜR BEZAHLEN WIR DENN GEBÜHREN, VERDAMMT?"
"AUGENBLICK MAL..."
"DA IST JA WIEDER WAS. SCHON BESSER. LASS ES SO..."
"AHHH..."
GUTEN ABEND, LONDON.
ICH DACHTE, ES IST AN DER ZEIT, DASS WIR UNS UNTERHALTEN.
VTV
SITZEN SIE BEQUEM?
DANN FANGE ICH AN...

23. FEBRUAR 1998. ZUR BESTEN SENDEZEIT.
VTV
ICH NEHME AN, DU FRAGST DICH, WARUM ICH DICH HEUTE ABEND HIERHERBESTELLT HABE.
NUN JA, ICH BIN IN LETZTER ZEIT NICHT GANZ MIT DEINER LEISTUNG ZUFRIEDEN... ICH FÜRCHTE, DU BIST ETWAS NACHLÄSSIG GEWORDEN, UND...
... UND, NUN JA, ICH FÜRCHTE, WIR HABEN DARAN GEDACHT, DICH ZU ENTLASSEN.
OH, ICH WEISS, ICH WEISS. DU BIST SCHON SEHR LANGE BEI DER FIRMA. FAST... LASST MICH MAL ÜBERLEGEN. FAST ZEHNTAUSEND JAHRE! MEIN GOTT, WIE DIE ZEIT VERGEHT!
ES KOMMT MIR WIE GESTERN VOR...
ICH ERINNERE MICH NOCH AN DEN TAG, AN DEM DU DEINE STELLE HIER ANGETRETEN HAST. DU SCHWANGST DICH VON DEN BÄUMEN, MIT ROTEM GESICHT UND NERVÖS, EINEN KNOCHEN IN DEINER ZORNIGEN FAUST...
"WO SOLL ICH ANFANGEN, SIR?", FRAGTEST DU WEHMÜTIG.
ICH ERINNERE AN MEINE GENAUEN WORTE: "DA DRÜBEN LIEGEN EIN PAAR DINOSAURIEREIER, JUNGE", SAGTE ICH MIT EINEM VÄTERLICHEN LÄCHELN.
"SAUG SIE AUS."
KAPITEL 4
Vorankommen im Beruf
NT-V NEWS
DIVERSI
NUN, SEITDEM HABEN WIR ES WEIT GEBRACHT, NICHT WAHR? UND JA, SICHER, DU HAST RECHT, IN ALL DIESEN JAHREN HAST DU NICHT EINEN EINZIGEN TAG GEFEHLT.

GUT GEMACHT, DU BRAVER, TREUER DIENER.
UND GLAUBE BITTE NICHT, ICH HÄTTE DEINE HERVORRAGENDEN ARBEITS-BEURTEILUNGEN VERGESSEN, ODER DIE ZAHLREICHEN UND UNBEZAHLBAREN ÜBERSTUNDEN, DIE DU DER FIRMA GELEISTET HAST.
FEUER, DAS RAD, DIE LANDWIRTSCHAFT... EINE BEEINDRUCKENDE LISTE, ALTER KNABE. EINE ERFREULICH BEEINDRUK-KENDE LISTE. VERSTEH MICH NICHT FALSCH.
ABER... NA JA, UM EHRLICH ZU SEIN, WIR HATTEN AUCH UNSERE PROBLEME. DAVOR IST NIEMAND GEFEIT.
WEISST DU, WOHER EINE MENGE DIESER PROBLEME MEINER MEINUNG NACH STAMMEN? ICH WILL ES DIR SAGEN...
DU BIST PRINZIPIELL NICHT BEREIT, IN DER FIRMA **VORANZUKOMMEN**. DU SCHEINST KEINE ECHTE VERANTWORTUNG ÜBERNEHMEN, KEINE EIGENEN ENTSCHEIDUNGEN TREFFEN ZU WOLLEN.
WEISS GOTT, DU HATTEST SEHR OFT GELEGENHEIT DAZU...
WIR BOTEN DIR IMMER WIEDER EINE BEFÖRDERUNG AN, UND IMMER WIEDER HAST DU SIE AUSGESCHLAGEN.
"ICH WÜRDE MIT DIESER ARBEIT NICHT FERTIG, CHEF", HAST DU GEWINSELT. "ICH WEISS, WOHIN ICH GEHÖRE."
MAL EHRLICH... DU **VERSUCHST** ES GAR NICHT, ODER?
VERSTEHST DU, DU KOMMST SCHON ZU LANGE NICHT VON DER STELLE, UND DAS ZEIGT SICH ALLMÄHLICH BEI DEINER ARBEIT...

UND, WIE ICH HINZU FÜGEN DARF, BEI DEINEM ALLGEMEINEN BENEHMEN.
DAS STÄNDIGE GEZÄNK IN DER FIRMA IST MIR NICHT ENTGANGEN...
... EBENSOWENIG DIE JÜNGSTEN ANWAND-LUNGEN FLEGELHAFTEN BENEHMENS IN DER PERSONALKANTINE.
DANN IST DA NATÜR-LICH NOCH...
HMMM. ICH WOLLTE DAS EIGENTLICH NICHT ZUR SPRACHE BRINGEN, ABER...
NA JA, ICH HABE EIN PAAR UNERFREULICHE GERÜCHTE ÜBER DEIN PRIVATLEBEN AUF-GESCHNAPPT.
NEIN, GANZ EGAL, WER ES MIR GESAGT HAT. KEINE NAMEN, KEINE KLASSENKEILE...
DU SOLLST NICHT MIT DEINER BESSEREN HÄLFTE ZURECHTKOMMEN. ICH HABE GEHÖRT, DASS IHR STREITET. MAN ERZÄHLT, DASS IHR SCHREIT. VON GEWALT-TÄTIGKEITEN WAR DIE REDE.
ICH WEISS AUS ZUVERLÄSSIGER QUELLE, DASS DU IMMER DENEN WEH TUST, DIE DU LIEBST...
... DIE, DENEN DU NIEMALS WEH TUN SOLLTEST.

UND WAS IST MIT DEN KINDERN? DU WEISST GENAU, DASS IMMER DIE KINDER AM MEISTEN DARUNTER LEIDEN.
ARME KLEINE WÜRMER. WAS SOLLEN SIE DAVON HALTEN?
WAS SOLLEN SIE VON DEINER BRUTALITÄT HALTEN, DEINER VERZWEIFLUNG, DEINER FEIGHEIT UND DEINER SORGSAM GEPFLEGTEN BIGOTTERIE?
DAS REICHT DOCH WIRKLICH NICHT AUS, ODER?
UND ES IST AUCH NICHT GUT, DASS DU DEN LEISTUNGSABFALL BEI DEINER ARBEIT EINER SCHLECHTEN GESCHÄFTS-FÜHRUNG ZUSCHREIBST...
AUCH WENN DIE GESCHÄFTS-FÜHRUNG **WIRKLICH** SEHR SCHLECHT IST.
BETREIBEN WIR KEINE WORTKLAUBEREI... DIE GESCHÄFTSFÜHRUNG IST **ENTSETZLICH**!
EINE REIHE VON VER-UNTREUERN, BETRÜGERN, LÜGNERN UND WAHNSINNIGEN HAT EINE REIHE KATASTROPHALER ENTSCHEIDUNGEN GETROFFEN.
DAS IST FAKT.
DOCH WER HAT SIE **GEWÄHLT**?

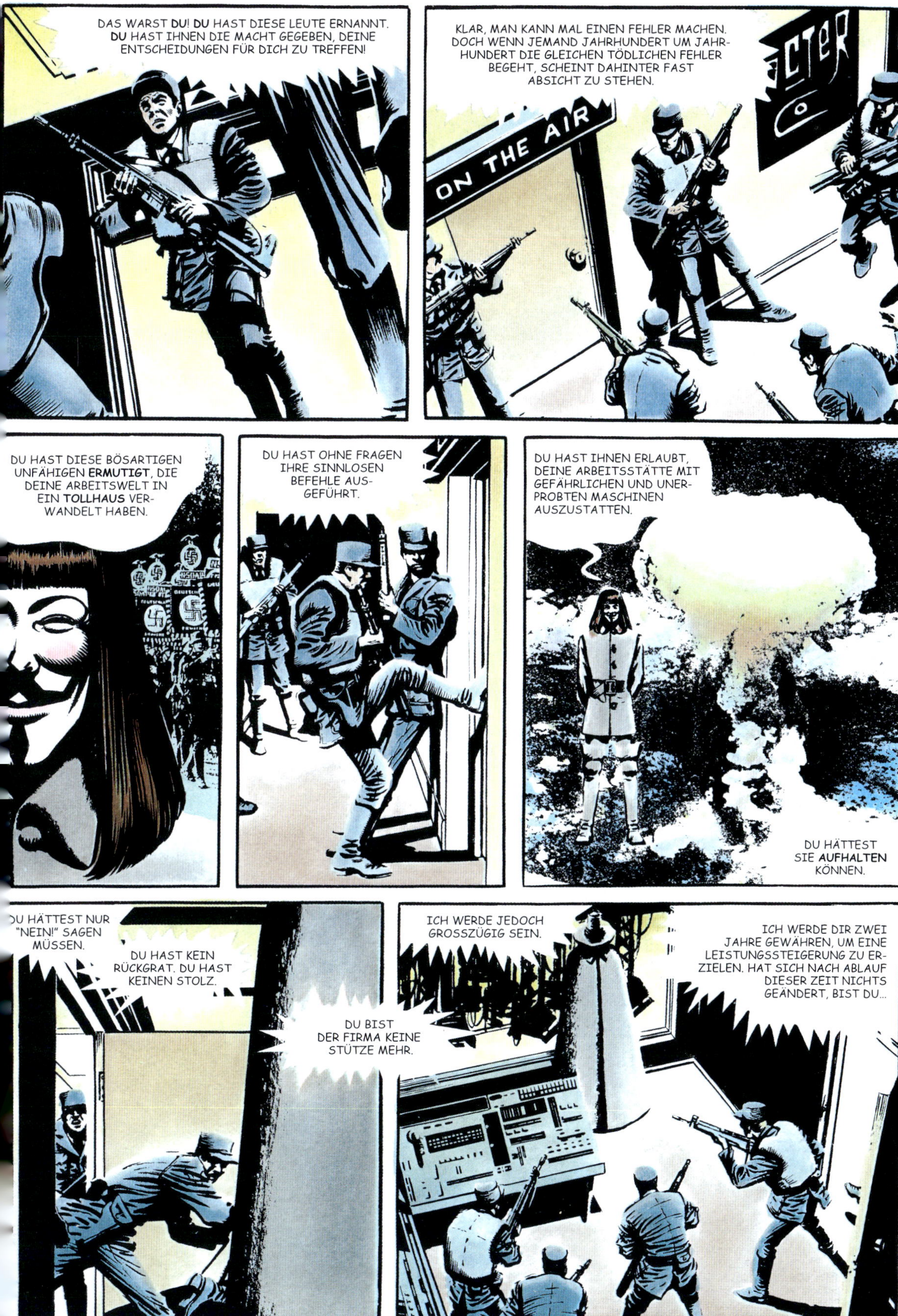
DAS WARST DU! DU HAST DIESE LEUTE ERNANNT. DU HAST IHNEN DIE MACHT GEGEBEN, DEINE ENTSCHEIDUNGEN FÜR DICH ZU TREFFEN!
KLAR, MAN KANN MAL EINEN FEHLER MACHEN. DOCH WENN JEMAND JAHRHUNDERT UM JAHRHUNDERT DIE GLEICHEN TÖDLICHEN FEHLER BEGEHT, SCHEINT DAHINTER FAST ABSICHT ZU STEHEN.
ON THE AIR
DU HAST DIESE BÖSARTIGEN UNFÄHIGEN ERMUTIGT, DIE DEINE ARBEITSWELT IN EIN TOLLHAUS VERWANDELT HABEN.
DU HAST OHNE FRAGEN IHRE SINNLOSEN BEFEHLE AUSGEFÜHRT.
DU HAST IHNEN ERLAUBT, DEINE ARBEITSSTÄTTE MIT GEFÄHRLICHEN UND UNERPROBTEN MASCHINEN AUSZUSTATTEN.
DU HÄTTEST SIE AUFHALTEN KÖNNEN.
DU HÄTTEST NUR "NEIN!" SAGEN MÜSSEN.
DU HAST KEIN RÜCKGRAT. DU HAST KEINEN STOLZ.
DU BIST DER FIRMA KEINE STÜTZE MEHR.
ICH WERDE JEDOCH GROSSZÜGIG SEIN.
ICH WERDE DIR ZWEI JAHRE GEWÄHREN, UM EINE LEISTUNGSSTEIGERUNG ZU ERZIELEN. HAT SICH NACH ABLAUF DIESER ZEIT NICHTS GEÄNDERT, BIST DU...

... GEFEUERT.
DAS IST ALLES. DU KANNST AN DEINE ARBEIT ZURÜCK.
DER NORMALE BETRIEB WIRD SO SCHNELL WIE MÖGLICH WIEDER AUFGENOMMEN.

ANDERSWO:
KAPITEL 5
Versetzt
VERDAMMT, WARUM HABE ICH IHN GESCHLAGEN?
ES WAR NICHT SEINE SCHULD. ER HATTE DEN JOB ERST EINE WOCHE...
MR. FINCH? CREEDY. **PETER CREEDY**. ICH ÜBERNEHME VON MR. ALMOND ...
ER IST HIER FERTIG. WIR HABEN IHN NICHT ANGE-RÜHRT.
The
UDIOS

HABEN SIE GEHÖRT, WAS ER GETAN HAT? VERDAMMT EINFALLSREICH. ER BRICHT IN DEN JORDAN TOWER EIN, HÄLT DASCOMBE UND SEINEN LEUTEN EINE BOMBE VOR DIE NASE UND ZWINGT SIE, SEIN VIDEO ZU SENDEN.
LÄSST DASCOMBE DAS GEBÄUDE VON SEINEM SCHALTPULT AUS ABRIEGELN.
ER WUSSTE, DASS DER SENDER IM TOWER WAR. MUSS ES GEWUSST HABEN. ER WUSSTE, DASS WIR NICHT EINFACH HINEINSPAZIEREN UND DEN STECKER RAUSZIEHEN KÖNNEN,NACHDEM ER DAS GEBÄUDE ABGESCHOTTET HAT.
VERDAMMT EINFALLSREICH.
NATÜRLICH KONNTE **ER** AUCH NICHT **HINAUS**.
KURZ BEVOR WIR KAMEN, HAT ER ALLE AUSSER DASCOMBE AUS DER SCHALTZENTRALE GESCHICKT. ALS MEINE JUNGS REINPLATZTEN, STAND ER VOR DEM FENSTER.
ER HAT SICH - NICHT MAL GEWEHRT. SIE ERÖFFNETEN EINFACH DAS FEUER UND...
WO IST DASCOMBE?
BITTE?
DASCOMBE. WO IST ER?
KEINE AHNUNG...
ER WIRD WOHL RAUSGEGANGEN SEIN. ICH NEHME AN, ER WAR NOCH BENOMMEN.
ER HATTE EINEN SCHOCK.
DAS KANN MAN WOHL SAGEN.
WANN IST DAS PASSIERT?
ICH... ABER...
VOR ZEHN MINUTEN. ZEHN ODER FÜNFZEHN MINUTEN.

ES BESTEHT DIE GERINGE MÖGLICHKEIT, DASS ER NOCH IRGENDWO IM GEBÄUDE IST. LASSEN SIE ES DURCHSUCHEN.
UND DANN SOLLTE EINER IHRER HOLZKÖPFE VIELLEICHT MR. ALMONDS WITWE ANRUFEN. SIE UND DASCOMBE STANDEN SICH IN LETZTER ZEIT NAH.
SICHER.
SICHER, FINCH. KEIN GRUND, ÜBER MEINE JUNGS HERZUZIEHEN
MEIN GOTT, JEDER KANN MAL EINEN FEHLER MACHEN.
NEIN. BEI **IHM** NICHT!
WENN SIE BEI **IHM** EINEN FEHLER MACHEN, SIND SIE **TOT**!
SIE ODER EIN ANDERER.
WANN HÖREN SIE ENDLICH AUF, DIESEN BASTARD ZU BEHANDELN, ALS SEI ER EIN MENSCH?
WANN WERDEN SIE ENDLICH **KLUG**? WANN WERDEN ES **ALLE** BEGREIFEN?
MR. FINCH...
SCHON GUT, JUNGE. LASSEN SIE IHN SICH AUSTOBEN.
WIR WISSEN DOCH ALLE, DASS ER NICHT MEHR DER ALTE IST, SEIT DIESE ÄRZTIN, MIT DER ER ZUSAMMEN WAR, UMGEBRACHT WURDE.
WARUM?

WARUM HABE ICH IHN GESCHLAGEN?
DER FÜHRER NAHM ES EIGENTLICH SEHR GELASSEN. ICH ERWARTETE EINE VIEL SCHÄRFERE ZURECHTWEISUNG, ALS SIE DANN ERFOLGTE.
UND DANN SCHICKTE ER MICH HIERHER NACH NORFOLK...
SCHICKT MICH AUF URLAUB, UM HIMMELS WILLEN. SEIT DER FLUT VON 1989 GIBT ES HIER NICHTS MEHR, UND...
EIN URLAUB. ER MUSS SICH SORGEN UM MICH MACHEN.
ICH MACHE MIR SORGEN UM MICH.
DOMINIC KLANG GESTERN ABEND AM TELEFON GANZ ZUVERSICHTLICH. ER KOMMT EINIGER-MASSEN GUT ZURECHT. ICH BRAUCHTE EINE STUNDE, UM DURCHZUKOMMEN, UND WIR SPRACHEN VIER MINUTEN MITEINANDER.
ICH FRAGE MICH, OB ER ES WAR, DER ALLEN VON DELIA UND MIR ERZÄHLT HAT.
WAHRSCHEINLICH DELIA.
SIE HAT ANGEBLICH NIEMANDEM WAS GE-SAGT, ABER... SIE HAT MIR NIE ERZÄHLT, WAS SIE IN LARKHILL GETAN HAT.
WIR HABEN ES NUR DREIMAL GEMACHT, INSGESAMT. IN ALL DIESEN JAHREN.
WIR TRANKEN DIE FLASCHE SCOTCH BEI MIR, DIE SIE GE-KAUFT HATTE.
UND ICH HABE UNS EIER MIT SCHINKEN GEBRATEN.
UM VIER UHR MORGENS.

ZU HAUSE
OH. HALLO.
HALLO, GORD.
SCHON GUT. WILL NICHT STÖREN. WOLLTE DIR NUR SAGEN, DASS WIR JEMANDEN GEFUNDEN HABEN, BEI DEM WIR DEN FUSEL ABLADEN KÖNNEN.
EIN TYP DRÜBEN IN PIMLICO.
TOLL. SAG TERRY, DASS ICH IHN SAMS-TAG WEGEN DEM GELD SPRECHEN WERDE.
JA. OKAY.
WIE IST ÜBRIGENS DEINE UNTERMIETERIN? TERRY HAT ERWÄHNT...
SIE IST OKAY.
SAG TERRY, BIS SAMSTAG ALSO, JA?
KEIN PROBLEM. BIS DANN, GORD.
WER WAR DAS?
'NE ALTE DAME. FRAGTE, OB ICH WAS FÜR OBDACHLOSE KINDER SPENDEN WOLLTE.
HAB GESAGT, ICH HÄTTE SCHON EINS.
LÜGNER!

BRAUCHST DU NOCH LANGE? DEIN EI IST FERTIG. ICH HAB'S GENAU ACHT MINUTEN GEKOCHT.
DAS IST **DEIN** EI. **ICH** BEKOMME DAS DREIMINUTENEI.
DU HÖRST DICH HEUTE MORGEN GLÜCKLICHER AN.
WO BIST DU?
HIER DRIN.
IN DER WANNE LAGEN ÜBERALL HAARE.
JEDER HAT EIN HOBBY. **ICH** ERTRÄNKE KLEINE KATZEN.
BIST DU ANGEZOGEN?
JA. KOMM REIN.
HIER.
ALSO GEHT'S DIR ETWAS BESSER? KOMMST DU ÜBER DEN KERL HINWEG, MIT DEM DU ZUSAMMENGELEBT HAST?
NUN JA, ZUSAMMENGELEBT KANN MAN NICHT UNBEDINGT SAGEN... SO WAR DAS NICHT...
NEIN. UND IST ES BEI UNS AUCH NICHT. ICH GEHE LIEBER WIEDER RUNTER UND ESSE MEIN HARTGEKOCHTES EI, BEVOR MICH DEINE SINNLICHKEIT ÜBERWÄLTIGT.
DU BRAUCHST NICHT SARKASTISCH ZU WERDEN, NUR WEIL ICH DAS BESSERE EI HABE.
NEIN.
BIN FROH, DASS ES DIR BESSER GEHT. ES KANN EINEN AUS DER BAHN BRINGEN, WENN MAN EINFACH RAUSGEWORFEN WIRD.
NICHT MEHR. UM DIR DIE WAHRHEIT ZU SAGEN, GORDON...
ICH DENKE NICHT MAL MEHR AN IHN.
DAILY Mirror
'GUY FAWKES' VIDEO ERROR
INSIDE!

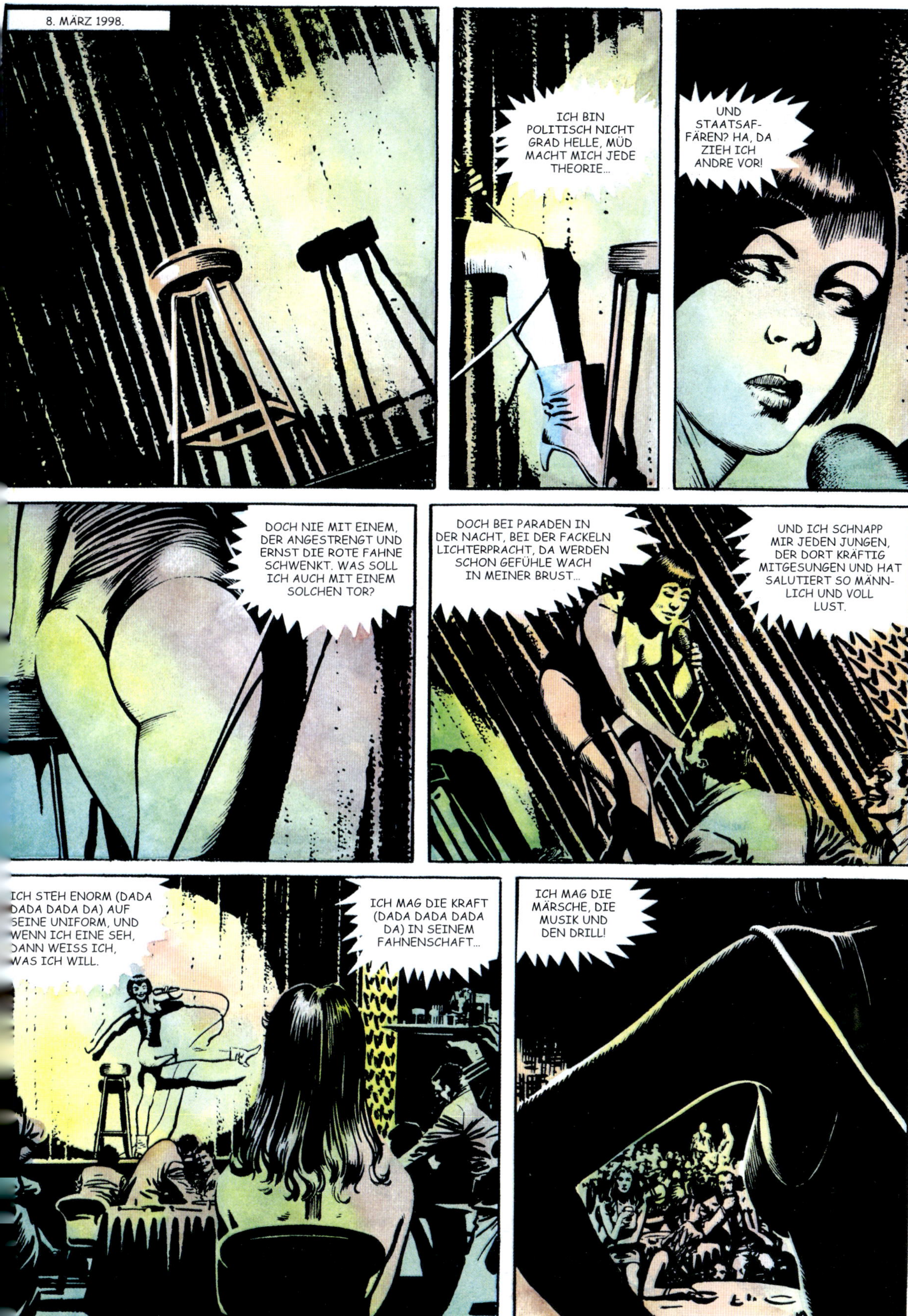
8. MÄRZ 1998.
ICH BIN POLITISCH NICHT GRAD HELLE, MÜD MACHT MICH JEDE THEORIE...
UND STAATSAF-FÄREN? HA, DA ZIEH ICH ANDRE VOR!
DOCH NIE MIT EINEM, DER ANGESTRENGT UND ERNST DIE ROTE FAHNE SCHWENKT. WAS SOLL ICH AUCH MIT EINEM SOLCHEN TOR?
DOCH BEI PARADEN IN DER NACHT, BEI DER FACKELN LICHTERPRACHT, DA WERDEN SCHON GEFÜHLE WACH IN MEINER BRUST...
UND ICH SCHNAPP MIR JEDEN JUNGEN, DER DORT KRÄFTIG MITGESUNGEN UND HAT SALUTIERT SO MÄNN-LICH UND VOLL LUST.
ICH STEH ENORM (DADA DADA DADA DA) AUF SEINE UNIFORM, UND WENN ICH EINE SEH, DANN WEISS ICH, WAS ICH WILL.
ICH MAG DIE KRAFT (DADA DADA DADA DA) IN SEINEM FAHNENSCHAFT...
ICH MAG DIE MÄRSCHE, DIE MUSIK UND DEN DRILL!

KAPITEL 6
Varieté
WENN ER DANN, GANZ HEISS VON MIR BEGEHRT, MICH ENDLICH KRAFT DURCH FREUDE LEHRT...
DER KITTY-KAT-KELLER. ZUERST HATTE ICH ZUVIEL ANGST, UM DIE SHOW ZU GENIESSEN. JETZT BIN ICH ETWAS ZU BETRUNKEN.
WAS INTERESSIERT MICH DANN NOCH SEINE POLITIK? UND SOLLT ER BLAUE AUGEN HABEN, KANN ICH AN BLONDEM HAAR MICH LABEN...
ES WAR NETT VON GORDON, MICH MITZUNEHMEN. ICH MAG IHN.
... HAB ICH LÄNGST VERGESSEN JEDWEDE KRITIK.
WILLST DU NOCH EINEN?
OH... JA, GERN.
ER KENNT EIN PAAR INTERESSANTE LEUTE. NICHT SEHR NETTE, ABER INTERESSANTE...
ICH... MAG... DEN... REIZ! (DADA DADA DADA DA)
DIESEN "ROBERT" ZUM BEISPIEL, DER SICH ÜBER SEINE MUTTER AUFREGTE UND GORDON BAT, ETWAS ZU UNTERNEHMEN. EIN GROSSER GANGSTER AUF DEM ABSTEIGENDEN AST.
UND WENN SIE RUFEN "HEIL", DANN WERDE ICH GANZ GEIL...
... UND DIESE ABGEHÄRMT AUSSEHENDE FRAU. ROSE SOUNDSO. NIEMAND SETZT SICH NEBEN SIE, WEIL IHRE LETZTEN BEIDEN MÄNNER UMGEBRACHT WURDEN. SIE SIEHT EINSAM AUS...
OH, MOMENT, ES GEHT JEMAND ZU IHR...
ÄH... MRS. ALMOND? ES TUT MIR LEID, ABER DER COMPUTER SAGT, DASS SIE IHR KONTO ÜBERZOGEN HABEN... ICH MUSS SIE BITTEN...
ICH MAG DEN SINN (DADA DADA DADA DA) ICH MAG DIE DISZIPLIN...

ER GEHT MIT IHR HINAUS. VIELLEICHT IN EINEN ANDEREN CLUB. ICH BIN FROH, DASS SIE JEMANDEN GEFUNDEN HAT.
... DIE GANZ TIEF IN MICH DRINGT WIE AMORS LIEBESPFEIL!
HIER ... MACH LANGSAM, DAS IST DEIN FÜNFTER...
MIR GEHT'S GUT...
... ZUMINDEST, SEIT **DU** MICH AUFGENOMMEN HAST. ICH HATTE SOLCHES **GLÜCK**. WENN MICH EIN ANDERER ERWISCHT HÄTTE, WIE ICH ESSENSRESTE AUS DEM MÜLLEIMER KLAUTE...
DANKE, ZOE. ZOE TRITT SPÄTER NOCH MAL AUF...
SICHER? DU SIEHST KOMISCH AUS.
NEIN, MIR GEHT'S GUT, WIRKLICH. ICH WAR NUR NOCH NIE IN SO EINEM LADEN. WER IST DER MANN DA DRÜBEN?
DAS IST CREEDY. HOHES TIER BEI DEN BULLEN. NEUER MANN, SEIN VORGÄNGER WURDE UMGEBRACHT. WARUM?
UND JETZT... DIE **MARTINETTES**!
DEIN FREUND ROBERT SPRICHT MIT IHM.
O GOTT, ALLERDINGS. HÖR ZU, ACHTE NICHT AUF SIE. KÖNNTE FIES WERDEN...
COOPERS
FIES?
SECHS TOLLE MÄDCHEN. HABEN EIN HÄNDEKLATSCHEN VERDIENT! NICHT **DORT**, HERR OFFIZIER! HA HA HA!
WAS MEINT ER MIT FIES? WENN ER MICH NUR NICHT IMMER WIE EIN KIND BEHANDELN WÜRDE...
UND DAS ALLES ERWARTET SIE HIER UND HEUTE!
MR. CREEDY, BITTE, ICH UND MR. ALMOND HATTEN EINE **ÜBEREINKUNFT** WEGEN MEINER MUTTER. EINE AUSNAHMEREGELUNG...
MR. ALMOND IST TOT, ROBERT. DIE DINGE LIEGEN JETZT ANDERS. SIE HABEN KEINEN SONDERSTATUS MEHR, UND IHRE MUTTER HÄTTE SCHON VOR LANGER ZEIT IN EIN HEIM GEHEN SOLLEN.
EIN **HEIM**? DAS SIND **GASKAMMERN**!
UND EINS... UND ZWEI...
KEIN GAS, WENN SIE DIE WAHRHEIT WISSEN WOLLEN, ROBERT, DA GIBT ES NUR EIN PAAR JUNGS AUS SOUTH KENSINGTON MIT EISENSTANGEN.
UND JETZT GEHEN SIE MIR AUS DEN AUGEN, SIE ELENDE ALTE SCHWUCHTEL.
SIND SIE NICHT TOLL?
SIEHT NICHT **FIES** AUS...

EIN KNEIPENSTREIT. KENNT MAN EINEN, KENNT MAN ALLE. BRRR... WAS MACHEN DIE DA AUF DER BÜHNE?
WAS FÜR EIN ERLEBNIS! HA HA HA!
OH, GORDON, DAS IST SCHRECKLICH!
JA, TUT MIR LEID! SONST GIBT'S HIER NICHT SO HARTEN TOBAK. TRINKEN WIR AUS UND...
GO'D IE! H'LO!
OH, N'ABEND, ALLY.
DA BISSE JA MAL WIEDA. KOMMS' **NICH** MEHR VIEL RUM, WA?
NEIN. NICHT VIEL.
ALLY? GORDON ERWÄHNTE... O NEIN! DAS IST DER SCHOTTE, VON DEM GORDON SPRACH. HARPER.
SO, JETZT GEHT DIE POST ERST RICHTIG AB!
WAS HAT ER GESAGT? DIE GANZEN UNRUHEN UND BOMBEN IM NORDEN. DIE GANZEN SCHOTTISCHEN BANDEN ZIEHEN JETZT NACH LONDON. ICH HAB EINEN KOMISCHEN GESCHMACK IM MUND.
HASS' ZU TUN, WA?
DIE MARTINETTES!
TJA, DA HASSE WIRKLICH 'NE HEISSE NUMMA, GO'DIE.
HÖR AUF, ALLY. ICH BIN NICHT IN STIMMUNG.
ER SAGTE, ES GÄBE SPANNUNGEN UND... HE, SPRICHT ER ÜBER **MICH**?
ACH, WIEDE WILLS'! HE! SIEH MAL, WER DA IS...
O NEIN.
GENAU... WER WILL MITSINGEN?
GORDON, KUMPEL...
ICH BIN ERLEDIGT, JUNGS. SIE HABEN MEINE MOM, UND ICH BIN DER NÄCHSTE...
HE, BOBBIE, VAPISS DICH, JA? ICH TRINK NICH GERN MIT AUSSÄTZJEN.
HÖR MAL, ROBERT, TUT MIR LEID...
EINS, ZWEI, DREI...

DIR TUT'S LEID! MIR TUT'S LEID! UNS ALLEN TUT'S LEID!
WIR SOLLTEN SO NICHT LEBEN MÜSSEN!
WIR MACHEN EIN FASS! AUF WIR MACHEN DURCH BIS MORGEN FRÜH...
ACH GOTT...
ROBERT, SCHAU, ICH WILL GERADE...
JETZT GEHT HIER DIE POST AB! WIR MACHEN DURCH BIS MORGEN FRÜH...
KOMM, EVEY...
WISST IHR, WAS ICH MIR WÜNSCHE? ICH WÜNSCHTE, DIE SCHEISS-BOMBE HÄTTE SCHEISS-LONDON ERWISCHT!
DAS WÜNSCHE ICH MIR. ICH WÜNSCHTE, WIR WÄREN ALLE TOT!
DAS WÄRE BESSER!
WIR MACHEN DURCH BIS MORGEN FRÜH UND SINGEN...
... BUMS-FALLERA. BUMS-FALLERA...
ICH HATTE ZUVIEL GETRUNKEN.
DENN DIE JUNGS...
... SIND...
... DA!

ER...
ER HATTE RECHT, NICHT WAHR?
WIR SOLLTEN NICHT SO LEBEN MÜSSEN.
ODER?
NEIN, KIND, DAS SOLLTEN WIR NICHT.
WAS WILLST DU DAGEGEN TUN?

11. JUNI 1998.

KAPITEL 7
Vae victis

15. APRIL 1998.
EVEY?
JA?
ICH... ÄH... WEISST DU, ICH MÖCHTE MIT DIR REDEN...
WORÜBER?
STIMMT WAS NICHT?
NEIN, ICH WOLLTE DIR NUR SAGEN...
NUN, DU WOHNST JETZT SEIT EIN PAAR MONATEN HIER OBEN IM GÄSTEZIMMER...
ES IST NUR SO... ICH **BRAUCHE** DIESES ZIMMER BALD. ICH KRIEGE EINE LIEFERUNG...
DU...
DU WILLST, DASS ICH GEHE.
GEHEN?
GOTT IM HIMMEL, NEIN! NATÜRLICH MÖCHTE ICH NICHT, DASS DU GEHST!
ABER... WO SOLL ICH DENN SCHLAFEN?
NA JA.
WEISST DU...
DA IST NOCH MEIN ZIMMER...
BIST...
BIST DU **SICHER**? ICH MEINE, ICH DACHTE, DU WOLLTEST... LIEBER FÜR DICH ALLEIN BLEIBEN.
WERDE ICH NICHT IM WEG SEIN?

NATÜRLICH NICHT.
NA JA, ICH DACHTE NICHT, DASS DIR DIE IDEE GEFALLEN WÜRDE.
ICH MEINE, ICH HÄTTE SCHON VORHER ETWAS GE-SAGT, ABER...
NUN... DOCH.
HA.
JETZT KOMME ICH MIR RICHTIG DUMM VOR.
WAR-UM?
ICH WEISS NICHT.
GIBST DU MIR EINEN KUSS?
JA.
KLAR.

11. JUNI 1998.
EVEY!!
GORDON? WAS...
BESUCH.
SCHLIESS DICH IM BADE-ZIMMER EIN UND MACH KEINEN LAUT.
ABER WAS?

HALLOO?
GO'DIE?
TJA, GO'DIE, SIEHT AUS, ALS HÄTTSE MICH AUSJE-SPERRT, WA?
ICH WILLDA WAT SAJEN... ICH KANNDA JETZ' NIX TUN, WA? WIE WÄRS'N, WENN WA MA QUATSCHEN?
VIELLEICHT HASSE JA RECHT, GO'DIE.
VIELLEICHT SOLLTESSE DIE SACHE MITTE SCHNAPS WIRKLICH ÜBERNEHMEN, UN ALLE SIN GLÜCKLICH UN ZUFRIEDEN.
DU BIST EIN GIERIGER MISTKERL, HARPER. DU WILLST **ALLES**!
UND DADURCH KOMMT KIPPERS GESICHT AUCH NICHT WIEDER IN ORDNUNG.
NU, DAT R'N UNFALL, GO'DIE!
ICH WILL DA WAT SAJEN. ICH KANN DA NICH SO JUT HÖREN. WARUM KOMMSE NICH ZUR TÜR?
VIELLEICHT KÖNNE WA UNS A WEJEN DEM ARMEN TEN KIPPER WAT EIN-ALLE LASSE, KUMPEL.
WAS WILLST DU DIR DA DENN NOCH EINFALLEN LASSEN, DU HABGIERIGES SCHWEIN?
ER KONNTE NICHT MAL SEHEN!
NA, HÖRDA DOCH MA MEIN ANJEBOT AN, WA?

DU WIRST ECHT ÜBARASCHT SEIN, GO'DIE, KUMPEL.
ALSO?
GORDON?
"GORDON?"
"GORDON, KANN ICH JETZT HERAUSKOMMEN?"

VENING POST
FALL
CRIME FIGURES FALL

CRIME FIGURES FALL

KAPITEL 8
Vergeltung
Kitty Kat
KEL
ENT-SCHULDI-GUNG...
AAHHH!
TUT MIR LEID...
TUT MIR LEID, WENN ICH SIE ERSCHRECKT HABE.
ICH WOLLTE NUR FRAGEN, OB SIE WISSEN, WO DER BÜHNENEIN-GANG IST.
DIE BÜHNE?
ICH... ICH ARBEITE HIER. ICH FANGE HEUTE ABEND AN.
ICH KANN DEN BÜHNENEIN-GANG NICHT FINDEN.
ÄH... NEIN.
NEIN, ICH WEISS NICHT, WO ER IST. TUT MIR LEID. VIELLEICHT HINTER DEM HAUS...?
SIE HEISSEN ROSE, NICHT WAHR?
JA, JA, DAS STIMMT.
ÄH... ICH SEH MICH MAL UM.
TROTZDEM DANKE.
TUT MIR LEID, WENN ICH SIE ER-SCHRECKT HABE.
MACHT NICHTS.

NO

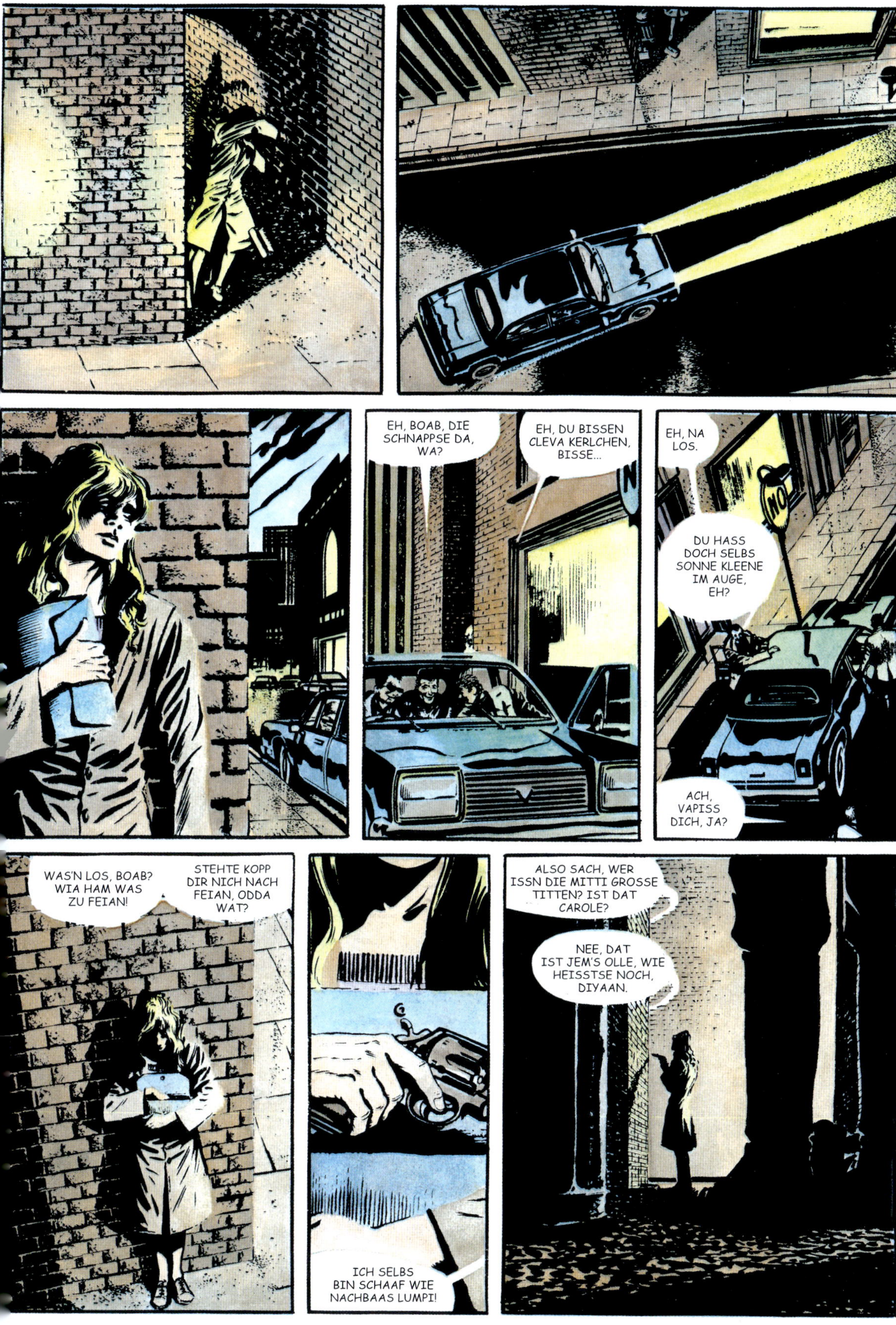
EH, BOAB, DIE SCHNAPPSE DA, WA?
EH, DU BISSEN CLEVA KERLCHEN, BISSE...
EH, NA LOS.
DU HASS DOCH SELBS SONNE KLEENE IM AUGE, EH?
ACH, VAPISS DICH, JA?
WAS'N LOS, BOAB? WIA HAM WAS ZU FEIAN!
STEHTE KOPP DIR NICH NACH FEIAN, ODDA WAT?
ICH SELBS BIN SCHAAF WIE NACHBAAS LUMPI!
ALSO SACH, WER ISSN DIE MITTI GROSSE TITTEN? IST DAT CAROLE?
NEE, DAT IST JEM'S OLLE, WIE HEISSTSE NOCH, DIYAAN.

CAROLE, DIE AABEE-TET DOCH FÜR DEN VOM AUGE, WIE HEISSTE NOCH ...

UM MICH HERUM IST ALLES VÖLLIG DUNKEL. VIELLEICHT BIN ICH IM THEATER, HINTER DER BÜHNE, WÄHREND EINER PAUSE.
ICH HÖRE GEDÄMPFTE GERÄUSCHE. BÜHNENARBEITER BAUEN DIE KULISSEN UM.
ICH RIECHE ROSEN, UND ICH DENKE AN DIE PARFÜMIERTEN GEBURTSTAGSKARTEN, DIE MEINE MUTTER IN EINEM SCHUHKARTON IN UNSEREM HAUS IN SHOOTER'S HILL FAND.
DIE BLÜTENBLÄTTER FALLEN AB, SCHATTIERUNGEN AUF WEICHEM FLEISCH.
ALLES VERÄNDERT SICH.
KAPITEL 9
Veränderungen
ES IST MEIN GEBURTSTAG. ICH BIN NOCH IM THEATER, WEISS ABER, DASS ES IN WIRKLICHKEIT UNSER ALTES HAUS IST.
OBEN HÖRE ICH EINE LAUTE PARTY.
"WAIK
They're wicki-wack
ooing in Hawaii!
VALERIE PAGE
HE ROSE FOREST
THE BLACK SHADOWS OF THE PAST
BRED THIS HALF-MAN HALF-DEMON
ICH WEISS, DASS ES MEINE GEBURTSTAGSPARTY IST, DOCH ICH HABE DAS GEFÜHL, DASS SIE VORÜBER SEIN WIRD, WENN ICH HINAUFGEHE.
ROAD TO
THE DEAD FOR
ICH BRAUCHE SO LANGE, UM FERTIG ZU WERDEN.
WEDDING"
ird Than "Dracula"—
Than "Frankenstein"
ROGS...HAIL...L
ICH WEISS NICHT, WARUM ICH MIR DIE MÜHE MACHE, MICH HERAUSZUPUTZEN, DOCH ICH FÜHLE, DASS MAN ES VON MIR ERWARTET.
CROSBY
SON
ICH WÜNSCHTE, ICH MÜSSTE ES NICHT. ICH WILL **JETZT** AUF DIE PARTY GEHEN.
EVEY?
DU KOMMST ZU SPÄT ZU DEINER EIGENEN PARTY. WIR HABEN EXTRA EINEN KASPERLESPIELER ENGAGIERT.
ICH BIN FROH, DASS DAD KOMMEN KONNTE. ICH HABE IHN NICHT MEHR OFT GESEHEN, SEIT ICH IN DER STREICHHOLZFABRIK ARBEITE.
ER FÜHRT MICH ZUR PARTY HINAUF, UND ICH FRAGE MICH, **OB** DAS WIRKLICH UNSER HAUS **IST**.

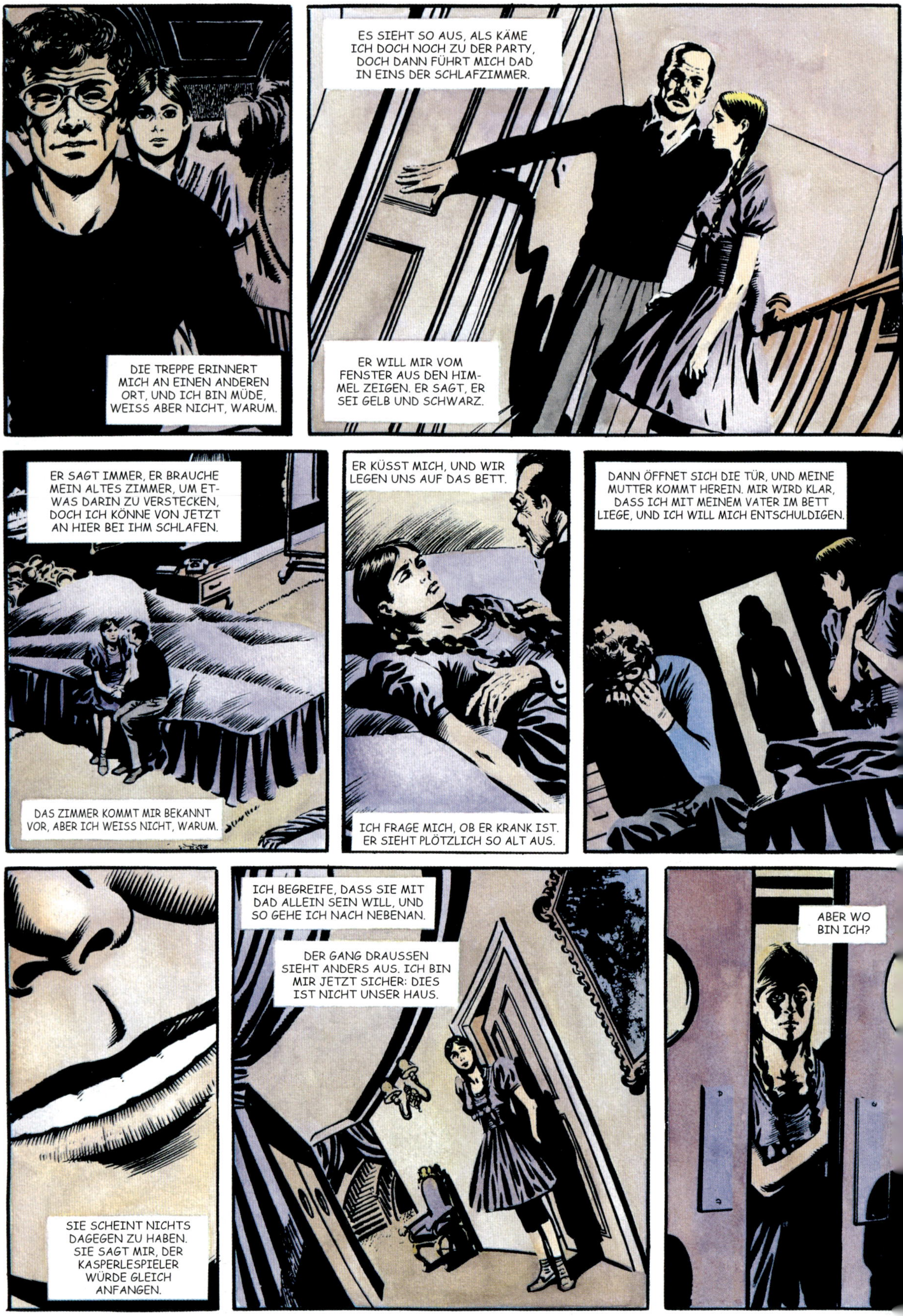

DIE TREPPE ERINNERT MICH AN EINEN ANDEREN ORT, UND ICH BIN MÜDE, WEISS ABER NICHT, WARUM.
ES SIEHT SO AUS, ALS KÄME ICH DOCH NOCH ZU DER PARTY, DOCH DANN FÜHRT MICH DAD IN EINS DER SCHLAFZIMMER.
ER WILL MIR VOM FENSTER AUS DEN HIMMEL ZEIGEN. ER SAGT, ER SEI GELB UND SCHWARZ.
ER SAGT IMMER, ER BRAUCHE MEIN ALTES ZIMMER, UM ETWAS DARIN ZU VERSTECKEN, DOCH ICH KÖNNE VON JETZT AN HIER BEI IHM SCHLAFEN.
DAS ZIMMER KOMMT MIR BEKANNT VOR, ABER ICH WEISS NICHT, WARUM.
ER KÜSST MICH, UND WIR LEGEN UNS AUF DAS BETT.
ICH FRAGE MICH, OB ER KRANK IST. ER SIEHT PLÖTZLICH SO ALT AUS.
DANN ÖFFNET SICH DIE TÜR, UND MEINE MUTTER KOMMT HEREIN. MIR WIRD KLAR, DASS ICH MIT MEINEM VATER IM BETT LIEGE, UND ICH WILL MICH ENTSCHULDIGEN.
SIE SCHEINT NICHTS DAGEGEN ZU HABEN. SIE SAGT MIR, DER KASPERLESPIELER WÜRDE GLEICH ANFANGEN.
ICH BEGREIFE, DASS SIE MIT DAD ALLEIN SEIN WILL, UND SO GEHE ICH NACH NEBENAN.
DER GANG DRAUSSEN SIEHT ANDERS AUS. ICH BIN MIR JETZT SICHER: DIES IST NICHT UNSER HAUS.
ABER WO BIN ICH?

PLÖTZLICH ERINNERE ICH MICH, DASS ICH IN EINEM ALTENHEIM IN SOUTH KENSINGTON BIN.
DER KASPERLESPIELER SOLL DIE HEIMINSASSEN UNTERHALTEN. WIESO DACHTE ICH, HEUTE SEI MEIN GEBURTSTAG?
ICH DRÄNGLE MICH DURCH DIE MENGE NACH VORN, UM BESSER SEHEN ZU KÖNNEN, WAS SICH AUF DER BÜHNE TUT. EIN PAAR FREIWILLIGE AUS DEM PUBLIKUM SIND HINAUFGEGANGEN.
SIE STEHEN IN EINER REIHE VOR DEM KASPERLE. ICH GLAUBE, EINIGE VON IHNEN KENNE ICH.
WAS HAT DER KASPER VOR?
SO GEHT DAS NUN MAL!
OJE, OJE, OJE.
WARUM HÄLT IHN NIEMAND AUF? ALLE LACHEN EINFACH NUR!
ICH LAUFE LOS, UM MOM UND DAD ZU SUCHEN, UND WEISS DABEI, DASS ER MICH BESTIMMT VERFOLGT.

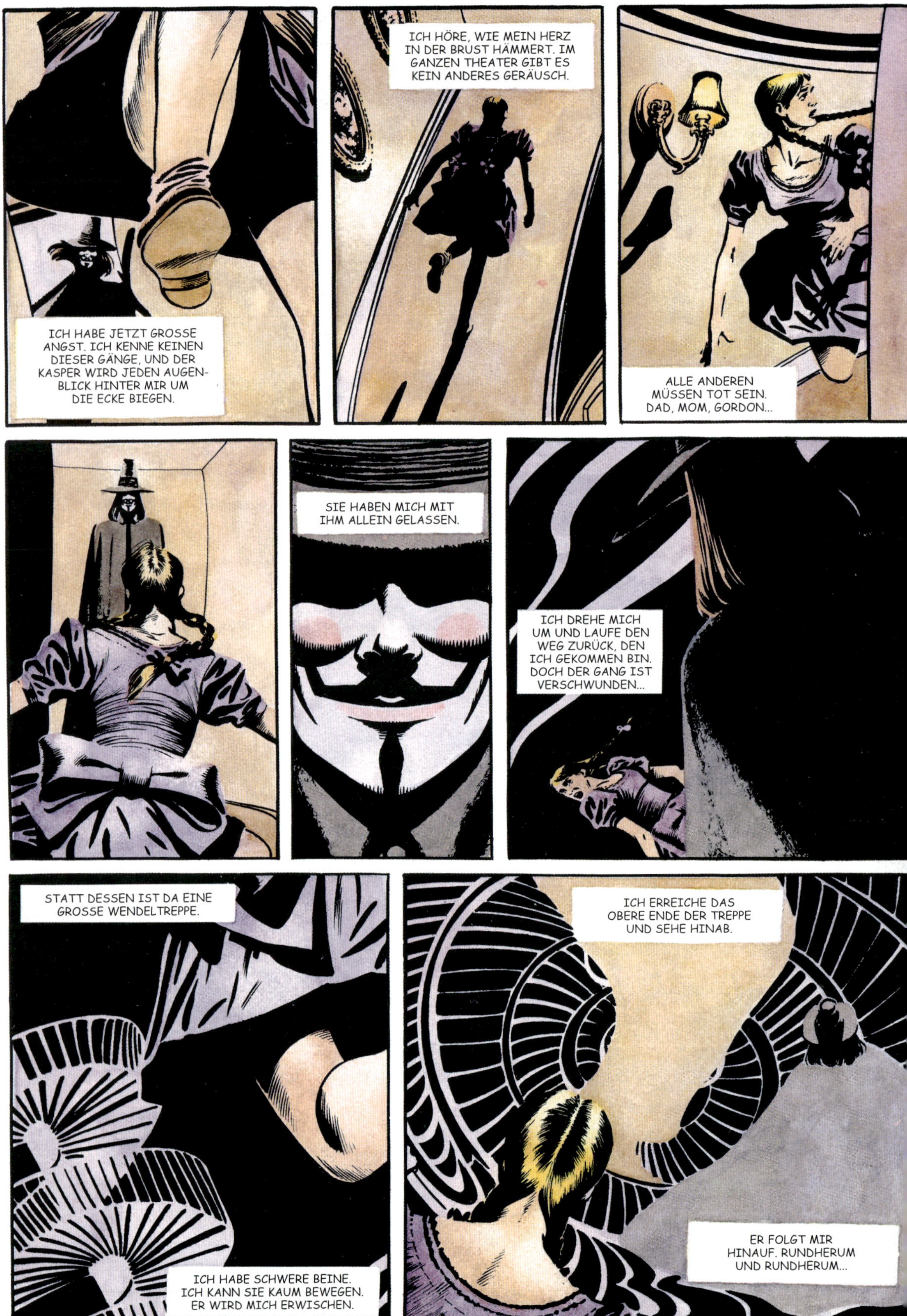
ICH HABE JETZT GROSSE ANGST. ICH KENNE KEINEN DIESER GÄNGE, UND DER KASPER WIRD JEDEN AUGENBLICK HINTER MIR UM DIE ECKE BIEGEN.
ICH HÖRE, WIE MEIN HERZ IN DER BRUST HÄMMERT. IM GANZEN THEATER GIBT ES KEIN ANDERES GERÄUSCH.
ALLE ANDEREN MÜSSEN TOT SEIN. DAD, MOM, GORDON...
SIE HABEN MICH MIT IHM ALLEIN GELASSEN.
ICH DREHE MICH UM UND LAUFE DEN WEG ZURÜCK, DEN ICH GEKOMMEN BIN. DOCH DER GANG IST VERSCHWUNDEN...
STATT DESSEN IST DA EINE GROSSE WENDELTREPPE.
ICH HABE SCHWERE BEINE. ICH KANN SIE KAUM BEWEGEN. ER WIRD MICH ERWISCHEN.
ICH ERREICHE DAS OBERE ENDE DER TREPPE UND SEHE HINAB.
ER FOLGT MIR HINAUF. RUNDHERUM UND RUNDHERUM...

ICH ERINNERE MICH, DASS HIER OBEN EIN FAHRSTUHL IST, DER BIS IN DEN KELLER HINABGEHT.
ICH WERDE IHN NIE RECHTZEITIG ERREICHEN.
ER IST DIREKT HINTER MIR.
BITTE, LASS DIE TÜREN NICHT SCHLIESSEN, BEVOR ICH DRIN BIN.
ICH BIN FAST DA.
GOTT SEI DANK.
ABWÄRTS. ABWÄRTS ZUM PARTERRE. ER MUSS DIE TREPPE NEHMEN, UND...

STRENGT
THROUGI
PURITY
PURITY
THROUGI
FAITH

DA IST EINE RATTE.
ICH SITZE AUF DER PRITSCHE, HARTES HOLZ UNTER MEINEM HINTERN, DIE KNIE VOR DIE BRUST GEZOGEN, KRÄMPFE...
DA IST EINE RATTE.
ICH VERSUCHE, AN GAR NICHTS ZU DENKEN, NUR DARAN, DASS DA EINE RATTE IST, UND ICH DENKE, DASS SIE MICH TÖTEN WERDEN...
DA SIND VIER WÄNDE, ZWEI FENSTER MIT SECHS GITTERSTÄBEN, EINE TOILETTE OHNE SITZ, EINE HOLZABTRENNUNG UND EINE PRITSCHE, UND AUF DER PRITSCHE IST DER NAME "EMMA" EINGESCHNITZT...
... UND DA BIN ICH ...
... UND DA IST EINE RATTE.
KAPITEL 10
Verhaftung
SPÄTER. DIE RATTE IST WEG.
ICH HÖRE, WIE SICH ZWEI MÄNNER AUF DEM GANG UNTERHALTEN. DANN WIRD EIN TABLETT DURCH DIE KLAPPE GESCHOBEN.
ICH KANN NICHT.
WENN ICH NICHT ESSE, WIRD DIE RATTE ZURÜCKKOMMEN.
ICH ESSE TROTZDEM NICHTS.
AN DER DECKE IST EINE FASSUNG FÜR EINE LAMPE, ABER KEINE GLÜHBIRNE.
WENN KEIN LICHT REINFÄLLT, IST ES DUNKEL. ICH VERSUCHE ZU SCHLAFEN.
DA IST EINE RATTE.

SPÄTER WACHE ICH AUF. STIMMEN...
SIE SCHLÄFT...
FAULE DUMME KUH.
AUFWACHEN, SCHÄTZCHEN...
KOMM, DU DÜRRE KLEINE NUTTE... BEWEG DICH!
BITTE VER-ANLASSEN SIE DAS NÖTIGE, ROS-SITER.
SIR.
WAS ...?
MEIN GOTT.
DIESES KLAPPERGESTELL IST ALSO DIE BERÜHMTE MISS HAMMOND...
NEIN! WO BIN ICH? WAS HABEN SIE MIT MIR VOR? ICH WERDE NICHT...
HALT DIE KLAPPE!
HÖREN SIE AUF! WAS TUN SIE DA?
BITTE, ICH HABE NICHTS GETAN! WESHALB BIN ICH HIER? ICH...
HALT DIE KLAPPE, SAG ICH.
ICH GEHE. ICH KANN NICHTS SEHEN. HÄNDE STOSSEN MICH HART IN DEN RÜCKEN.
WIR BLEIBEN STEHEN.
NA GUT. NIMM SIE AB.

HELLE, WEISSE LAMPEN, DIE MICH BLINZELN LASSEN, UND EIN MANN. ER SITZT...
MEINE HÄNDE ZITTERN, UND ICH MUSS AUF DIE TOILETTE.
ER FRAGT MICH, OB ICH WEISS, WARUM ICH HIER BIN.
ICH SAGE NEIN.
ER NENNT MICH EINE VERLOGENE KLEINE SCHLAMPE, UND ICH FÜHLE MICH, ALS HÄTTE MAN MICH IN DEN BAUCH GETRETEN.
DANN ZEIGEN SIE MIR EIN PAAR FILME.
EIN MÄDCHEN SPRICHT MIT EINEM MANN. ES WACKELT MIT DEN HÜFTEN, DOCH ES SIEHT UNBEHOLFEN UND HÄSSLICH AUS. ICH GLAUBE, SIE IST EINE PROSTITUIERTE.
WARUM ZEIGEN SIE MIR DAS? IST DAS... ?
OH.
OH, DAS BIN ICH.
LETZTER NOVEMBER... WESTMINSTER BRIDGE, UND...
SIE WOLLTEN MICH **VERGEWALTIGEN**. SIE HATTEN MICH GEGEN EINE WAND GEDRÜCKT UND WOLLTEN MICH TÖTEN, UND DANN...

UND DANN...
O GOTT.
SIE WISSEN ES.
DER MANN FÄHRT FORT, DOCH ICH HÖRE KAUM ZU.
WAS SOLL ICH SAGEN? WAS KANN ICH IHNEN ERZÄHLEN?
ER SAGT, BEAMTE, DIE VOR EINER RAZZIA DEN KITTY-KAT-KELLER BEOBACHTET HÄTTEN, HÄTTEN MICH VOR DEM CLUB AUGEGRIFFEN.
ICH SEI BETÄUBT WORDEN, UM UNRUHE ZU VERMEIDEN.
ICH WAR BEWAFFNET...
ICH VERSTEGHE NICHT, WAS ER MIR DAMIT SAGEN WILL. WARUM HALTEN SIE DEN FILM NICHT AN? ER HAT EINEN WALISISCHEN AKZENT. ER SPRICHT WEITER...
... UND DANN SAGT ER MIR, ICH SEI OFFIZIELL ANGEKLAGT WEGEN VERSUCHTEN MORDES AN DEM RANGHOHEN BEAMTEN PETER CREEDY, EINEM HÄUFIGEN GAST IM KITTY-KAT-KELLER...
... UND DANN LEGEN SIE MIR DIE AUGENBINDE WIEDER AN.

BLIND, GESFESSELT, ZERRT MAN MICH AN DEN HANDGELENKEN HINAUS. ES TUT WEH...
WIR GEHEN IRGENDWOHIN. SIE STOSSEN MICH HINAB. ICH SCHREIE, BEFÜRCHTE ZU FALLEN...
... DOCH DA IST EIN STUHL.
JEMAND ZIEHT MEINE HAARE HOCH...
WAS TUN SIE DA? ICH FÜHLE, WIE SIE SIE ABSCHNEIDEN.
UND DANN IST DA ETWAS NASSES.
SIE...
O NEIN. O GOTT.
DAS MÜSSEN SIE DOCH NICHT TUN.
NACH LANGER ZEIT SIND SIE FERTIG.
EINE TÜR ÖFFNET SICH. ICH HÖRE NEBEN MIR DIE STIMME EINER FRAU ...
EINE ÄRZTIN? HAT DAS NICHT JEMAND GESAGT?
SIE RICHTEN MICH AUF, UND...
... ICH WERDE... UNTERSUCHT.
ICH GLAUBE, ES IST EINE FRAU.
UND DANN BRINGEN SIE MICH WOANDERS HIN...
... UND NEHMEN MIR DIE AUGENBINDE AB...
... UND DA IST EINE ZELLE...
... UND DA IST EINE RATTE.

ABER JETZT STÖRT MICH DIE RATTE NICHT...
... DENN ICH BIN NICHT BESSER.
ES IST DUNKEL, UND ICH WEINE LANGE VOR MICH HIN.
SPÄTER WACHE ICH AUF... O GOTT, SIE HABEN MIR DIE HAARE ABGESCHNITTEN...
WESHALB WURDE ICH WACH? EIN GERÄUSCH, EIN RASCHELN...
DA IST EINE RATTE...
ICH STEHE AUF. ES IST FAST HELL, UND ICH KANN DAS LOCH IN DER WAND SEHEN...
ES GUCKT ETWAS HERVOR.
KEINE RATTE...
KLOPAPIER?
ABER WIESO...?
ES SIND FÜNF SEITEN, MIT BLEISTIFT GESCHRIEBEN...
ICH WEISS NICHT, WER DU BIST. BITTE GLAUBE MIR. ICH KANN DICH NICHT ÜBERZEUGEN, DASS DIES NICHT EINER IHRER TRICKS IST, ABER DAS IST MIR EGAL. ICH BIN ICH, UND ICH WEISS NICHT, WER DU BIST ABER ICH LIEBE DICH. ICH HABE EINEN BLEISTIFT, EINEN KLEINEN, DEN SIE NICHT GEFUNDEN HABEN. ICH BIN EINE FRAU. ICH VERSTECKE IHN IN MIR. ICH WERDE DIR NICHT NOCH EINMAL SCHREIBEN KÖNNEN, UND DESHALB IST DAS EIN LANGER BRIEF ÜBER MEIN LEBEN. ES IST DIE EINZIGE SELBSTBIOGRAPHIE, DIE ICH JE SCHREIBEN WERDE, UND MEIN GOTT ICH SCHREIBE SIE AUF KLOPAPIER.
ICH SEHE ZUERST AUF DAS ENDE DER LETZTEN SEITE.
IHR NAME IST VALERIE...

ICH KENNE JEDEN ZOLL DIESER ZELLE. ICH KENNE JEDE EINKERBUNG IM GROBEN PUTZ WIE MEINEN EIGENEN KÖRPER.
ICH WEISS NICHT, WO ICH BIN.
ICH WEISS, DASS ES DUNKEL UND DANN WIEDER HELL WIRD, DASS ICH WACH BIN UND DANN SCHLAFE, DASS ICH DIE ZEIT DARAN MESSE, WIE DAS HAAR WIEDER UNTER MEINEN ACHSELN WÄCHST, WO ICH MICH NICHT RASIEREN DARF...
ICH WEISS NICHT, WELCHEN TAG WIR HABEN.
ICH WEISS, DASS DA EINE FRAU IST, DIE MIR EINEN BRIEF AUF TOILETTENPAPIER SCHRIEB. ICH WEISS, DASS SIE ALLEIN IST. ICH WEISS, DASS SIE MICH LIEBT.
ICH WEISS NICHT, WIE SIE AUSSIEHT.
ICH LESE IHREN BRIEF. ICH VERSTECKE IHN, ICH SCHLAFE, ICH WACHE AUF, SIE VERHÖREN MICH, ICH WEINE, ES WIRD DUNKEL, ES WIRD HELL, ICH LESE WIEDER IHREN BRIEF...
... IMMER WIEDER.
IHR NAME IST VALERIE...
KAPITEL 11
Valerie

ICH WEISS NICHT, WER DU BI
BITTE GLAUBE MIR. ICH KAN
DICH NICHT ÜBERZEUGEN, D
DIES NICHT EINER IHRER TRI
IST, ABER DAS IST MIR EGAL.
BIN ICH, UND ICH WEISS NICHT
WER DU BIST. ABER ICH LIEB
DICH. ICH HABE EINEN BLEIST
EINEN KLEINEN, DEN SIE NIC
GEFUNDEN HABEN. ICH BIN EI
FRAU. ICH VERSTECKE IHN IN
MIR. ICH WERDE DIR NICHT NO
EINMAL SCHREIBEN KÖNNEN,
UND DESHALB IST DAS EIN LAN
BRIEF ÜBER MEIN LEBEN.
ES IST DIE EINZIGE SELBST-
BIOGRAPHIE, DIE ICH JE AUF
"ICH WURDE 1957 IN NOTTINGHAM GEBOREN, UND ES REGNETE SEHR OFT. MIT ELF JAHREN GING ICH AUFS MÄDCHENGYMNASIUM. ICH WOLLTE SCHAUSPIELERIN WERDEN."
"ICH LERNTE MEINE ERSTE FREUNDIN IN DER SCHULE KENNEN."
"IHR NAME WAR SARA. SIE WAR VIERZEHN, UND ICH WAR FÜNFZEHN, DOCH WIR WAREN BEIDE IN MISS WATSONS KLASSE."
"IHRE HANDGE-LENKE, IHRE HAND-GELENKE WAREN WUNDERSCHÖN."
"ICH STARRTE IM BIOLOGIEUNTERRICHT DEN KONSERVIERTEN KANINCHENFÖTUS IN SEINEM GEFÄSS AN UND HÖRTE, WIE MR. HIRD SAGTE, DAS SEI EINE PUBERTÄRE PHASE, DIE DIE MENSCHEN HINTER SICH LASSEN..."
"SARA JA. ICH NICHT."
"1976 BEKANNTE ICH MICH DAZU UND STELLTE MEI-NEN ELTERN EIN MÄDCHEN NAMENS CHRISTINE VOR."
"EINE WOCHE SPÄTER GING ICH NACH LONDON AUF DIE SCHAUSPIELSCHULE. MEINE MUTTER SAGTE, ICH HÄTTE IHR DAS HERZ GEBROCHEN ..."
"... ABER WICHTIG WAR, DASS ICH NICHT MEINE SELBSTACHTUNG VER-LOR. IST DAS SO EIGENSÜCHTIG? MAN GIBT SIE SO LEICHT AUF, DOCH SIE IST ALLES, WAS WIR AN DIESEM ORT NOCH HABEN."
"SIE IST DER LETZTE ZOLL VON UNS..."
"... ABER INNERHALB DIESES ZOLLS SIND WIR FREI."

GENUG.
UND JETZT, MISS HAMMOND, BETRACHTEN WIR EINMAL DIE FAKTEN.
SIE ARBEITEN FÜR KODENAME "V". KODENAME "V" TÖTET SICHERHEITSBEAMTE. PETER CREEDY IST EIN SICHERHEITSBEAMTER. ER BESUCHT HÄUFIG DEN KITTY-KAT-KELLER.
SIE WURDEN MIT EINER GELADENEN PISTOLE VOR DIESEM ETABLISSEMENT AUFGEGRIFFEN.
SIE HATTEN VOR, MR. CREEDY AUF BEFEHL VON KODENAME "V" ZU ERMORDEN.
WAR ES NICHT SO, MISS HAMMOND?
NEIN! NEIN, BITTE, DAS STIMMT NICHT...
SIR. OJE. ROSSITER.
SIR.
NEIN! WARTEN SIE! BITTE NICHT.
"LONDON:"
"ICH WAR GLÜCKLICH IN LONDON."

ICH WEISS NICHT, WER DU BIST. BITTE GLAUBE MIR. ICH KANN DICH NICHT ÜBERZEUGEN, DASS DIES NICHT EINER IHRER TRICKS IST, ABER DAS IST MIR EGAL. ICH BIN ICH, UND ICH WEISS NICHT, WER DU BIST. ABER ICH LIEBE DICH. ICH HABE EINEN BLEISTIFT, EINEN KLEINEN, DEN SIE NICHT GEFUNDEN HABEN. ICH BIN EINE FRAU. ICH VERSTECKE IHN IN MIR. ICH WERDE DIR NICHT NOCH EINMAL SCHREIBEN KÖNNEN, UND DESHALB IST DAS EIN LANGER BRIEF ÜBER MEIN LEBEN. ES IST DIE EINZIGE SELBSTBIOGRAPHIE, DIE ICH JE AUF
"UND ICH WOLLTE MEHR ALS DAS."
"MIT DER ARBEIT GING ES VORAN. ICH BEKAM KLEINE ROLLEN IM FILM, DANN GRÖSSERE."
"1986 SPIELTE ICH EINE HAUPTROLLE IN 'THE SALT FLATS', DER ZAHLREICHE PREISE BEKAM, ABER BEIM PUBLIKUM DURCHFIEL."
"WÄHREND DER DREHARBEITEN LERNTE ICH RUTH KENNEN."
"WIR LIEBTEN UNS."
"WIR LEBTEN ZUSAMMEN, UND AM VALENTINSTAG SCHICKTE SIE MIR ROSEN, UND, O GOTT, WIR GABEN UNS SO VIEL."
"DAS WAREN DIE DREI BESTEN JAHRE MEINES LEBENS."
"1988 KAM DER KRIEG..."
"... UND DANACH GAB ES KEINE ROSEN MEHR."
"FÜR NIEMANDEN."

"1992, NACH DER MACHTERGREIFUNG, TRIEBEN SIE ALLE ZUSAMMEN, DIE SCHWUL ODER LESBISCH WAREN. SIE NAHMEN RUTH MIT, ALS SIE DRAUSSEN ETWAS ZU ESSEN SUCHTE."
"WARUM HABEN SIE NUR SOLCHE ANGST VOR UNS?"
"SIE DRÜCKTEN IHR ZIGARETTEN AUF DER HAUT AUS UND PRESSTEN SO MEINEN NAMEN AUS IHR HERAUS. SIE UNTERSCHRIEB EIN GESTÄNDNIS, IN DEM SIE SAGTE, ICH HÄTTE SIE VERFÜHRT."
"ICH MACHTE IHR KEINE VORWÜRFE."
"MEIN GOTT, ICH HABE SIE GELIEBT. ICH MACHTE IHR KEINE VORWÜRFE."
"ABER SIE."
"SIE BRACHTE SICH IN IHRER ZELLE UM. SIE KONNTE NICHT DAMIT LEBEN, MICH VERRATEN, DIESEN LETZTEN ZOLL AUFGEGEBEN ZU HABEN."
"OH, RUTH."
"SIE HOLTEN MICH AB, SIE SAGTEN, ALL MEINE FILME WÜRDEN VERBRANNT WERDEN."
"SIE SCHNITTEN MIR DAS HAAR AB, SIE DRÜCKTEN MEINEN KOPF IN EINE TOILETTENSCHÜSSEL UND ERZÄHLTEN WITZE ÜBER LESBIERINNEN."
"SIE BRACHTEN MICH HIERHER UND SETZTEN MICH UNTER DROGEN. ICH FÜHLE MEINE ZUNGE NICHT MEHR. ICH KANN NICHT MEHR SPRECHEN."
"DIE ANDERE LESBIERIN HIER, RITA, STARB VOR ZWEI WOCHEN. ICH GLAUBE, ICH WERDE AUCH BALD STERBEN."
"ES IST SELTSAM, DASS MEIN LEBEN AN EINEM SO SCHRECKLICHEN ORT ENDEN WIRD, DOCH DREI JAHRE LANG HATTE ICH ROSEN UND MUSSTE MICH BEI NIEMANDEM ENTSCHULDIGEN."
"ICH WERDE HIER STERBEN. JEDER ZOLL VON MIR WIRD ZUGRUNDE GEHEN."
"BIS AUF EINEN."

"EIN ZOLL."
"ER IST KLEIN UND ZERBRECHLICH UND DAS EINZIGE AUF DER WELT, DAS DAS LEBEN LEBENSWERT MACHT."
"WIR DÜRFEN IHN NIEMALS VERLIEREN, VERKAUFEN ODER VERRATEN."
"WIR DÜRFEN NIEMALS DULDEN, DASS SIE IHN UNS NEHMEN."
"ICH WEISS NICHT, WER DU BIST ODER OB DU EIN MANN ODER EINE FRAU BIST. ICH WERDE DICH WOHL NIEMALS SEHEN. ICH WERDE DICH NIEMALS UMARMEN ODER MIT DIR WEINEN ODER MICH MIT DIR BETRINKEN."
"DOCH ICH LIEBE DICH."
"ICH HOFFE, DASS DU VON HIER ENTFLIEHST."
"ICH HOFFE, DASS DIE WELT SICH ÄNDERT UND DIE DINGE BESSER WERDEN. DASS DIE MENSCHEN EINES TAGES WIEDER ROSEN HABEN."
"ICH WÜNSCHTE, ICH KÖNNTE DICH KÜSSEN."
"VALERIE."
"X"
ICH KENNE JEDEN ZOLL DIESER ZELLE.
DIESE ZELLE KENNT JEDEN ZOLL VON MIR.
BIS AUF EINEN.

"MEIN NAME IST EVE HAMMOND."
"AM FÜNFTEN NOVEMBER 1997 WURDE ICH VON DEN TERRORISTEN ENTFÜHRT, DER ALS KODENAME 'V' BEKANNT IST, UND DANN GEGEN MEINEN WILLEN AN EINEN UNBEKANNTEN ORT GEBRACHT."
"DORT NAHM MAN MIT HILFE VON DROGEN UND SOWOHL PHYSISCHER WIE AUCH PSYCHISCHER FOLTER EINE SYSTEMATISCHE GEHIRNWÄSCHE AN MIR VOR."
"WÄHREND DIESES ZEITRAUMS WURDE ICH HÄUFIG SEXUELL MISSBRAUCHT."
"SCHLIESSLICH WURDE ICH DAZU GEZWUNGEN, IHM ZU HELFEN, MORDE ZU BEGEHEN..."
"... DARUNTER AUCH DIE GESETZWIDRIGEN TÖTUNGEN VON MR. ROGER DASCOMBE, MR.DEREK ALMOND, DR.DELIA SURRIDGE UND REVEREND ANTHONY LILLIMAN, DEM BISCHOF VON WESTMINSTER."
"ICH UNTERNAHM AUCH EINEN MORDVERSUCH AN MR.CREEDY."
"ICH, DIE UNTERZEICHNETE, SCHWÖRE, DASS DIE OBIGE AUSSAGE WAHR IST UND MIR NICHT DURCH EINSCHÜCHTERUNG ABGEZWUNGEN WURDE."
WIR MÖCHTEN, DASS SIE DAS UNTERSCHREIBEN, MISS HAMOND.
DORT, WO DAS KLEINE X IST...
NEIN.
IE SIE OLLEN.
BRINGEN SIE MISS HAMMOND IN IHRE ZELLE ZURÜCK, ROSSITER. DORT WIRD SIE WARTEN, WÄHREND SIE EIN EXEKUTIONSKOMMANDO ZUSAMMENSTELLEN.
DANN BRINGEN SIE SIE HINTER DAS LAGER FÜR DIE CHEMIKALIEN UND ERSCHIESSEN SIE.
KAPITEL 12
Das Verdikt

ES IST SOWEIT...
... ODER HABEN SIE ES SICH ANDERS ÜBERLEGT?
UNTERSCHREIBEN SIE DIESE AUSSAGE. SIE KÖNNEN IN DREI JAHREN WIEDER DRAUSSEN SEIN. VIELLEICHT KÖNNEN WIR IHNEN EINEN JOB BEIM FINGER BESORGEN...
VIELE VON IHRER SORTE BEKOMMEN ARBEIT BEIM FINGER.
DANKE ...
ABER ICH MÖCHTE LIEBER HINTER DEM LAGER FÜR DIE CHEMIKALIEN STERBEN.
DANN GIBT ES NICHTS MEHR, WOMIT WIR SIE EINSCHÜCHTERN KÖNNEN?
SIE SIND FREI.
WAS...?

TRENG
THROUG
PURITY
PURITY
THROUGH
FAITH

... WIR MÖCHTEN, DASS SIE DAS UNTERSCHREIBEN, MISS HAMOND. DORT, WO DAS KLEINE X IST...

BRINGEN SIE MISS HAMMOND IN IHRE ZELLE ZURÜCK, ROSSITER. DORT WIRD SIE WARTEN, WÄHREND SIE EIN EXEKUTIONSKOMMANDO ZUSAMMENSTELLEN.
WIE SIE WOLLEN.
DANN BRINGEN SIE SIE HINTER DAS LAGER FÜR DIE CHEMIKALIEN UND ERSCHIESSEN SIE.

WILLKOMMEN DAHEIM.

DU.
DU WARST DAS.
DU.
DU HAST MIR DAS ANGE- TAN.
DU HAST MIR DAS ANGE- TAN.
DU. DU.
O GOTT. O GOTT.
DU... DU HAST MICH GESCHLA- GEN, MIR DIE HAARE ABGE- SCHNITTEN.
DU WARST ES. DIE GANZE ZEIT ÜBER WARST DU ES.
DU ... HAST MICH GEFOLTERT...
OH, DU HAST MICH GEQUÄLT...
O GOTT, WARUM?
WEIL ICH DICH LIEBE.
WEIL ICH DICH BEFREIEN WOLLTE.
KAPITEL 13
Veränderliche Venerabilien

WEIL...?
MICH BEFREIEN?
BEGREIFST DU NICHT?
BEGREIFST DU NICHT, WAS DU MIR ANGETAN HAST?
DU HAST MICH IN DEN WAHNSINN GETRIEBEN, V!
WENN ES NÖTIG IST, EVEY.
ICH HASSE DICH.
ICH HASSE DICH, WEIL DU NUR MIST REDEST. UND DU HÄLTST DICH FÜR SO GUT, DASS DEINE WORTE KEINEN SINN MEHR ERGEBEN MÜSSEN.
NICHTS, WAS DU SAGST, ERGIBT SINN!
DU SAGST, DU LIEBST MICH, DOCH DU MACHST MIR NUR ANGST UND FOLTERST MICH ZUM SPASS...
DU SAGST, DU WILLST MICH BEFREIEN, UND STECKST MICH IN EIN GEFÄNGNIS...
DU WARST BEREITS IN EINEM GEFÄNGNIS...
DU WARST DEIN GANZES LEBEN IN EINEM GEFÄNGNIS.
HALT DIE KLAPPE! ICH WILL NICHTS MEHR DAVON HÖREN ICH WAR NICHT IN EINEM GEFÄNGNIS ICH WAR GLÜCKLICH!
ICH WAR HIER GL-GLÜCKLICH, BIS DU MICH RAUSGEWORFEN HAST!

GLÜCK IST EIN GEFÄNGNIS, EVEY.
GLÜCK IST DER HEIMTÜCKISCHSTE KERKER VON ALLEN.
DAS IST **VERDREHT**! DAS IST VERDREHT! UND BÖSE UND **FALSCH**!
NACHDEM DU MICH RAUSGEWORFEN HATTEST, ZOG ICH BEI JEMANDEM EIN.
ICH... ICH **LIEBTE** IHN. ICH WAR **GLÜCKLICH**.
WENN DAS EIN **GEFÄNGNIS** IST, IST ES MIR **EGAL**!
WIRKLICH?
DEIN GELIEBTER LEBTE IN DEM ZUCHTHAUS, IN DAS WIR ALLE HINEINGEBOREN WERDEN, UND ALS LEBENSUNTERHALT MUSSTE ER SICH MIT DEM BODENSATZ DIESER WELT ABGEBEN.
ER KANNTE ZUNEIGUNG UND ZÄRTLICHKEIT, ABER NUR KURZ...
SCHLIESSLICH ERSTACH EINER DER ANDEREN INSASSEN IHN MIT DEM SÄBEL, UND ER ERTRANK IN SEINEM EIGENEN BLUT.
IST ES DAS, EVEY?
IST DAS DAS GLÜCK, DAS WERTVOLLER IST ALS DIE FREIHEIT?
W-WOHER WEISST DU DAS?
WOHER WEISST DU, WAS MIT GORDON PASSIERT IST?
PREMIERE TRIUMPH
WARNER BR
AL SON
INGER
DAS IST KEINE UNGEWÖHNLICHE GESCHICHTE, EVEY. VIELE STRÄFLINGE NEHMEN EIN ÜBLES ENDE...
DEINE MUTTER. DEIN VATER. DEIN GELIEBTER.
EINER NACH DEM ANDEREN HINTER DIE SCHUPPEN FÜR DIE CHEMIKALIEN GEFÜHRT...

ALLE GEFANGENEN, GEBÜCKT UND DEFORMIERT DURCH DIE WINZIGKEIT IHRER ZELLEN, DIE LAST IHRER KETTEN, DIE UNGERECHTIGKEIT IHRES SCHULDSPRUCHS...
... UND ERSCHOSSEN.
ICH HABE DICH NICHT IN EINEN KERKER GEWORFEN, EVEY.
ICH HABE DIR NUR DIE GITTER GEZEIGT.
DU **IRRST** DICH! DAS IST NUR DAS LEBEN, MEHR NICHT! SO IST DAS LEBEN NUN EINMAL! DAMIT MÜSSEN WIR ALLE **FERTIG WERDEN!**
ES IST ALLES, WAS WIR **HABEN**. WAS GIBT **DIR** DAS RECHT, ZU ENTSCHEIDEN, ES SEI NICHT GENUG?
DU SITZT IN EINEM GEFÄNGNIS, EVEY. DU WURDEST IN EINEM GEFÄNGNIS GEBOREN. DU LEBST SCHON SO LANGE IN EINEM GEFÄNGNIS, DASS DU NICHT MEHR GLAUBST, DRAUSSEN GÄBE ES EINE ANDERE WELT.
HALT DIE KLAPPE! ICH WILL DAS NICHT HÖREN!
WEIL DU ANGST HAST, EVEY. UND DU HAST ANGST, WEIL DU FÜHLST, WIE SICH DIE FREIHEIT UM DICH ENGER ZIEHT. DU HAST ANGST, WEIL DIE FREIHEIT ERSCHRECKEND IST.
ICH FÜHLE GAR NICHTS! DA GIBT ES NICHTS ZU FÜHLEN! LASS MICH IN RUHE!
WEICHE NICHT DAVOR ZURÜCK, EVEY. EIN TEIL VON DIR VERSTEHT DIE WAHRHEIT, AUCH WENN EIN ANDERER SIE VERLEUGNET.
FRAU, DAS IST DER WICHTIGSTE MOMENT DEINES LEBENS.
LAUFE NICHT VOR IHM DAVON.
ICH WEISS NICHT... WAS... DU...
O GOTT, ICH KRIEGE KEINE LUFT...
ASTHMA. A-ALS ICH EIN K-KLEINES MÄDCHEN WAR...
GUT, DU HAST ES FAST GESCHAFFT. MACH WEITER. FÜHLE IHRE FORM.
DEINE MUTTER STARB. SIE NAHMEN DEINEN VATER MIT. DA IST DAS KLEINE MÄDCHEN EVEY, UND ES WEINT...
A-UUH...
AA-HUHH...
MACH, DASS ES **AUFHÖRT**...
MUMMY, DADDY, **BITTE**, ES SOLL **AUFHÖREN!**

WAS... WAS TUST DU MIR AN? ICH KRIEGE KEINE LUFT... AUHUHH...
DU WARST IN EINER ZELLE, EVEY. SIE HABEN DIR DIE WAHL ZWISCHEN DEM TOD DEINER PRINZIPIEN UND DEM TOD DEINES KÖRPERS ANGEBOTEN.
AHH... AHH... ICH FÜHLE ES... AH, WAS IST DAS? OH, ICH WERDE STERBEN, ICH PLATZE...
DU SAGTEST, DU WÜRDEST LIEBER STERBEN. DU MUSSTEST DER ANGST VOR DEINEM EIGENEN TOD INS GESICHT SEHEN, UND DU WARST RUHIG UND GELASSEN.
VERSUCHE JETZT ZU FÜHLEN, WAS DU DA FÜHLTEST...
ICH... UHH... O GOTT...
ICH FÜHLTE...
HUHHH...
ICH... FÜHLTE... MICH... WIE... EIN... ENGEL...
O GOTT, V, O GOTT, ICH HABE SOLCHE ANGST, MIR IST SO KALT...
WAS GESCHIEHT MIT MIR?
DIE TÜR DES KÄFIGS IST OFFEN, EVEY.
DU FÜHLST JETZT NUR DEN WIND, DER VON DRAUSSEN HEREINWEHT. HAB KEINE ANGST.
VERSUCHE ZU STEHEN. VERSUCHE ZU GEHEN.
DER LIFT WIRD UNS ZUM DACH BRINGEN.
ICH WILL KEINE... AUGENBINDE...
NEIN, EVEY, KEINE AUGENBINDE.
ES GIBT KEINE AUGENBINDEN MEHR.

OH, ES REGNET. ES MUSS KALT SEIN.
SPÜRST DU ES?
NEIN.
V...
ALLES IST SO... ANDERS...
ICH FÜHLE MICH SO...
ICH WEISS.
VOR FÜNF JAHREN GING AUCH ICH DURCH SO EINE NACHT, NACKT UNTER EINEM TOBENDEM HIMMEL.
DAS IST DEINE NACHT.
NIMM SIE.
UMSCHLIESSE SIE MIT DEINEN ARMEN. BEGRABE SIE GANZ UND GAR IN DEINEM HERZEN.
LASS DICH DURCHBOHREN.
LASS DICH VERÄNDERN.
FÜR IMMER.

3. SEPTEMBER 1998. DIE NASE:
EIN HALBES JAHR UND KEIN MUCKSER. GLAUBEN SIE, ES IST VORBEI?
MR. FINCH?
HMM?
TUT MIR LEID, DOMINIC, WAS HABEN SIE GESAGT?
ICH SAGTE... GLAUBEN SIE, ES IST VORBEI?"
ARTHUR KOESTLER THE ROOTS OF COINCIDENCE
VORBEI?
JA, ICH GLAUBE SCHON.
HERVORRAGENDE SCHRIFTSTELLER, KOESTLER UND BRANOWSKI. SIE SOLLTEN SIE MAL LESEN.
ÄH... JA, VIELLEICHT. ICH...
HÖREN SIE, MR FINCH, VIELLEICHT SOLLTEN SIE JETZT NACH HAUSE GEHEN. ICH KANN AUF DEN LADEN SCHON AUFPASSEN. SIE HABEN FÜR HEUTE GENUG GETAN.
UNSINN.
SEIT ICH VON DER OSTKÜSTE ZURÜCK BIN, HABE ICH KEINEN HANDSCHLAG MEHR GETAN, UND DAS SIE WISSEN SIE, SIE ZIEHEN MICH DURCH.
ABER VIELLEICHT HABEN SIE RECHT. VIELLEICHT KOMME ICH JETZT BESSER KLAR...
ACH JA... ICH HABE DAS ZEUG AUS DEM LABOR MITGEBRACHT, FÜR DAS SIE MIR DAS REZEPT MITGABEN.
PHILLIPS SAGTE, SIE MÜSSTEN GELEGENTLICH VORBEIKOMMEN, UM DIE EINTRAGUNG IN DER BETÄUBUNGSMITTELKARTEI ZU UNTERSCHREIBEN. ICH SAGTE, DAS GINGE KLAR.
WAR DOCH RECHT SO?
SICHER.
GUTE NACHT, JUNGE.
KAPITEL 14
Vignetten
DIE SCHATTENGALLERIE:
UND ER WISCHT WEG DIE ROTEN FLECKEN UND IGNORIERT DIE SCHWEREN KETTEN, DIE ER MUSS, NUR UM SICH ZU RETTEN, SEIT JAHREN SCHON ERTRAGEN.

V?
DANKE.
DANKE FÜR DAS, WAS DU FÜR MICH GETAN HAST.
DU HAST ES SELBST GETAN.
ICH LIEFERTE DIR NUR DIE KULISSE. DAS SCHAUSPIEL WAR ALLEIN DEINS.
ES WAR EINE GUTE KULISSE.
ICH DACHTE WIRKLICH, ICH SEI IM GEFÄNGNIS.
ICH KANN IMMER NOCH NICHT RICHTIG GLAUBEN, DASS ES SICH NUR ZWISCHEN MIR UND DIR ABSPIELTE... KEINE WACHEN, KEINE FRAGESTELLER...
... KEINE VALERIE.
ES IST SELTSAM... ICH WEISS JETZT, DASS DU DIESEN BRIEF GESCHRIEBEN HABEN MUSST, VALERIES GANZE GESCHICHTE. ABER SIE WAR SO ÜBERZEUGEND...
ICH GLAUBTE AN SIE, OHNE SIE GESEHEN ZU HABEN. ICH LIEBTE SIE FAST...
... UND SIE WAR IN WIRKLICHKEIT NIE DORT.
ICH HABE DIESEN BRIEF NICHT GESCHRIEBEN.
BITTE KOMM MIT.

it's about letting go...
VALERIE SCHRIEB DEN BRIEF MIT EIGENER HAND, ALS SIE NOCH LEBTE.
ICH GAB IHN DIR, WIE ER MIR GEGEBEN WURDE. DIE WORTE, ÜBER DIE DU GEWEINT HAST, WAREN DIE, DIE MICH VOR FÜNF JAHREN VERWANDELT HABEN.
V... SIE IST WUNDERSCHÖN.
WER WAR SIE?
SIE WAR DIE FRAU IN ZIMMER VIER.
DER KITTY-KAT-KELLER:
4
ROSIE?
ROSIE?
WIR SIND DRAN!
JA...
JA, OKAY...
ICH BIN IN EINER MINUTE DA.

O GOTT.
ROSE?
KOMM SCHON, MÄDCHEN, DIE **MARTINETTES** SIND IN ZWEI MINUTEN DRAN.
ES TUT MIR LEID. VOR DEN AUFTRITTEN BIN ICH IMMER ETWAS NERVÖS. ICH MUSSTE BRECHEN...
OH.
ABER... WIR KÖNNEN DICH DOCH NICHT AUFTRETEN LASSEN, WENN DU DICH NICHT GUT FÜHLST, ODER? DANN MÜSSEN SIE DIE SHOW EBEN MIT FÜNF MÄDCHEN MACHEN.
DU BLEIBST HIER IN DER GARDEROBE, BIS DU DICH BESSER FÜHLST...
... UND ICH LEISTE DIR GESELLSCHAFT.
"... UND WITWEN DÜRFEN NICHT MEHR WEINEN. SONST HEISST ES: 'WAS GIBT ES DA ZU GREINEN?' ZIEHT EUCH AUS, UND HOCH MIT DEN BEINEN IN DEM VERDERBTEN KABARETT."
DIE SCHATTENGALERIE:
ROSEN.
IN IHREM BRIEF SCHRIEB VALERIE, SIE HOFFE, ES WÜRDE WIEDER ROSEN GEBEN. HAST DU SIE GEZÜCHTET?
JA. ZU IHREM ANDENKEN.
ABER ICH GEBE SIE GELEGENTLICH ANDEREN.
EVEY... DU HAST MIR EINMAL GESAGT, DU WÜRDEST NICHT TÖTEN. NICHT EINMAL FÜR MICH.
ALS ICH DICH VON DER STRASSE HOLTE, WOLLTEST DU EINEN MANN TÖTEN.
EINEN **ALISTAIR HARPER.**
ER HAT DEINEN GELIEBTEN UMGEBRACHT, DU WOLLTEST RACHE.
HIER GIBT ES AUCH FÜR IHN EINE ROSE. DU MUSST SIE NUR PFLÜCKEN UND MIR GEBEN.
NICHTS WEITER.

ES IST NICHT SCHWER, EINE ROSE ZU PFLÜCKEN.
SO LEICHT WIE UN-WIDERUFLICH.
VERSTEHE, WAS ICH DIR ANBIETE, UND TU, WAS DU WILLST.
LASS SIE WACHSEN.
DER KOPF:
LOVE YO
YOU
I LOVE YOU
I LO
AA!

FÜHRER?
SIE HABEN GESCHRIEN. ALLES IN ORDNUNG?
ICH...
ICH HABE NICHT GESCHRIEN.
GEHUSTET.
KEHREN SIE AN IHRE ARBEIT ZURÜCK! ENGLAND GEDEIHE!
"UND ER GIERT IN GEHEIMEN TRÄUMEN NACH DER UMARMUNG VON MASCHINEN, AUCH WENN SIE IHM LÄNGST NICHT MEHR DIENEN, DIE, DIE ER EINST SO GELIEBT."
DIE SCHATTENGALERIE:
WAS HAST DU JETZT VOR?
"JETZT..."
"DAS FINALE, DENKE ICH."
"JETZT KOMMT DAS FINALE."
BRAUCHST DU MICH?
"OH, JA. ICH BRAUCHE DICH... ABER ERST GANZ ZUM SCHLUSS. DAS WIRD FRÜHER SEIN, ALS DU GLAUBST."
"DU MUSST DICH VORBEREITEN."
WORAUF?

"DU WIRST ES WISSEN, WENN ES SOWEIT IST."
UND DU?
ICH?
ICH WERDE DER WELT GEBEN, WAS VALERIE IHR ZUGEDACHT HAT.
ROSEN.
EINEN ÜBER FLUSS AN ROSEN.
WOLLEN WIR TANZEN?
"... DOCH DIE KULISSEN BRECHEN ZUSAMMEN, DANN STEHT DIE BÜHNE SELBST IN FLAMMEN..."
"EIN MORD, DER NICHT STAND IN DEN PROGRAMMEN, UND TOTE LIEGEN AUF DEM FLUR."
"SCHAUSPIELER UND GÄSTE, BEIDERLEI WISSEN NICHT, OB DIE SHOW IST VORBEI, WARTEN AUF IHR STICHWORT, DOCH DABEI..."
"... LÄCHELT DIESE MASKE NUR."

BUCH 3

DAS LAND TU-WAS-DU-WILLST

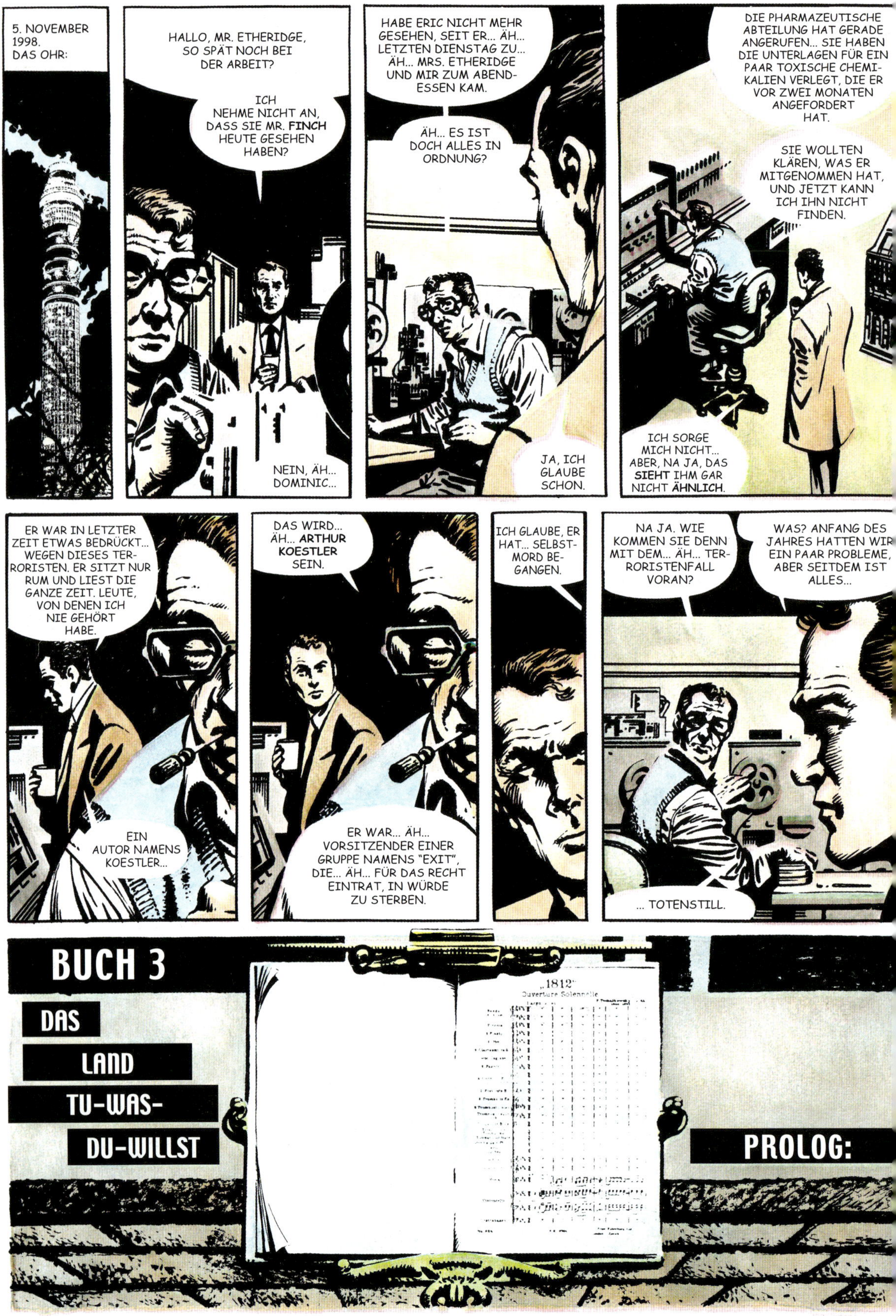

5. NOVEMBER 1998. DAS OHR:
HALLO, MR. ETHERIDGE, SO SPÄT NOCH BEI DER ARBEIT?
ICH NEHME NICHT AN, DASS SIE MR. **FINCH** HEUTE GESEHEN HABEN?
NEIN, ÄH... DOMINIC...
HABE ERIC NICHT MEHR GESEHEN, SEIT ER... ÄH... LETZTEN DIENSTAG ZU... ÄH... MRS. ETHERIDGE UND MIR ZUM ABENDESSEN KAM.
ÄH... ES IST DOCH ALLES IN ORDNUNG?
JA, ICH GLAUBE SCHON.
DIE PHARMAZEUTISCHE ABTEILUNG HAT GERADE ANGERUFEN... SIE HABEN DIE UNTERLAGEN FÜR EIN PAAR TOXISCHE CHEMIKALIEN VERLEGT, DIE ER VOR ZWEI MONATEN ANGEFORDERT HAT.
SIE WOLLTEN KLÄREN, WAS ER MITGENOMMEN HAT, UND JETZT KANN ICH IHN NICHT FINDEN.
ICH SORGE MICH NICHT... ABER, NA JA, DAS **SIEHT** IHM GAR NICHT **ÄHNLICH**.
ER WAR IN LETZTER ZEIT ETWAS BEDRÜCKT... WEGEN DIESES TERRORISTEN. ER SITZT NUR RUM UND LIEST DIE GANZE ZEIT. LEUTE, VON DENEN ICH NIE GEHÖRT HABE.
EIN AUTOR NAMENS KOESTLER...
DAS WIRD... ÄH... **ARTHUR KOESTLER** SEIN.
ER WAR... ÄH... VORSITZENDER EINER GRUPPE NAMENS "EXIT", DIE... ÄH... FÜR DAS RECHT EINTRAT, IN WÜRDE ZU STERBEN.
ICH GLAUBE, ER HAT... SELBSTMORD BEGANGEN.
NA JA. WIE KOMMEN SIE DENN MIT DEM... ÄH... TERRORISTENFALL VORAN?
WAS? ANFANG DES JAHRES HATTEN WIR EIN PAAR PROBLEME, ABER SEITDEM IST ALLES...
... TOTENSTILL.
BUCH 3
DAS LAND TU-WAS-DU-WILLST
PROLOG:
„1812"
Ouverture Solennelle

V?
ICH HABE DIESE SACHEN AUS MEINEM ZIMMER GEHOLT.
ICH BRAUCHE SIE NICHT MEHR.
FRÜHJAHRSPUTZ, EVE? IM NOVEMBER?
NEIN... ICH WOLLTE NUR ALLES **ÜBERFLÜSSIGE** LOSWERDEN.
HAST DU NICHT AUCH MAL DIESEN WUNSCH?
OH, JA.
STÄNDIG.
V?
JA?
ES GEHT ETWAS VOR, ODER? DU PLANST ETWAS.
MACH DIR KEINE SORGEN, EVE. WIE HEISST ES SO SCHÖN...
"WEIHNACHTEN IST VORBEI".
DAS ENDE NÄHER, ALS DU GLAUBST. UND ES STEHT SCHON GESCHRIEBEN.
WIR MÜSSEN NUR NOCH DEN RICHTIGEN AUGENBLICK ABWARTEN.

"FERNE..."
"... GEWALTIGE..."
"... GLEICHGÜLTIGE..."
"... VORSEHUNG."
"ES HEISST, ES GÄBE KEINE FRAGE, DIE DU NICHT BEANTWORTEN KANNST."
"DANN SAG MIR, WERDE..."
"... ICH GELIEBT?"
"NICHT GEFÜRCHTET."
"NICHT RESPEKTIERT."
"GELIEBT."
"DU SAGTEST: **'ICH LIEBE DICH!'** ICH HABE ES GESEHEN..."
"WENN ES KEIN FEHLER IN DEN SCHALTKREISEN WAR, KEINE OPTISCHE TÄUSCHUNG, UND WENN ICH NICHT VERRÜCKT WERDE..."
"BITTE..."
"BITTE GIB MIR EIN ZEICHEN."

O MEIN GOTT.
SIE... GEHÖREN SIE NICHT ZU FINCH?
WAS IST HIER PASSIERT? WIR KAMEN GERADE AN, DA HÖRTEN WIR DIE EXPLOSION...
M-MR. HEYER?
EINE BOMBE... ICH K-KAM GERADE AUS DEM GEBÄUDE...
MR. ETHERIDGE, SIR... ER HAT ÜBERSTUNDEN GEMACHT...
ETHERIDGE? IST ER VERLETZT?
E-ER IST TOT, SIR...
O GOTT, ICH GLAUBE, ICH MUSS MICH ÜBERGEBEN...
UUGH.
CONRAD, WAS IST HIER LOS? DU HAST MICH EINFACH STEHENLASSEN...
EI... EINE BOMBE. IM TOWER...
AUGE UND OHR SIND BEIDE AKTIONSUNFÄHIG. ICH MUSS SOFORT DEN FÜHRER INFORMIEREN.
HALB LONDON HAT DIESEN KNALL GEHÖRT. DER MUND MUSS EINE ERKLÄRUNG HABEN...
NOCH EINE "GEPLANTE SPRENGUNG"? WER WIRD DAS NACH DEN PARLAMENTSGEBÄUDEN UND OLD BAILEY NOCH GLAUBEN? UND WAS SOLLEN WIR SAGEN?
KEINE AHNUNG. IRGENDWAS...
NACH DIESEM VORFALL IST ALLES BESSER ALS SCHWEIGEN.

MR. CREEDY AUF BILDSCHIRM ZWEI. MR. HEYER AUF BILDSCHIRM VIER, FÜHRER.
KANN DAS NICHT WARTEN?
ICH... ÄH... WIE BITTE, FÜHRER?
NICHTS.
STELLEN SIE CREEDY DURCH. HEYER SOLL EINEN MOMENT WARTEN.
FÜHRER...
DER JORDAN TOWER. ER HAT IHN GESPRENGT.
UND DEN ALTEN POST OFFICE TOWER AUCH. AUGE UND OHR SIND NICHT MEHR FUNKTIONSFÄHIG.
BLIND UND TAUB UND DER SPRACHE BERAUBT.
BRINGEN SIE SOFORT MOBILE SENDER AUF DIE STRASSEN.
ES DARF KEINE PANIK GEBEN, AUCH WENN WIR DAS VOLK NICHT SOFORT BERUHIGEN KÖNNEN.
GENAU DAS IST ES, FÜHRER. WIR KÖNNEN NICHT SENDEN...
... ABER EIN ANDERER KANN ES...
HÖREN SIE SICH DAS AN...
GUTEN ABEND, LONDON.
HIER SPRICHT DIE STIMME DER VORSEHUNG.

VOR FAST VIERHUNDERT JAHREN HAT EIN GROSSER BÜRGER UNSER ALLER LEBEN NACHHALTIG BEREICHERT.
LEADER
SEINE TAT WURDE VERSTOHLEN, LEISE UND INSGEHEIM GEPLANT, DOCH MAN ERINNERT SICH MIT LÄRM UND LEUCHTENDER HELLIGKEIT AN SIE.
UM DIESEN ÜBERAUS RUHMREICHEN ABEND GEBÜHREND ZU FEIERN, GIBT DIE REGIERUNG IHRER MAJESTÄT IHNEN, IHREN TREUEN UNTERTANEN, DAS RECHT AUF VERSCHWIEGENHEIT UND ZURÜCKGEZOGENHEIT ZURÜCK.
FINE SOFT
DREI TAGE LANG WERDEN IHRE UNTERNEHMUNGEN NICHT BEOBACHTET...
... IHRE GESPRÄCHE NICHT BELAUSCHT...
... UND DIE EINZIGE SPIELREGEL IST: "TU, WAS DU WILLST!"
GOTT SEGNE SIE...
... UND GUTEN ABEND.
ENDE DES PROLOGS

6. NOVEMBER 1998.
MONITORS SABOTAGED STAY HOME!
"KEIN FERNSEHEN?"
"WAS? UND AUCH KEIN RADIO? DAS IST JA TOLL! ICH ZAHL MEINE VERDAMMTEN GEBÜHREN, UND..."
"HE, WARTE MAL. SIE HABEN AUCH DEN G.P.O. TOWER BOMBARDIERT. DAS HEISST, SIE KÖNNEN NICHT..."
LECK MICH.
"...UND SIE SAGT, DIE MIKROFONE TUN'S AUCH NICHT MEHR!"
"IST JA FURCHTBAR. ICH SAH GERN ZU, WIE SICH DIE KLEINEN KAMERAS HIN UND HER BEWEGTEN."
"DAS NENNT MAN WOHL FORTSCHRITT, WAS?"
"NA JA, ALS WIR HÖRTEN, DASS DIE KAMERAS AUSGEFALLEN SIND, GINGEN WIR NACH HAUSE. DA SAGT ER: 'NIEMAND SIEHT ZU. WIE WÄR'S?"
"VERDAMMICH, MEINT ER, ER KÖNNE TUN, WONACH IHM DER KOPF STEHT?"
"ANDERERSEITS GLAUBE ICH..."

LECK MICH.
HAHA.
FOR YOUR PROTECTION
LECK MICH, MR. SUSAN. LECK MICH, VORSEHUNG.
LECK MICH, DAD, LECK MICH, MISS PLATT IN DER SCHULE...
LECK MICH. LECK MICH. LECK MICH.
"... TERRORIST GETAN. ÜBLER BURSCHE, ABER SEHR CLEVER. WOHL, WAS MAN EINEN GENIALEN VERBRECHER NENNT."
"SOLLTE 'NEN ANSTÄNDIGEN NAMEN HABEN. 'DER PANTER'. 'DER FUCHS'. 'DER RIPPER'. DAS SIND RICHTIGE NAMEN, NICHT SO'N BLÖDER BUCHSTABE."
"ABER ER BRINGT'S JA NU DOCH..."
"ER HAT SIE GENOMMEN."
"ER HAT DIE STIMME DER VORSEHUNG GENOMMEN. WIE SOLL ICH DIE LÜCKE FÜLLEN, DIE SIE HINTERLÄSST?"
"WIE SOLL MEIN LAND DAS SCHWEIGEN AUSFÜLLEN?"
KAPITEL 1
VOX POPULI

NUN JA, DAS VOLK HATTE BISHER AUCH NICHT SOVIEL ZU SAGEN, FÜHRER...
ALLES IST **RUHIG**... ABER DAS KANN SICH **ÄNDERN**. VIELLEICHT SOLLTEN WIR DIE **TRUPPEN** IN LONDON **VERSTÄRKEN**. NUR FÜR ALLE **FÄLLE**...
WIR HABEN NOCH EINIGE PROBLEME. FÜR BUNNYS... ÄH... MR. ETHERIDGES BEERDIGUNG HABEN ZAHLREICHE KOLLEGEN EINE BEURLAUBUNG BEANTRAGT.
DAS GEFÄLLT MIR NICHT. DIE SITUATION IST DERZEIT HEIKEL... ABER WIR KÖNNEN **MRS.** ETHERIDGE NATÜRLICH NICHT ZUMUTEN, DASS **NIEMAND** KOMMT...
DAS **NÄCHSTE** PROBLEM IST MR. **FINCH**. ER BENIMMT SICH **SELTSAM**. ER FEHLT SEIT ZWEI TAGEN UNENTSCHULDIGT. NICHT, DASS ICH IHN **KRITISIEREN** MÖCHTE, ABER VIELLEICHT SOLLTE DIE LEITUNG DER **NASE** EIN...
"ICH LIEBE DICH."
... **JÜNGERER** MANN ÜBERNEHMEN, UND...
ICH...
ENTSCHULDIGUNG, FÜHRER.
H-HABEN SIE ETWAS GESAGT?
NEIN. NEIN, ICH GLAUBE NICHT.
SCHICKEN SIE MRS. ETHERIDGE **BLUMEN**. SPRECHEN SIE IHR MEIN BEILEID AUS. VERHÄNGEN SIE EINE **URLAUBSSPERRE** UND **VERDOPPELN** SIE DIE STREIFEN AUF DEN **STRASSEN**.
ACH JA... UND **PLÜNDERER** WERDEN ERSCHOSSEN.
DAS IST **ALLES**, MR. CREEDY.
ENGLAND **GEDEIHE**!

JAM 30P
"NGMF GLIP GOR. WAS IS'N NU MIT DIESEN KARREN?"
"NIX DA, SCHLOF. ICH MEIN, ICH GLAUB AN GESETZ UN' ORDNUNG, ABER OB NU SCHWARZMARKT ODER NICHT, HÄTT ICH BEI DEM ANGEBOT NICHT ZUGESCHLAGEN, HÄTT'S EIN ANDERER GETAN..."
"GHMF GIB MIR MAL DEN KETCHUP."
"... NACH HAUSE, UND BEWAHREN SIE DIE RUHE. ES BESTEHT KEIN GRUND ZUR BEUNRUHIGUNG."
"DIE LAGE IST UNTER KONTROLLE. DEN BÜRGERN WIRD GERATEN, WIE **SONST AUCH** IHRER ARBEIT NACHZUGEHEN."
"ICH WIEDERHOLE..."
JAM 30P
"HALLO."
"ICH WILL EINE PISTOLE KAUFEN."

OHA! DU WILL'S 'NE KNARRE KAUFEN, WAS?
NA JA, ICH WEISS NICH, WARUM DE DA **MICH** FRAGS'. ICH BIN HIER NUR AUF'N BIER: ICH HAB MIT SO 'NEM **GANGSTER**-SCHEISS NIX ZU TUN.
I-ICH HABE GELD. MAN HAT MIR GESAGT, ICH SOLL MICH AN SIE WENDEN, UND DA DIE MONITORE AUSGEFALLEN SIND, DACHTE ICH, DER ZEITPUNKT IST...
JA, JA, 'NE GÜNSTIGE GELEGENHEIT. ABER ÜBERZEUGT BIN ICH NICH, SIE SIN' NICH DER TYP FÜR 'NE KNARRE. WEN WOLLEN SIE UMLEGEN?
NIEMANDEN!
ICH... ICH BRAUCHE **SCHUTZ**... IN LETZTER ZEIT IST ALLES SO **BEDROHLICH**...
SIE BRAUCHEN 'NEN **MANN** ZU HAUS UN' KEINE KNARRE. MÄDCHEN SOLLTEN NICHT MIT BALLERMÄNNERN RUMMACHEN. KANONEN SIN' NIX FÜR FRAUEN.
ICH HABE VIERHUNDERT PFUND.
SIE BEKOMMEN DIE HÄLFTE JETZT, DEN REST, WENN...
PSSST, NICHT SO **LAUT**, UM HIMMELS WILLEN!
VIERHUNNERT, WA? UN' SIE WOLL'N SICH WIRKLICH NUR **SCHÜTZEN**?
JA.
HMM. TREFFE' WA UNS HINNE, WENN DE LADEN ZUMACHT. MA SEH'N, WAT ICH TUN KANN.
HOFFENTLICH KÖNNEN SE MIT SO 'NEM DING UMGEHE, MISS.
DAS IS' KEENE **SPIELZEUCHKNARRE**. MACHT 'NEN FURCHTBAR LAUTEN KNALL. WARTEN SE NUR, BISSE SE INNE HAND HALTE.
WIR SEH'N UNS DANN SPÄTER.
BIS DANN ALSO

"PÄNG."
SPEC
WAY
"IS HEUT NACHT IN EAST FINCHLEY PASSIERT."
"DA HA'M SE SO 'NE ARME SAU GESCHNAPPT, WIE SIE 'NE **DOSE BOHNEN** MITGEHEN LIESS. DIE LEUTE LIEFEN ZUSAMMEN, UND SIE HA'M SE AN ORT UND STELLE **ERSCHOSSEN**, UND..."
"... ALS OB SIE 'NE **PAKI** WÄR ODER SO. DAT WAR **ZUVIEL**, SAG ICH DIR! WENN DIE HEUTE ABEND HIERHERKOMMEN, KÖNNEN SE WAT ERLEBEN..."
"DAS **GIBT** WAS!"
"MAN DARF SICH NICHT ALLZUSEHR AUF SCHWEIGENDE MEHRHEITEN VERLASSEN, EVE, DENN DAS SCHWEIGEN IST ZERBRECHLICH."
"EIN LAUTER KNALL, UND ES IST FORT."

"DOCH DIE MENSCHEN FOLGEN IHREM **HERDENTRIEB**. MAN KANN SICH **NICHT** AUF SIE **VERLASSEN**. EIN **PAAR** WERDEN DIE GELEGENHEIT ZUM PROTEST VIELLEICHT NUTZEN. DOCH SIE SIND NUR EINE EINSAME STIMME IN DER **WILDNIS**."
"LÄRM HÄNGT VON DER STILLE AB, DIE IHM VORANGING. JE ABSOLUTER DAS **SCHWEIGEN**, DESTO SCHOCKIERENDER DER **DONNERSCHLAG**."
"UNSERE HERREN HABEN DIE STIMME DES VOLKES SEIT **GENERATIONEN** NICHT MEHR GEHÖRT, EVE."
"... UND SIE IST VIEL, VIEL LAUTER, ALS SIE SIE IN **ERINNERUNG** HABEN MÖCHTEN."

6. NOVEMBER 1998:
FINGERWAGEN VICTOR-CHARLIE-NEUN, ERBITTE VERSTÄRKUNG IN CROUCH END...
KANN IHNEN NICHT NACH BRIXTON FOLGEN. DIE HÄLFTE DER MÄNNER BRAUCHT CHOLERA-IMPFUNGEN, UND...
... DRINGENDER NOTFALL...
BEVOR DIE PLÜNDERER DIE DEPTFORD-SÜMPFE ERREICHEN, BRAUCHEN WIR NOCH ZWEI WAGEN UND...
GREEN PARK. DIE MEISTEN LEUTE ZU HAUSE. DOCH IM BEREICH DER KING'S ROAD ROTTET SICH EINE MENGE ZUSAMMEN. SCHICKT...
... NOTFALL. ALLE WAGEN IM BEREICH TOTTENHAM...
VERDAMMT, SCHICKT UNS ENDLICH VERSTÄRKUNG!
WAS IST DAS?
EIN RADIO-KASSETTENRECORDER AUS DEN SIEBZIGER JAHREN. TROTZ DES AUSFALLS DER ÜBERTRAGUNGEN KANN MAN DEN **POLIZEIFUNK** MIT IHNEN EMPFANGEN ...
... PROTESTIEREN GEGEN DIE EXEKUTIONEN. WENN WIR EINGREIFEN, WERDEN SIE...
... EMPFEHLE TRÄNENGAS ODER...
VICTOR-CHARLIE-NEUN, BITTE **MELDEN**.
DER ALTE BROADWATER-GUTSHOF. MELDEN SIE MR. CREEDY, DASS ES DORT BRENNT...
ALL DIESE AUFSTÄNDE UND UNRUHEN, V... IST **DAS** ANARCHIE?
IST **DAS** DAS LAND "TU-WAS-DU-WILLST"?
BITTE MELDEN! WIEDERHOLE: VICTOR-CHARLEI-NEUN...
NEIN. **DAS** IST NUR DAS LAND "**NIMM**-WAS-DU-WILLST". ANARCHIE BEDEUTET "OHNE **FÜHRER**", NICHT "OHNE **ORDNUNG**".
MIT DER ANARCHIE KOMMT EIN ZEITALTER DER **ORDNUNG**, DER **WAHREN**, NÄMLICH **FREIWILLIGEN** ORDNUNG.
DIESES ZEITALTER DER ORDNUNG BEGINNT, WENN DER VERRÜCKTE UND ZUSAMMENHANGLOSE KREISLAUF DER **VERWIRRUNG**, DIE DIESE MITTEILUNG ENTHÜLLEN, ABGESCHLOSSEN IST.
DIES IST **KEINE ANARCHIE**, EVE.
DIES IST **CHAOS**.
KAPITEL 2
VERWIRRUNG

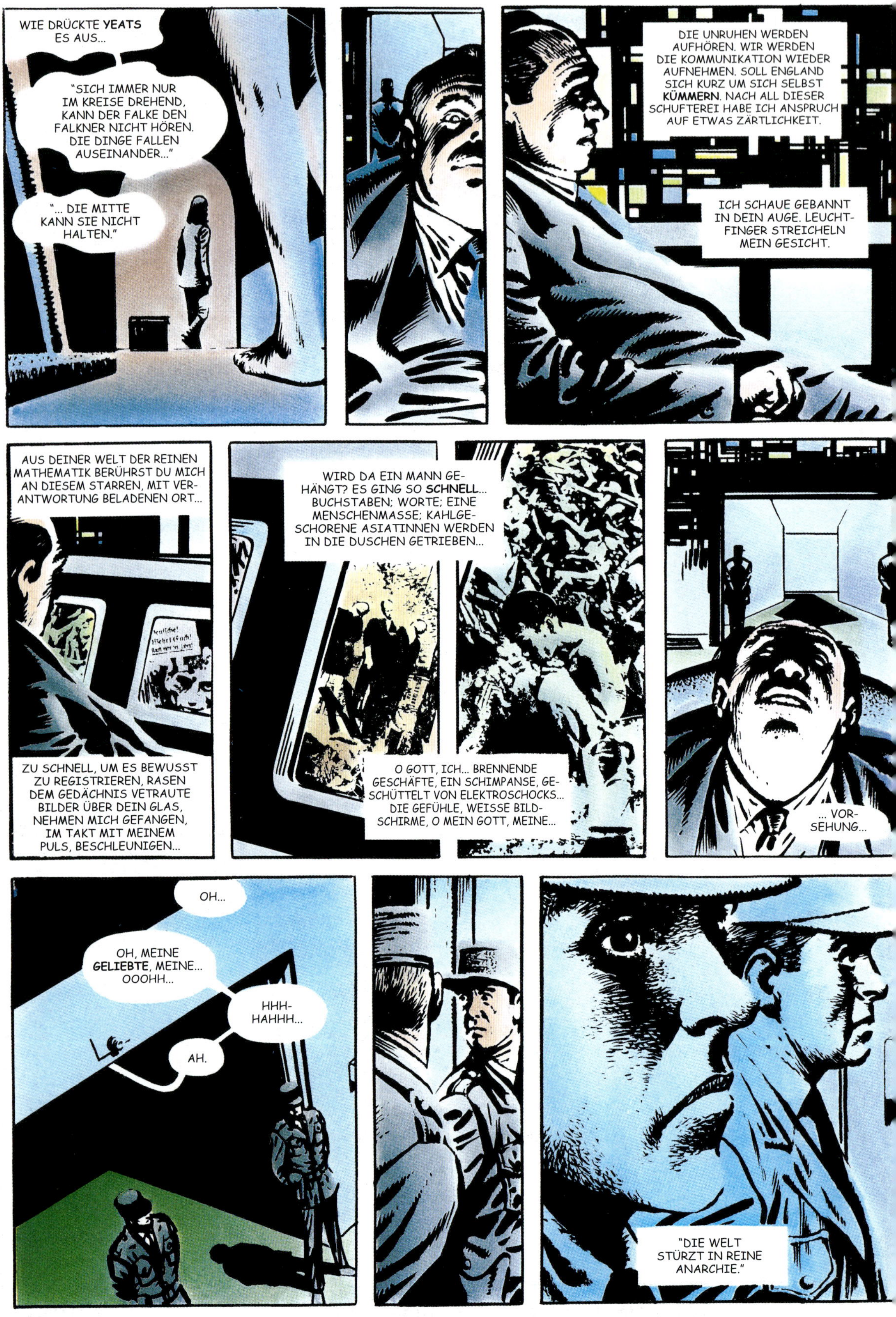
WIE DRÜCKTE **YEATS** ES AUS...
"SICH IMMER NUR IM KREISE DREHEND, KANN DER FALKE DEN FALKNER NICHT HÖREN. DIE DINGE FALLEN AUSEINANDER..."
"... DIE MITTE KANN SIE NICHT HALTEN."
DIE UNRUHEN WERDEN AUFHÖREN. WIR WERDEN DIE KOMMUNIKATION WIEDER AUFNEHMEN. SOLL ENGLAND SICH KURZ UM SICH SELBST **KÜMMERN**. NACH ALL DIESER SCHUFTEREI HABE ICH ANSPRUCH AUF ETWAS ZÄRTLICHKEIT.
ICH SCHAUE GEBANNT IN DEIN AUGE. LEUCHTFINGER STREICHELN MEIN GESICHT.
AUS DEINER WELT DER REINEN MATHEMATIK BERÜHRST DU MICH AN DIESEM STARREN, MIT VERANTWORTUNG BELADENEN ORT...
ZU SCHNELL, UM ES BEWUSST ZU REGISTRIEREN, RASEN DEM GEDÄCHNIS VETRAUTE BILDER ÜBER DEIN GLAS, NEHMEN MICH GEFANGEN, IM TAKT MIT MEINEM PULS, BESCHLEUNIGEN...
WIRD DA EIN MANN GEHÄNGT? ES GING SO **SCHNELL**... BUCHSTABEN; WORTE; EINE MENSCHENMASSE; KAHLGESCHORENE ASIATINNEN WERDEN IN DIE DUSCHEN GETRIEBEN...
O GOTT, ICH... BRENNENDE GESCHÄFTE, EIN SCHIMPANSE, GESCHÜTTELT VON ELEKTROSCHOCKS... DIE GEFÜHLE, WEISSE BILDSCHIRME, O MEIN GOTT, MEINE...
... VORSEHUNG...
OH...
OH, MEINE **GELIEBTE**, MEINE... OOOHH...
HHH-HAHHH...
AH.
"DIE WELT STÜRZT IN REINE ANARCHIE."

UNFREIWILLIGE ORDNUNG ERZEUGT UNZUFRIEDENHEIT, DIE MUTTER DER UNORDNUNG, AHN-HERRIN DER GUILLOTINE.
AUTORITÄRE GESELLSCHAFTEN SIND WIE FORMATIONSTÄNZE. KOMPLIZIERT, MECHANISCH GENAU UND VOR ALLEM INSTABIL. UNTER DER DÜNNEN KRUSTE DER ZIVILISATION SCHÄUMT DAS KALTE CHAOS...
"...UND AN MANCHEN STELLEN IST DAS EIS TRÜGERISCH DÜNN."
EXIT
SIE SIN' VER-HAFTET.
AAA!
NEE, WAR NUR 'N SCHERZ.
OH! O GOTT, SIE...
H-HÖREN SIE, ICH HABE DAS GELD. HABEN SIE... WORUM ICH SIE GEBETEN HABE?
DAS DING FÜR MEINEN SCHUTZ?
JAU, DAT WIRD SE SCHÜTZEN. INNE TAT.
UN' 'NEM ANNERN DE EINGE-WEIDE INNE GOSSE SPRITZEN.
HÖR'N SE, GEH'N SE SCHNELL NACH HAUS. UN' WENN SE GESCHNAPPT WERD'N, ICH HAB SE NIE GESEH'N.
N-NEIN. ICH VERSTEHE. ICH BRING'S GLEICH NACH HAUSE. DANKE. VIELEN DANK.
DANKE.
GERN GESCHEH'N.

HALLO, ALLY.
DACHTE, ES WÄRE MAL ZEIT FÜR EINEN KLEINEN PLAUSCH.
MISTER **CREEDY**...
HÖR'N SE, ICH HAB ÜBERHAUPT NIX GETAN, WAS SE BEWEG'N KÖNNT, MIR...
HAHAHA! WAS FÜR EIN SCHEISS! WAFFENHANDEL, BEWAFFNETER RAUBÜBERFALL, WAHRSCHEINLICH EIN ODER ZWEI **MORDE**...
DU BIST MIR SCHON EINER, ALLY.
ACH WAS, GEB'N SE MIR 'NE CHANCE, JA?
EINE **CHANCE? HA HA HA!**
ICH GEB DIR VIEL MEHR ALS DAS, MEIN ALTER FREUND.
ICH GEB DIR EINEN **JOB**.
DIESE **UNRUHEN**, ALLY. DER **FINGER** IST IM AUGENBLICK ETWAS DÜNN BESETZT. UND ICH HABE DIE BEFUGNIS, **HILFSKRÄFTE** EINZUSTELLEN.
BESORG MIR NUR EIN PAAR DUTZEND SCHWERE JUNGS, DIE SICH WAS DAZU VERDIENEN WOLLEN. BAR AUF DIE HAND. FÜR DICH IST NATÜRLICH EINE KOMMISSION DRIN. DAS SCHAFFST DU DOCH, ODER?
ÄH, NA JA...
AUSGE- ZEICHNET, ALLY. **AUSGEZEICHNET**.
WILLKOMMEN AUF DER SEITE VON **GESETZ UND ORDNUNG**.
WENN DIE STAATSGEWALT DIE ERSTEN SPUREN VON CHAOS IM GE- FÜGE BEMERKT, GREIFT SIE AUF DIE ÜBELSTEN PLÄNE ZURÜCK, UM DIE FASSADE DER ORDNUNG AUFRECHTZUERHALTEN.
... DOCH ES IST IMMER EINE ORDNUNG OHNE **GERECHTIGKEIT**, OHNE **LIEBE** ODER **FREIHEIT**, DIE DEN AUSBRUCH DES PANDÄMONIUMS NICHT LANGE VERZÖGERN KANN.

DIE AUTORITÄT KENNT ZWEI ROLLEN: DER FOLTERER UND DER GEFOLTERTE. SIE VERWANDELT MENSCHEN IN FREUDLOSE PUPPEN, DIE FÜRCHTEN UND HASSEN, WÄHREND DIE KULTUR IN DEN ABGRUND STÜRZT.
DIE AUTORITÄT PERVERTIERT DAS HERANWACHSEN IHRER KINDER, LÄSST IHRE LIEBE ZUM HAHNENKAMPF WERDEN...
DANKE, CONRAD. DAS REICHT. GIB MIR DAS HANDTUCH.
WANN HAT DER FÜHRER CREEDY ERMÄCHTIGT, EINE SCHLÄGERTRUPPE ANZUWERBEN?
HEUTE NACHMITTAG. WILLST DU DEINEN BADEMANTEL, HELEN?
NEIN.
BEGREIFT SUSAN NICHT, DASS CREEDY NUR DARAUF WARTET, DASS ER VÖLLIG ZUSAMMENBRICHT, UM DANN MIT SEINER PRIVATARMEE AUFZUMARSCHIEREN UND EINEN UMSTURZ HERBEIZUFÜHREN?
DER FÜHRER STEHT VIELLEICHT NUR UNTER STRESS...
QUATSCH, CONRAD. ER VERLIERT DEN VERSTAND... UND WENN ER ENDGÜLTIG DURCHDREHT, WILL ICH, DASS DU SEINEN PLATZ EINNIMMST UND NICHT DIESER HILFSSCHÜLER CREEDY.
ICH WERDE MICH WOHL DARUM KÜMMERN MÜSSEN... WIE IMMER.
WEISST DU, DU BIST EIN ZIEMLICH ERFOLGREICHER JUNGER MANN, CONRAD. WENN DU DEINEN ERFOLG NICHT GÄNZLICH MEINEN BEMÜHUNGEN VERDANKEN WÜRDEST, KÖNNTE ICH DICH VIELLEICHT SOGAR MÖGEN.
ICH GEHE JETZT ZU BETT ... MORGEN FRÜH MUSS ICH NOCH EINIGES ERLEDIGEN. ICH WERDE SCHON SCHLAFEN, WENN DU HOCH KOMMST.
DU WIRST HIER DRINNEN KEIN LICHT BRAUCHEN, NICHT WAHR?
DER ZUSAMMENBRUCH DER STAATSGEWALT DURCHZIEHT SCHLAFZIMMER, WOHNZIMMER, KIRCHE UND SCHULE MIT RISSEN. ÜBERALL BRICHT AUFRUHR AUS.
GLEICHHEIT UND FREIHEIT SIND KEINE GÜTER, DIE MAN EINFACH AUFGEBEN DARF. OHNE SIE KANN DIE ORDNUNG NICHT LANGE BESTEHEN BLEIBEN, SONDERN WIRD IN UNVORSTELLBARE TIEFEN STÜRZEN.

V, WARTE MAL. WIR WAREN NOCH NIE HIER UNTEN. WOHIN GEHEN WIR? HAST DU HIER UNTEN ETWAS VERSTECKT?
V?
V, ANTWORTE MIR...
HALLO, HIER IST LONDON 6482732.
ERIC FINCH SPRICHT.
ICH BIN IM AUGENBLICK NICHT ZU HAUSE, DOCH WENN SIE NACH DEM PFEIFTON IHREN NAMEN UND IHRE NUMMER HINTERLASSEN, RUFE ICH ZURÜCK.
HALLO?
ÄH, HALLO, HIER IST NOCH MAL DOMINIC...
SUPAHEAT
OFF ON
HÖREN SIE, RUFEN SIE BITTE ZURÜCK. ES GIBT **PROBLEME** MIT MR. SUSAN UND MR. CREEDY. ICH KANN AM TELEFON NICHT SPRECHEN...
ALLES BRICHT ZUSAMMEN, MR. FINCH. ICH WEISS NICHT, WAS ICH **TUN** SOLL.
ICH ... DAS IST WOHL ALLES.
BYE.
PASSEN SIE AUF SICH AUF.
V?
KOMM SCHON, V, ICH WARTE AUF EINE **ANTWORT**. WO...?
DAS IST MEIN GEHEIMES **LIEBESNEST**, EVE.
ICH WILL DIR MEINE **GELIEBTE** VORSTELLEN.

DEINE **WAS**?
ES IST EINE KOMPLIZIERTE UND TRAURIGE GESCHICHTE VON BETROGENEN HERZEN UND FALSCHER **LOYALITÄT**.
NICHT ICH WAR VERIRRT. MEINE LIEBE WAR DIE **GERECHTIGKEIT**, UND VERBLENDET VON IHRER **WAHRHEIT** UND **SCHÖNHEIT** BETETE ICH SIE AN.
... BIS SIE SICH HINTER MEINEM RÜCKEN MIT EINEM MANN EINLIESS, DER SIE SCHLUG UND MISSBRAUCHTE, EINEM GRAUSAMEN, BRUTALEN MANN, MIT VERBRANNTEN KINDERN IN SEINEM ATEM.
ER **VERÄNDERTE** SIE. SIE GEWANN GESCHMACK AN LEDER, KETTEN UND PEITSCHEN.
DIE GERECHTIGKEIT, DIE ICH LIEBTE, GAB ES NICHT MEHR. SIE HATTE SO FREUNDLICHE AUGEN, MACHTE SO KLEINE UND VORSICHTIGE SCHRITTE...
NACH IHRER VERWANDLUNG BLICKTE SIE ZORNIG DURCH SCHMALE SCHLITZE, ZERQUETSCHTE GUTE MENSCHEN UNTER IHREN ABSÄTZEN.
STELL DIR VOR, ALS ICH VON IHRER AFFÄRE ERFUHR...
MEIN ZORN UND MEINE SCHAM BEI DEM GEDANKEN, DASS SIE ALLES, WAS ICH LIEBTE, ZU EINEM SPÖTTISCHEN ZERRBILD GEMACHT HABEN. MEINE GERECHTIGKEIT UND IHR LIEBHABER, DIE SICH AUF BLUTBEFLECKTEN LAKEN WÄLZEN.
DOCH ES HEISST, IM KRIEG UND IN DER LIEBE SEI ALLES ERLAUBT. DIES WAR **BEIDES**, UND WIE DU MIR, SO ICH DIR.
OBWOHL MAN MIR HÖRNER AUFGESETZT HAT, MUSS ICH SIE NICHT ALS **EINZIGER** TRAGEN.
VERSTEHST DU? OBWOHL MEIN RIVALE EHEBRUCH BEGING, HATTE ER ZU HAUSE EINE **FRAU**, DIE ER **VEREHRTE**.
ER WIRD SEINE UNTREUE BEREUEN, DER SCHUFT, DER MEINE EINZIGE LIEBE STAHL, WENN ER ERFÄHRT, SEIT WIEVIEL JAHREN...
... ICH IHN MIT DER **SEINEN** BETRÜGE.

DIE NASE, 7. NOVEMBER 1998.
"ROSEN SIND ROT, VEILCHEN SIND BLAU, ALLES IST MÖGLICH, UND NICHTS IST WAHR."
DAS SIND KLEINE LIEBESBRIEFE. VON WEM STAMMEN SIE?
DAS HERAUSZUFINDEN, IST IHRE AUFGABE.
MEINE ZIVILEN HILFSTRUPPEN FANDEN SIE HEUTE MORGEN AN VERSCHIEDENEN ORTEN BEI EINIGEN RAZZIEN.
"ICH LIEBE DEN REGEN, ICH LIEBE DEN MOND, ICH LIEBE DEN WIND UND DIE STERNE..."
I LOVE THE
DAS WERK EINES VERRÜCKTEN. ES GEHT DRUNTER UND DRÜBER. WUSSTEN SIE, DASS IN MANCHESTER DIE NAHRUNGSMITTEL KNAPP SIND? WEGEN EINES VERDAMMTEN COMPUTERFEHLERS ...
"... ICH EILE ZU DIR AUS WEITER FERNE UND KÜSSE DICH DURCH DAS GITTER."
WAS HAT DAS ZU BEDEUTEN?
ES BEDEUTET ÄRGER, MEIN SOHN. IN SOLCHEN ZEITEN MUSS MAN WISSEN, WER SEINE FREUNDE SIND.
SIE ZUM BEISPIEL ... SEIT GLATZKOPFS VERSCHWINDEN AMTIERENDER LEITER DER NASE. EINE SCHWIERIGE POSITION. DIE DINGE KÖNNTEN SICH ÜBER NACHT ÄNDERN.
ÜBER NACHT!
NATÜRLICH, DER FÜHRER IST GROSSARTIG, DOCH WENN IHM NUN ... HM ... ETWAS PASSIERT? WER SOLL DANN DIE LÜCKE FÜLLEN? HABEN SIE DARÜBER MAL NACHGEDACHT?
WISSEN SIE, MIT FINCH WURDE ICH NIE SO RICHTIG WARM, ABER MIT IHNEN...
VIELLEICHT KÖNNTEN UNSERE ABTEILUNGEN IN ZUKUNFT ENGER ZUSAMMENARBEITEN.
"ICH LIEBE DICH, DOCH DU LIEBST DAS GESETZ. UND ALLE WISSEN, DASS ES EINE HURE IST."
"DIE TUGENDHAFTEN FANGEN SICH IN IHREM NETZ, DIE SCHURKEN TUMMELN SICH MIT IHR AUF DEM BATIST."
HA. DAS IST ZIEMLICH KOMISCH.
FINDEN SIE ALLEIN HINAUS?
KAPITEL 3
VERSCHIEDENE VALENTINSGRÜSSE

WIDERSTAND GEG'N DE HINRICHTUNG'N ORGANISIEREN, WA?
NA JA, WERF DIE KLEINE KRÖTE ZU DIE ANNERN INNE WAG'N. SIEHSTE NICH, DAT ICH HIER MITTAGSPAUSE MACH?
MORGEN, ALLY. VIEL ZU TUN?
ACH WAT, IS'N KLACKS. JEDE MENGE MOOS, UM SO'N PA' ARME SCHWEINE ZUSAMM' ZU TREIBEN UN' SIE MAL MORES ZU LERN'.
IHR BULL'N SEID SCHON CLEV'RE JUNGS, DA SO DEN DECKEL DRAUFZUHALT'N...
HAHA. SPIEL DEINE KARTEN RICHTIG AUS, UND DEINE JUNGS KRIEGEN VIELLEICHT 'NE **FESTANSTELLUNG**.
ICH MAG DEINEN STIL, UND WIE DIE DINGE ZUR ZEIT STEHEN, KÖNNTE MIR EINE KLEINE **HILFSTRUPPE** SEHR GELEGEN KOMMEN.
WIE WÄR'S ZUM BEISPIEL, WENN ICH DIR VIERHUNDERT DIE WOCHE ANBIETE?
DAFÜR GARANTIERST DU MIR DEINE LOYALITÄT, WENN'S WIRKLICH MAL HART AUF HART KOMMEN SOLLTE. VERSTEHST DU, WAS ICH MEINE?
JA, ICH GLAUB, ICH KANN'S MA DENKEN.
DANN DENK MAL WEITER. DU HÄTTEST **GUTE AUSSICHTEN** IN DEM NEUEN SYSTEM, DAS ENTSTEHEN KÖNNTE. DU WEISST SCHON ...
WENN ES HART AUF HART KOMMT.
DIE DINGE HÄNGEN IN DER SCHWEBE. ANSCHEINEND GAB'S IN **LIVERPOOL** EINIGE **STROMAUSFÄLLE**. WENN DAS **HIER** PASSIERT ...
MACHEN SE SICH MA KEINE SORG'N. FÜR VIERHUNNERT HAM SE MEINE VOLLE UNTERSTÜTZUNG.
WENN SE MICH JETZT **EN'SCHULD'GEN**.
WOHIN SO EILIG? DU GEHST DOCH HOFFENTLICH KEINEN ANDEREN GESCHÄFTSINTERESSEN NACH?
NEE. IS NUR DIESE KLEINE ...
HE, ICH HAB NOCH SO'N PA' **BRIEFE** GEFUND'N. SEH'N SE SICH DIE MA AN.
LOVE YOUR RAGE, NOT YOUR CAGE
BIS SPÄTER DANN, JA?

HALLO, MISSIS. BEKAM IHRE NACHRICHT. TUT MIR LEID, DAT ICH ZU SPÄT KOMM UND SO...
IN ZUKUNFT WERDEN SIE PÜNKTLICH SEIN. ICH WARTE NICHT GERN.
WISSEN SIE, WER ICH BIN?
KLAR, SIE SIN' DIE FRAU VOM CHEF VONNE **AUGE**.
UND SIE LEITEN CREEDYS ZIVILE HILFSTRUPPEN.
SIE WISSEN, DASS ER EINEN **UMSTURZ** PLANT? ER WILL **FÜHRER** WERDEN.
ICH... NEE, DAVON HAB ICH KEENE AHNUNG.
TUN SIE DOCH NICHT SO. DIES IST EINE REIN GESCHÄFTLICHE ENTSCHEIDUNG. CREEDY WILL FÜHRER WERDEN. ICH WILL, DASS CONRAD FÜHRER WIRD.
WIEVIEL ZAHLT ER IHNEN?
NA JA, ICH KRIEG' DERZEIT FÜNFHUNDERT...
WIRKLICH? ICH HÄTTE GEDACHT, MAXIMAL VIERHUNDERT.
ICH BIN BEREIT, IHNEN **SECHSHUNDERT** ZU ZAHLEN. UND EINE GEHALTSERHÖHUNG FÜR IHRE SCHLÄGERTRUPPE.
SIE KOMM' ABA ZUR SACHE, WA? WAT MUSS ICH TUN?
SIE ARBEITEN WEITERHIN FÜR CREEDY, KASSIEREN SEIN GELD, ERSTATTEN ABER **MIR** BERICHT...
... UND WENN DIE ZEIT KOMMT, ERINNERN SIE SICH, FÜR WEN SIE **WIRKLICH** ARBEITEN.
HÖR'N SE, ICH WILL'S MIR NICH MIT DIE BULLEN VERDERB'N. CREEDY LEITET DEN **FINGER**...
HARPER, TUN SIE, WAS ICH SAGE, UND BALD LEITEN **SIE** DEN FINGER.
ZERBRECHEN SIE SICH ÜBER CREEDY NICHT DEN KOPF. ER HAT EINEN **GEFÄHRLICHEN BERUF**...
DENKEN SIE DARAN, WAS MIT SEINEM VORGÄNGER PASSIERT IST.

DEREK...
DEREK, DU WARST NUTZLOS, DANN BIST DU GESTORBEN. MEHR NICHT.
DU BIST TOT, UND ICH FIND KEINEN SCHLAF.
DU BIST TOT, UND ICH STEHE NACKT VOR FREMDEN.
DEREK, ALS WIR DIE EHE SCHLOSSEN, WAR ICH BEI EINER BANK, UND DU WARST BEI DER VERSICHERUNG. WIR WÜNSCHTEN UNS DAMALS EIN HAUS IN SURREY UND VIELLEICHT KINDER. DAS WAR '87...
KURZ VOR DIESEM KRIEG.
UND DANN, '92, GINGST DU IN DIE PARTEI.
MRS. RANA NEBENAN, SIE GAB UNS DIE GANZEN KRIEGSJAHRE HINDURCH ZU ESSEN. ALS MAN SIE UND IHRE KINDER IN GETRENNTEN LASTWAGEN VERSCHLEPPTE, DA HABEN WIR NICHT EINGEGRIFFEN.
NUN BIST DU TOT, UND ICH GEH JETZT JEDEN ABEND ALLEIN NACH HAUS, DURCH TUMULTE, VORBEI AN LEICHEN, SCHIESSEREIEN, BRENNENDEN GEBÄUDEN ...
NUN BIST DU TOT, UND ICH KRIECHE WIE EINE SKLAVIN UND ZEIG ZUR UNTERWERFUNG FREMDEN MÄNNERN MEINEN ARSCH.
NUN BIST DU TOT, UND ICH FIND KEINEN SCHLAF VOR ANGST. ICH WEINE, HASSE, DENKE: "WER HAT MIR DAS ANGETAN?"
ICH FINDE KEINEN SCHLAF, WEIL ICH GERECHTIGKEIT WILL. DIE GANZE WELT SOLL VON IHRER UNGERECHTIGKEIT ERFAHREN...
ICH FINDE KEINEN SCHLAF, WEIL UNTER MEINEM KISSEN EINE WAFFE LIEGT.

VIELEN DANK.
HÖREN SIE, SIE WERDEN HIER KEINEN PLATZ ZUM SCHLAFEN FINDEN. HIER DRAUSSEN GIBT ES KEIN "BED AND BREAKFAST" MEHR. SCHON LANGE NICHT MEHR, NICHT SEIT DEM KRIEG. WOLLEN SIE ETWA ZELTEN ODER SO?
JA.
ODER SO.
DAS IST FÜR DICH, DELIA. FÜR DICH MEHR ALS FÜR ALLE ANDEREN.
ICH WAR **GLÜCKLICH** MIT DIR. JA, JA, ICH WAR GLÜCKLICH MIT CYNTHIA UND DEM KLEINEN PAUL, DOCH **DAS** WAR VOR ZEHN JAHREN.
DAS LIEGT HINTER MIR.
ICH TUE DAS FÜR **DICH**, DELIA.
FÜR UNSER **LAND**, JA, DAS AUCH, UND FÜR MICH NATÜRLICH FÜR MICH, DOCH FÜR DICH MEHR ALS FÜR ALLE ANDEREN.
NUR DEINETWEGEN KAM ICH HIERHER.
HIER, HIER HAT ES ANGEFANGEN.
UND HIER, HIER ENDET ES.
LARKHILL RESETTLEMENT CAMP

V?
DU BIST FAST FERTIG, ODER?
SIEH SELBST.
"DIE EINZELTEILE SIND GEORDNET, WIE ICH SIE HABEN WILL."
"ERST JETZT, DA SIE VOLLSTÄNDIG SIND, ERKENNT MAN VIELLEICHT IHREN SINN."
... DOCH "FAST FERTIG"?
JA.
JA, DAS BIN ICH WOHL.
"OBWOHL DIE KOMPLIZIERTE ORDNUNG DIE ERKENNTNIS NICHT GERADE LEICHTER MACHT, KOMMT DAS MUSTER, LANG VERBORGEN, NUN IN SICHT."
"IST ES NICHT SCHÖN? IST ES NICHT EINFACH UND ELEGANT UND PASSEND?"
WIE SELTSAM. NACH ALL DEN VORBEREITUNGEN... WIE KOMPLIZIERT SIE WAREN... BEDARF ES NUR NOCH DER GERINGSTEN ANSTRENGUNG, UND ALLES KOMMT, SO WIE VON MIR GEPLANT, FAST WIE VON SICH AUS RASEND SCHNELL IN BEWEGUNG.
DIE KLEINSTE BERÜHRUNG, NICHT MEHR...
"... UND ALLES FINDET SEINEN PLATZ."
DIE TEILE SEHEN NICHT, WIE WIR, DAS UNHEIL, DAS IN IHNEN WOHNT. SIE GEHORCHEN DEN GESETZEN, DIE DIE NATUR EINST FÜR SIE SCHRIEB. SIE LÖSEN NUR DIE WELLE AUS, DIE LANG FÜR SIE VORGESEHEN IST.
AM MEISTEN BETROFFEN, VERSTEHEN SIE AM WENIGSTEN...

"... UND WENN SIE ES VERSTEHEN, IST ES LÄNGST SCHON VIEL ZU SPÄT."
DU SAGST, DU HAST EIN UHRWERK, SCHATZ, DAS DICH FÜHRT UND NÄHRT. DOCH LIES EINMAL SEIN TAGEBUCH, DANN SIEHST DU, ES GEHT NACH.
FÜRWAHR, SIE AHNEN NICHT DIE SPUR, BIS SIE SCHON LÄNGST GEFANGEN SIND IN IHREM FÜRCHTERLICHEN SCHWUNG. WER WEISS, VIELLEICHT HALTEN SIE ES SOGAR FÜR EINE KÜHNE TAT, EINEN RETTUNGSVERSUCH IN LETZTER MINUTE, DAS UNHEIL NOCH ABZUWENDEN...
"... DOCH SIE WENDEN NICHTS AB."
"SIE FALLEN."
DA ...
SIEHST DU SIE? WIE IHNEN DIE NUMMERN AUF IHREN ARMSELIGEN GESICHTERN GESCHRIEBEN STEHEN, EIN NÜRNBERG IN MINIATUR, BEMALTE HOLZFIGUREN STEHEN REIH UND GLIED...
ARME KLEINE DINGER.
"ARME DOMINOSTEINE."
"SO LANGE HABT IHR AN EUREM SCHÖNEN REICH GEBAUT. DOCH EIN SCHNIPPEN MIT DEM FINGER DER GESCHICHTE..."
... UND ES FÄLLT.

FÜHRER?
ICH WEISS BESCHEID.
DER TERRORIST... ICH WEISS, WIE ER ES MACHT.
VERSTEHEN SIE, ER WEISS ALLES ÜBER UNS UND DAS SYSTEM. EINFACH ALLES!
HEUTE MORGEN HABEN EINIGE LEUTE BRIEFE BEKOMMEN, DIE SUBVERSIVE TEXTE ENTHIELTEN. ANGEBLICH, HEISST ES, MIT DER POST.
FÜHRER, WIR LIEFERN SEINE **FLUGBLÄTTER** FÜR IHN AUS! DOCH WIE? WIE NUR?
WIE MACHT ER ES? STROMAUSFÄLLE IN MERSEYSIDE, AUFSTÄNDE AUFGRUND VON NAHRUNGSMITTELKNAPPHEIT IN BRUM. ICH WEISS, ES IST **UNDENKBAR**, FÜHRER, DOCH DIE ANTWORT IST GANZ KLAR.
ER HAT ZUGRIFF AUF DIE **VORSEHUNG**.
ER HATTE VON ANFANG AN ZUGRIFF.
SO MACHT ER... ÄH...
FÜHRER?
WAS...?

7. NOVEMBER 1998:
"WIR HABEN ES MIT JEMANDEM ZU TUN, BEI DEM ES SICH **NICHT** UM EINEN GEWÖHNLICHEN MENSCHEN HANDELT ... WEDER PHYSISCH NOCH PSYCHISCH."
"UND DAS 'PSYCHISCH' BEREITET MIR KOPFZERBRECHEN."
"DENN WENN ICH DIESEN FALL KNACKEN WILL-UND DAS WERDE ICH-, MUSS ICH MICH IN SEINEN KOPF VERSETZEN..."
"... MUSS ICH DENKEN WIE ER."
"UND DAS MACHT MIR ANGST."
ICH SAGTE DAS.
ICH SAGTE DAS VOR EINEM JAHR, UND NICHTS HAT SICH GEÄNDERT. ES STIMMT NOCH.
ICH HAB NOCH IMMER ANGST.
ICH WEISS SO WENIG ÜBER DIESES ZEUG. KONNTE NICHT FRAGEN, OHNE ARG-WOHN ZU ERREGEN.
LYSERGSÄURE-DIÄTHYLAMID: DIE ÜBLICHE DOSIS SIND ETWA ZWEIHUNDERT MILLIGRAMM. DOCH WIE NUR KANN ICH DAS ABMESSEN?
ES HEISST, DIE KLEINSTEN MENGEN KÖNNEN ALLES ÄNDERN ...
DIE **SCHWÄCHSTEN** SPUREN.
KAPITEL 4
VARIATIONEN

ICH HAB DIE LAGER NIE GESEHEN, NUR FOTOS VON IHNEN. IN DIESER TOILETTE ALSO SPÜLTEN WIR SIE WEG... ALL DIESE MENSCHEN.
VIER TABLETTEN. ICH FRAG MICH, OB DAS REICHT. ODER SIND ES GAR ZU VIELE?
NUN GUT.
AUF MEINER ZUNGE SCHEINEN SIE WIE KLEINE STÜCKE SEIFE... MEIN SPEICHEL SCHMECKT NACH STANNIOL... EINE BLASE DES BEGREIFENS FORMT SICH TIEF UNTEN IN MEINEM MAGEN...
ICH SCHLUCKE, FÜHLE MICH DABEI, ALS WÜRDE ICH ETWAS LOSLASSEN.
SO.
JETZT GIBT'S KEIN ZURÜCK MEHR, DER CONTDOWN TICKT VOM DARM DURCH DEN BLUTSTROM ZUM GEHIRN. ICH HEBE AB, DOCH ICH BIN NOCH NIE ZUVOR GEFLOGEN. WAS WIRD NUN GESCHEHEN?
NICHTS. NOCH NICHTS. SEH MICH BESSER MAL UM, SOLANGE ES NOCH HELL IST.
DAS MÜSSEN DIE ÖFEN SEIN, ÖFEN FÜR MENSCHEN, MENSCHENÖFEN...
NEIN, SINNLOS. ES KOMMT MIR EINFACH NICHT WIRKLICH VOR. WÄRE ICH TROTZDEM DER PARTEI BEIGETRETEN, HÄTTE ICH DAS GEWUSST?
WAHRSCHEINLICH. KEINE BESSEREN ALTERNATIVEN.
DAS CHAOS NACH DEM KRIEG DURFTE NICHT WEITERGEHEN. **JEDE** GESELLSCHAFT WAR BESSER ALS **DAS**, WIR BRAUCHTEN ORDNUNG...
ICH ZUMINDEST. NACHDEM ICH CYNTHIA UND DEN KLEINEN PAUL VERLOR, LÖSTE SICH ALLES AUF. UND ICH WOLLTE DOCH...
... NUR...
EUGGH...
ICH HÄTT'S NICHT MACHEN SOLLEN.
ICH HÄTT DAS LSD NICHT NEHMEN SOLLEN.
NICHT HIER.

DOCH ICH WOLLTE WISSEN... WIE ES IST... ER ZU SEIN.
ES IST DIESER ORT. WENN ICH NUR RAUS AUS DIESEN MAUERN KÖNNTE, BIS ICH MICH BESSER FÜHLE...
KEIN PROBLEM. DIE TORE SIND DAHINTEN...
ICH KANN NICHT. ICH KANN NICHT SO WEIT GEHEN. MEINE BEINE SIND WIE PUDDING, UND ALLES POCHT SO FÜRCHTERLICH...
ESSSSS PPOOOOOOCCCHHHTTTT...
ES IST DIE DROGE. ICH MUSS MICH NUR ERINNERN, DASS DIE DROGE DAS BEWIRKT, ABER...
... ABER LSD SOLL NUR VERSTÄRKEN, WAS WIR SOWIESO SCHON SEHEN. MEIN GOTT, WARUM HAB ICH DAS ZEUG GENOMMEN, WO ICH DOCH SCHON SO DURCHEINANDER WAR?
ICH BIN IN EINEM JOB GEFANGEN, DEN ICH **HASSE**, DOCH ICH KANN'S NIEMAND SAGEN. ICH BIN SO **ALLEIN**...
SO ALLEIN.
OH.
OH, SIEH NUR...
SIEH NUR, SIE LÄCHELN ALLE, SIE SIND SO GLÜCKLICH. MEIN GOTT, ES IST SO LANGE HER...
ICH HATTE VERGESSEN, WIE GROSSARTIG EURE HAUT WAR, WIE TAUSEND BESONDERE KAFFEEMISCHUNGEN...
DIE MÄDCHEN, DIE SICH BEI DEN DEMONSTRATIONEN UMARMTEN, UND DIE MÄNNER, SO SANFT, SO FREUNDLICH WAREN SIE...

O GOTT, WIE HAB ICH EUCH VERMISST.
MIR FEHLTEN EURE STIMMEN, EURER GANG, EUER ESSEN, EURE KLEIDER, EUER PINK GEFÄRBTES HAAR.
MEINE FREUNDE... DORT AUF DEM KARNEVAL, DEN SCHWULEN-KUNDGEBUNGEN.
SAGT, DASS IHR WEITER GESEHEN HABT ALS BIS ZU MEINER UNIFORM. BITTE SAGT, IHR **WUSSTET**, DASS ICH ANTEIL NAHM. ICH...
WARTET...
WARTET! WOHIN GEHT IHR?
BITTE...
BITTE LASST MICH NICHT ALLEIN.
WIR HABEN EUCH SO SCHLECHT BE HANDELT. ALL DIE SCHRECKLICHEN DINGE, DIE WIR DRUCKTEN, TATEN UND SAGTEN... DOCH BITTE, BITTE VERACHTET UNS NICHT. WIR WAREN DUMM, WIR WAREN **KINDER**. WIR **WUSSTEN** ES NICHT BESSER.
KOMMT ZU-RÜCK. OH, BITTE, KOMMT ZURÜCK.
ICH LIEBE EUCH.
AHUH.
AHUHUHUH...
ICH LIEBE EUCH. ICH...

OH, ERIC, SIEH DICH DOCH NUR AN IN DEINEM PYJAMA! GEH WIEDER INS BETT. ICH BRATE EIER MIT SCHINKEN, DAMIT DU BEI KRÄFTEN BLEIBST.
DELIA?
DELIA, ICH BIN SO VERWIRRT. WENN ICH DIE DINGE DOCH NUR IN DEN GRIFF BEKÄME...
WAS MEINST DU?
WAS ICH HIER MACHE. WAS MIT MIR GESCHIEHT...
ICH WEISS NOCH... ICH WOLLTE HIER ETWAS **HERAUSFINDEN**... ETWAS, DAS FÜR VERSCHIEDENE UNTERNEHMUNGEN SEHR WICHTIG IST... ICH WOLLTE EINE **DROGE** NEHMEN...
EINE **DROGE**? NA JA, DAFÜR BIN ICH **HIER**. BITTE ROLL DEINEN ÄRMEL HOCH...
... UND WAS DEINE EMOTIONALEN PROBLEME BETRIFFT... VIELLEICHT SOLLTEST DU MIT TONY **LILLIMAN** SPRECHEN. ER IST UNSER PRIESTER.
LILLIMAN? ICH DACHTE, ER SEI **BISCHOF**.
NEIN. NUR EINE **SCHACHFIGUR**.
NUN SAG MIR: SEIT WANN GLAUBST DU NICHT MEHR AN GOTT?
A-ABER... ICH HABE NIE GESAGT...
VERZÄRTELN SIE IHN NICHT! GESEGNETE **HIMMELSPILOTEN**! EIN SCHUSS DSCHUNGELSAFT, UND ER IST WIEDER OBENAUF, WAS?
HMM. WAHRSCHEINLICH HABEN SIE RECHT. NACH MEINER ERFAHRUNG LÖST **GIFT** DIE MEISTEN PROBLEME DES LEBENS ...
WIR SIND HIER FERTIG, MR. PROTHERO. ER GEHÖRT IHNEN.
WAS ...? DELIA, SIE NEHMEN MICH MIT! LASS NICHT ZU...
KOMM, KUMPEL, MACH MICH NICHT **BÖSE**.
DELIA?
DELIA, WAS IST MIT DEM SCHINKEN UND DEN EIERN?
... IN NOMINI PATRI, ET FILII, ET SPIRITUS SANCTI...
DELIA, **BITTE**, DU WARST NICHT WIE **SIE**. ICH **WEISS** ES. ICH WEISS, DU HATTEST EIN **HERZ**. BITTE LASS NICHT ZU, DASS SIE DAS TUN.
DELIA, HÖRST DU NICHT? ICH...
O NEIN.

HHUGH...
WIE?
WIE KAM ICH HIERHER, AN DIESEN FÜRCHTERLICHEN ORT? MEIN JOB, MEIN LEBEN, MEIN GEWISSEN, MEIN GEFÄNGNIS...
DIE ANTWORT IST HIER FÜR MICH AUF DEN BODEN GESCHRIEBEN, DOCH ICH VERSTEHE SIE NICHT, ICH KANN NICHT LESEN...
SICHER, ES SIND NUR DIE DROGEN, ABER...
ABER AUCH ER STAND UNTER DROGEN, ZUM TODE VERURTEILT, UND ER HAT **VERSTÄNDNIS** ENTWICKELT...
WARUM KANN ICH ES NICHT? ICH BETRACHTE DIESES VERRÜCKTE MUSTER, DOCH WO SIND DIE ANTWORTEN?
WER HAT MICH HIER **EINGESPERRT**? WER HÄLT MICH HIER **FEST**?
WER KANN MICH **BEFREIEN**? WER BEHERRSCHT UND BESCHRÄNKT MEIN LEBEN, WENN NICHT...
... ICH?
ICH...
ICH BIN FREI.
FREEEEIIIIIII!

VERLOREN, VERRATEN, VERDAMMT. VERLOCKENDES, VERHEISSENDES VERSTÄNDNIS VIELFÄLTIGER VARIATIONEN DER VOLLENDUNG...
HAT ER DAS WAHRGENOMMEN? DIESE **VERVE**... DIESE **VITALITÄT**...
... DIESE **VISION**.
LA VOIE...
LA VÉRITÉ...
LA VIE...
LONDON 70mi

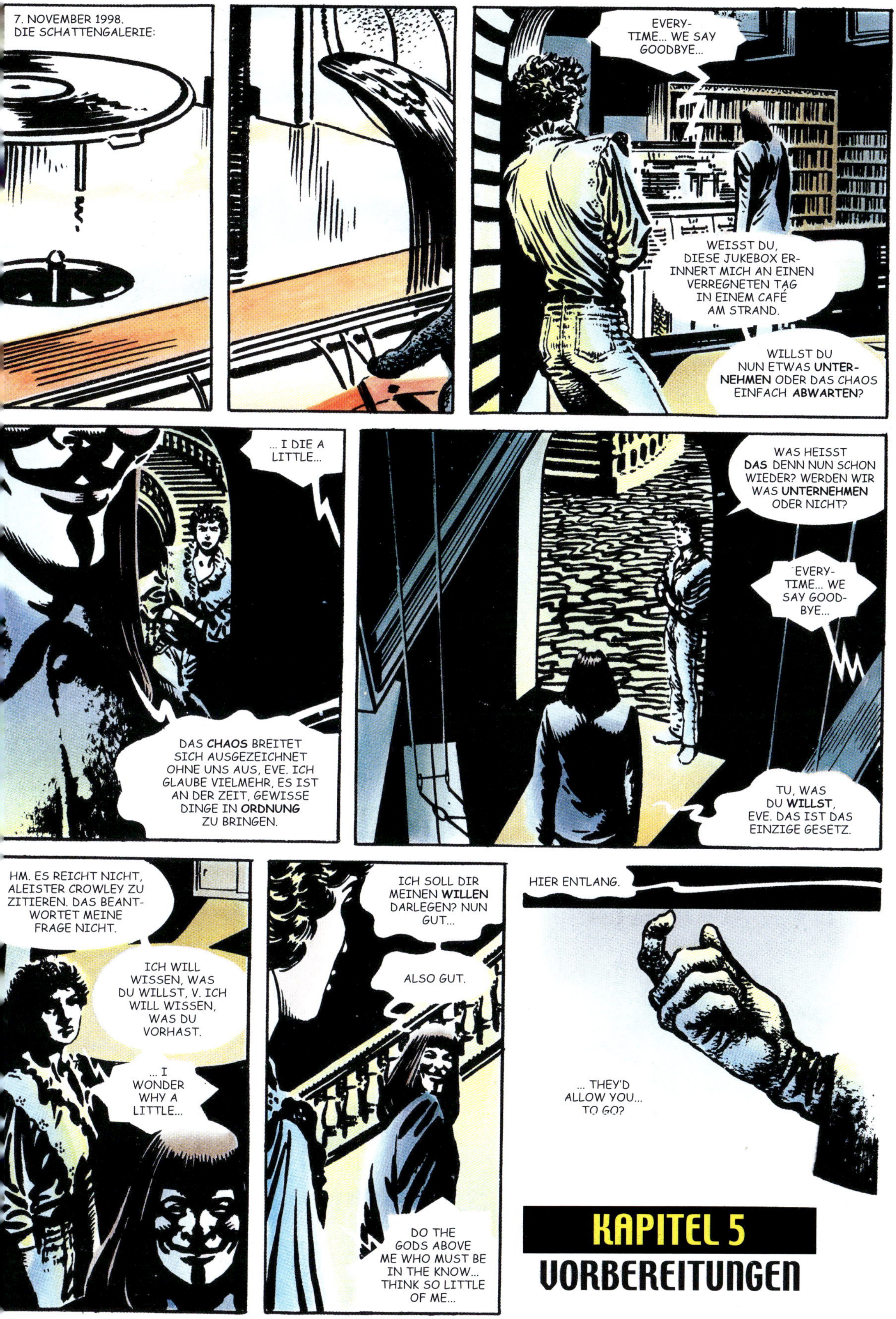
7. NOVEMBER 1998.
DIE SCHATTENGALERIE:
EVERY-TIME... WE SAY GOODBYE...
WEISST DU, DIESE JUKEBOX ERINNERT MICH AN EINEN VERREGNETEN TAG IN EINEM CAFÉ AM STRAND.
WILLST DU NUN ETWAS UNTERNEHMEN ODER DAS CHAOS EINFACH ABWARTEN?
... I DIE A LITTLE...
DAS CHAOS BREITET SICH AUSGEZEICHNET OHNE UNS AUS, EVE. ICH GLAUBE VIELMEHR, ES IST AN DER ZEIT, GEWISSE DINGE IN ORDNUNG ZU BRINGEN.
WAS HEISST DAS DENN NUN SCHON WIEDER? WERDEN WIR WAS UNTERNEHMEN ODER NICHT?
EVERY-TIME... WE SAY GOOD-BYE...
TU, WAS DU WILLST, EVE. DAS IST DAS EINZIGE GESETZ.
HM. ES REICHT NICHT, ALEISTER CROWLEY ZU ZITIEREN. DAS BEANTWORTET MEINE FRAGE NICHT.
ICH WILL WISSEN, WAS DU WILLST, V. ICH WILL WISSEN, WAS DU VORHAST.
... I WONDER WHY A LITTLE...
ICH SOLL DIR MEINEN WILLEN DARLEGEN? NUN GUT...
ALSO GUT.
DO THE GODS ABOVE ME WHO MUST BE IN THE KNOW... THINK SO LITTLE OF ME...
HIER ENTLANG.
... THEY'D ALLOW YOU... TO GO?
KAPITEL 5
VORBEREITUNGEN

WARUM MUSST DU AUS ALLEM SO EINE GROSSE SACHE MACHEN? ICH STELLE EINE EINFACHE FRAGE UND KOMME MIR VOR WIE ALICE IM WUNDERLAND.
ICH LESE SEIT MONATEN. ICH BIN JETZT KLÜGER. KÖNNTEST DU MIR NICHT MAL EINFACH WAS ERKLÄREN?
DU HAST UM WISSEN GEBETEN, EVE. UND ICH WERDE ES AN DICH WEITERGEBEN.
WISSEN IST LEBENSWICHTIG WIE LUFT. WIE DIE LUFT SOLLTE MAN ES NIEMANDEM VERWEIGERN.
ACH, V, JETZT HÖR AUF...
DU HAST IMMER AUS ALLEM EIN GEHEIMNIS GEMACHT. AUS DIR SELBST, DIESEM ORT, DEINEN PLÄNEN... WENN WISSEN WIE LUFT IST, HAST DU MICH ERSTICKT.
GANZ IM GEGENTEIL. ICH HABE DICH DAS ATMEN GELEHRT.
KOMM MIT.
DIE LUFT DES WISSENS IST HIER ZU FLÜSSIGER ELEKTRIZITÄT VERDICHTET.
ALLE FAKTEN DER GESELLSCHAFT SIND HIER VEREINIGT. FAKTEN, DIE ZUM UNTERGANG DER GESELLSCHAFT FÜHREN WERDEN...
... DENN ICH HABE DEN QUELL IHRES WISSENS ANGEZAPFT. BALD WERDEN ALLE DARAUS TRINKEN.
ICH WETTE, SOGAR ICH KÖNNTE DIESEN COMPUTER BEDIENEN. IST ER WIRKLICH MIT DER VORSEHUNG VERBUNDEN?
... UND DIE VORSEHUNG IST MIT ALLEM VERBUNDEN. IN EINER BÜROKRATIE SIND DIE LOCHKARTEN DIE WIRKLICHKEIT.
WENN MAN NEUE LÖCHER STANZT, SCHAFFT MAN DIE WELT NEU.
HIER ENTLANG.
OH, SIND DIESE RÄUME MITEINANDER VERBUNDEN?
ALLES IST MITEINANDER VERBUNDEN.
DU MUSST VERSTEHEN LERNEN, DASS WISSEN NICHT DEIN GANZES ERBGUT IST.
ES SCHLIESST AUCH MUT UND GLAUBE EIN, WIE DAS IHRE, DESSEN WIR HIER GEDENKEN.
UND ROMANTIK.
VOR ALLEM ROMANTIK.

INMITTEN DES TUMULTS DER REVOLUTION VERGESSEN WIR NUR ALLZU LEICHT, WONACH WIR WIRKLICH STREBEN.
NACH EINEM TANZ... WOHLRIECHENDEN SCHULTERN. PUPILLEN, ERWEITERT VON VERLANGEN ODER SÜSSEM WEIN.
DIE ANARCHIE UMARMT ZWAR DAS GETÖSE DER BOMBEN UND KANONEN ...
"... DOCH DIE MUSIK LIEBT SIE NOCH MEHR."
DOCH WIE SELTSAM... DER WECHSEL VON C-DUR NACH MOLL...
NEIN. DER LETZTE REST BLEIBT MIR VERWEHRT.
GIB NICHT AUF, EVE. WENN WIR DIE MUSIK VERSTEHEN, HÖREN WIR VIELLEICHT AUCH DIE TÖNE, DIE DAS LEBEN SELBST AUSMACHEN, VOM ERSTEN UNTAUGLICHEN TRILLER...
... BIS ZUM LETZTEN SCHLUSSAKKORD.
LASS MICH MAL SEHN.
OH, ICH VERSTEHE. DIESE DREI ZIMMER OBEN SIND MIT DEM KLAVIERZIMMER VERBUNDEN.
GENAU. STELL DIR VOR, WIR WÄREN IN DEINEM GEIST. JEDES GEBIET HAT SEINE FERTIGKEIT UND FUNKTIONEN: WISSEN, VERGNÜGEN, KREATIVITÄT.
NUN BLEIBT NUR, DIE RICHTIGEN VERBINDUNGEN IM HIRN ZU SCHALTEN.
DORT OBEN SIND DIE HÖHEREN EIGENSCHAFTEN ANGESIEDELT: VERNUNFT, KULTUR UND LIEBE.
HIER UNTEN HAT DIE SCHATTENGALERIE DIE **AUGEN**.
WARTE, LASS MICH **ÜBERLEGEN**. **MEIN** ZIMMER IST AUF DIESER EBENE, NEBEN DER ANDEREN TREPPE, IRGENDWO... DORT DRÜBEN. STIMMT'S?
DU HAST RECHT.
DOCH KOMM... HIER IST ETWAS, DAS ICH DIR ZEIGEN MUSS...

NUR SEHR WENIGE HATTEN JE DIE GELEGENHEIT, IHREN EIGENEN SEHNERV ZU STUDIEREN.
V... ALL DIESE FERNSEHGERÄTE... SIE FUNKTIONIEREN. ICH DACHTE, DU HÄTTEST DAS GESAMTE NETZ ZERSTÖRT.
O NEIN. DIE MONITOR-KAMERAS FUNKTIONIEREN NOCH, DOCH DAS EMPFANGS- UND ÜBERWACHUNGSSYSTEM UNSERER WIDERSACHER NICHT.
MEIN SYSTEM HINGEGEN ARBEITET PERFEKT.
OHNE DIE STAATLICHEN SENDUNGEN BEKOMMEN WIR NATÜRLICH NUR NOCH DIESE REVOLTEN-SEIFENOPERN UND DIE SCHLECHTEN KATASTROPHEN-FILME ZU SEHEN.
MANCHMAL FEHLT MIR "STORM SAXON".
DIE DIALOGE WAREN BESSER.
A-ABER... VON HIER AUS KANNST DU GANZ LONDON SEHEN...
NATÜRLICH. DIESES ZIMMER IST DER GIPFEL EINES UMGEKEHRTEN HÜGELS, DER ZUR SPITZE HIN ABFÄLLT. DOCH WENN MAN IHN ERST ERREICHT HAT, KANN MAN MEILENWEIT SEHEN.
KOMM...
ZUVIEL FERSEHEN IST SCHLECHT, UND DU MUSST NOCH DEINE HAUSAUFGABEN MACHEN.
HIER FINDEST DU BÜCHER UND GERÄTE, DIE ES DIR ERMÖGLICHEN, AUS KAFFEE SPRENGSTOFF ZU MACHEN ODER PSYCHEDELISCHE DROGEN SO BILLIG ZU PRODUZIEREN WIE **WASSER**.
BENUTZ SIE KLUG, WENN ÜBERHAUPT...
ANDERS ALS VOM FERNSEHEN KÖNNEN WIR VON DER WISSENSCHAFT TROTZ IHRER NUKLEAREN **SCHRULLEN** NIE GENUG BEKOMMEN.
BEI DER WISSENSCHAFT KEIMEN IDEEN AUF EINEM BEET DER THEORIE, FORM UND PRAXIS, DAS IHR WACHSTUM UNTERSTÜTZT. DOCH WIR **GÄRTNER** MÜSSEN **WACHSAM** BLEIBEN...
DENN IN MANCHEN SAMEN WOHNT DAS UNHEIL...
... UND DIE **FARBENPRÄCHTIGSTEN** BLÜTEN SIND OFT DIE **GEFÄHRLICHSTEN**.

OH, DAS ROSEN-ZIMMER.
WEISST DU, HIER FÜHLE ICH MICH IMMER KOMISCH. WIE IN DIESER STORY VON RAY BRADBURY, DIE DU MIR VORGELESEN HAST, MIT DEM KORNFELD, UND JEDE ÄHRE IST EIN MENSCHENLEBEN.
DOCH DU KANNST NICHT FÜR **JEDEN** MENSCHEN EINE ROSE HABEN, ODER? NUR FÜR GANZ **BESONDERE**...
GIBT'S HIER EINE ROSE FÜR DEN **FÜHRER**? FÜR MR. SUSAN?
O NEIN, HIER NICHT. FÜR IHN HABE ICH EINE GANZ **BESONDERE** ROSE.
KOMM. VERLASSEN WIR DIESES WOHLRIECHENDE GEWÖLBE. ICH HOFFE, DASS DU DICH UM SIE KÜMMERST.
DU LÄSST MICH DEINE ROSEN PFLEGEN? WIE NETT VON DIR. ICH...
AH. DA IST DIE TREPPE WIEDER. GEHEN WIR NOCH TIEFER HINAB?
O JA. DU WIRST DIESEN ORT JETZT KENNENLERNEN... VON OBEN BIS UNTEN.
WAS IST AUF DER NÄCHSTEN ETAGE?
ES IST EHER EIN **ZWISCHENGESCHOSS**. HIER SIND DINGE VERSTAUT, DIE WIR BALD TIEFER UNTEN BRAUCHEN WERDEN.
ES KOMMT NUR NOCH EIN STOCKWERK. WÜRDEST DU EINS DIESER PAKETE TRAGEN? ICH WÄRE DIR SEHR DANKBAR. DOCH **PASS AUF**.
SICHER. WAS IST DARIN?
PLASTIK-SPRENGSTOFF.
PLASTIK-SPRENGSTOFF? O GOTT...
V, ICH HELFE DIR BEI KEINEN **MORDEN** MEHR. WAS HAST DU DAMIT VOR?
ES LOSWERDEN.
DENN, WIE DU GESAGT HAST... **DU** BRAUCHST ES JA NICHT MEHR.

DIE ANARCHIE HAT ZWEI GESICHTER. SIE SCHAFFT, UND SIE ZERSTÖRT.
SIE ZERSTÖRT UND STÜRZT DIE REICHE, SCHAFFT AUS DEM SCHUTT EIN GLATTES TUCH, AUF DEM DIE SCHÖPFER DANN ERRICHTEN EINE NEUE, BESSRE WELT.
AUF DIESEM SCHUTT WIRD'S NEUE RUINEN NICHT MEHR GEBEN.
ALSO **HINFORT** MIT UNSEREM SPRENGSTOFF!
HINFORT MIT UNSEREN ZERSTÖRERN! SIE HABEN KEINEN PLATZ IN UNSRER BESSEREN WELT.
DOCH LASST UNS HEBEN UNSRE GLÄSER AUF DIE BOMBER, ALL DIE BASTARDE, VON NIEMANDEM GELIEBT, DENEN NICHT ZU VERGEBEN IST.
STOSSEN WIR AN AUF SIE...
... UND LASST SIE UNS VERGESSEN.
OH. OH, WIE SCHÖN! SO... V, WOHER HAST DU...
BITTE SEI STILL UND ZEIGE ETWAS **EHRFURCHT**.
KOMM, VERSTECKEN WIR DEN PLASTIKSPRENGSTOFF DOCH GANZ DISKRET HINTER DEN LILIEN.
OH, V, DIESE **BLUMEN**...
DIESE GELÄNDER... SIE SIND DOCH NICHT AUS ECHTEM GOLD? ICH MAG, WIE SIE **LACKIERT** SIND...
WIE EINE SCHÖNE ALTE BARKE...
WAS HAST DU DAMIT VOR?
V?
ICH SAGTE, WAS HAST DU DAMIT VOR?
V?

V, BITTE, DU WOLLTEST DEIN WISSEN MIT MIR TEILEN, UND JETZT GEHST DU DAVON, OHNE MIR ZU ANTWORTEN.
DU HAST MIR NICHT DIE **GERINGSTE** ANTWORT GEGEBEN. ICH HABE GEFRAGT, WAS DU **VORHAST**...
ICH SOLLTE MICH DIR OFFENBAREN. DAS HABE ICH **GETAN**.
WAS?
V, ICH BIN DIESE SPIELCHEN LEID. ICH WOLLTE NUR WISSEN, OB DU HINAUSGEHST ODER NICHT.
NEIN, ICH BLEIBE HIER. ICH WARTE.
DU WARTEST? WORAUF?
NICHT WORAUF, AUF **WEN**.
NA SCHÖN! NA SCHÖN, UND AUF WEN WARTEST DU?
I'M WAITING FOR THE MAN.
WENN DAS WIEDER...
ES IST EINS, ODER? WIEDER SO EIN BLÖDES ZITAT! ICH HAB'S IN DER JUKEBOX GEHÖRT.
V, ICH HASSE ES! AUS ALL UNSEREN GESPRÄCHEN WERDEN **KREUZWORTRÄTSEL**!
ICH MEINE, WENN DU MIR ETWAS **SAGEN** WILLST, WENN ICH ETWAS **WISSEN** SOLLTE...
ES IST DOCH NICHT SO SCHLIMM, DASS DU ES MIR NICHT EINFACH **SAGEN** KANNST?
V? HÖRST DU MIR ZU?
ICH MEINE ES ERNST...
ICH BIN DIE RÄTSEL LEID. ICH WILL NUR DAS BUCH ÜBER KOPF DREHEN UND DIE **ANTWORT** LESEN.
NUN?
V, ICH WARTE.
FAREWELL, MY LOVELY
V, WAS WILLST DU MIR SAGEN?

9. NOVEMBER 1998:
KAPITEL 6
VEKTOREN

"9.11.98, 14 UHR 30: ÖFFENTLICHER AUFTRITT DES FÜHRERS ZUR WIEDERHERSTELLUNG DER ÖFFENTLICHEN RUHE."
DAS KANN DOCH NICHT IHR ERNST SEIN, ODER?
DER ARME ALTE SUSAN DREHT DOCH VÖLLIG DURCH! WIE SOLL DAS DIE RUHE WIEDERHERSTELLEN?
NUR NOCH DIE MIT DEN WEICHEN FÜLLUNGEN DA. MIST.
NATÜRLICH HABEN ES ALLE SCHON SEIT JAHREN KOMMEN SEHEN. WAS ER ALLES GESAGT HAT, DAMALS, ALS ER NOCH HAUPTWACHTMEISTER WAR...
HM. VIELLEICHT ERDBEER...
UMPF.
ICH WETTE... UB... ICH WETTE, DAS WAR CREEDYS IDEE. ER HOFFT WAHRSCHEINLICH AUF WEITERE UNRUHEN, DAMIT ER VON SUSAN MEHR SCHLÄGER FÜR SEINE PRIVATARMEE FORDERN KANN.
GERISSENER KLEINER SCHURKE.
EHRLICH, WIE KANN JEMAND WIE CREEDY DARAUF HOFFEN, EIN LAND ZU FÜHREN?
WILL ER DIE FUSSBALL-LIGA WIEDER EINFÜHREN? AUF SEITE DREI DER PARTEIZEITUNG NACKTE TITTEN BRINGEN? ER IST DOCH VÖLLIG...
NEIN.
NICHT JETZT, CONRAD.
JETZT KANNST DU EINE LECKERE PRALINE HABEN. MACH DEN MUND AUF...
DA. UND WAS DEN REST BETRIFFT...
... VIELLEICHT, WENN DU FÜHRER BIST.

HALLO, MR. CREEDY. SIE SIN' ABBA FRÜH AUF, WA?
HALLO, ALLY. VERDAMMT, DER FÜHRER HAT SICH EINEN STÜRMISCHEN TAG FÜR SEINEN SPAZIERGANG AUSGESUCHT!
JA, DER KALTE WIND BRINGT DEN ALT'N BASTA'D INS GRAB, WA?
HA HA. VIELLEICHT HAST DU RECHT, ALLY. VIELLEICHT HAST DU RECHT.
DIESE PARADE ZUM BEISPIEL. SOBALD DIE SPIELFIGUREN SEHEN, WER SIE ANGEBLICH FÜHREN SOLL...
ICH MEINE, WER WEISS, WER WEISS?
VORSICHT MIT DER ABSPERRUNG, FREUNDCHEN.
TUT MIR LEID, SIR.
ICH BIN SICHER, NACH DER PARADE WERDEN SIE UM EINEN FÜHRER MIT MUMM WINSELN.
ICH SAG DIR, ALS LEITER DES FINGERS HAT MAN SO SEINE MÖGLICHKEITEN. ICH WEISS NICHT, WARUM KEINER DARAUF KAM...
HE, WART'N SE MA'N MOMENT, JA?
KLAR. ICH MEINE, WARUM HAT MEIN VORGÄNGER NICHT MAL WAS VERSUCHT?
FOX BRAVO ZWEI, ALLES KLAR VON WHITEHALL NACH CHARING CROSS...
WIE SIEHT'S IN RICHMOND TERRACE AUS? OVER.
WIE WAR ER, DER ALTE ALMOND? EIN BISSCHEN SCHRÄG, WAS MAN SO HÖRT...
TJA, ER WOLLT' MEINE JUNGS NICH' ALS SICHERHEITSKRÄFTE HAM, DAT STEHT FEST...
EN SEHR ÜBERLEGENER MANN WAR ER, MISTER ALMOND. DAT IS' ES, WAT ICH AN IHNEN MAG...
ICH MEIN, SE SIN' GA' NICH' ÜBERLEGEN ODER SO WAT, GANZ IM GEG'NTEIL.
HÖR'N SE, ICH MUT LOS. WA SEH'N UNS DANN SPÄTER, JA?
GUT. BIS SPÄTER DANN.

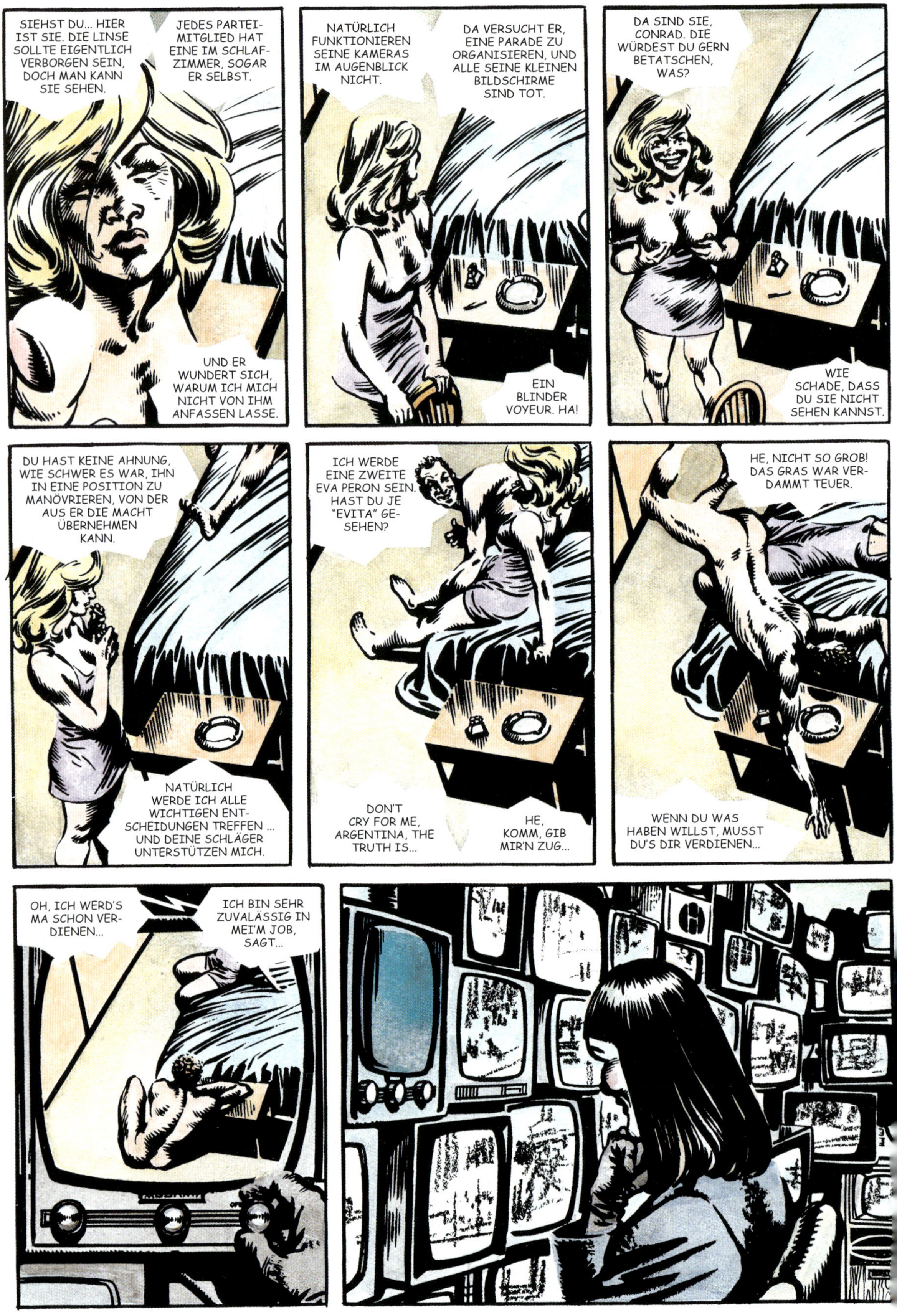

SIEHST DU... HIER IST SIE. DIE LINSE SOLLTE EIGENTLICH VERBORGEN SEIN, DOCH MAN KANN SIE SEHEN.
JEDES PARTEI-MITGLIED HAT EINE IM SCHLAF-ZIMMER, SOGAR ER SELBST.
UND ER WUNDERT SICH, WARUM ICH MICH NICHT VON IHM ANFASSEN LASSE.
NATÜRLICH FUNKTIONIEREN SEINE KAMERAS IM AUGENBLICK NICHT.
DA VERSUCHT ER, EINE PARADE ZU ORGANISIEREN, UND ALLE SEINE KLEINEN BILDSCHIRME SIND TOT.
EIN BLINDER VOYEUR. HA!
DA SIND SIE, CONRAD. DIE WÜRDEST DU GERN BETATSCHEN, WAS?
WIE SCHADE, DASS DU SIE NICHT SEHEN KANNST.
DU HAST KEINE AHNUNG, WIE SCHWER ES WAR, IHN IN EINE POSITION ZU MANÖVRIEREN, VON DER AUS ER DIE MACHT ÜBERNEHMEN KANN.
NATÜRLICH WERDE ICH ALLE WICHTIGEN ENT-SCHEIDUNGEN TREFFEN ... UND DEINE SCHLÄGER UNTERSTÜTZEN MICH.
ICH WERDE EINE ZWEITE EVA PERON SEIN. HAST DU JE "EVITA" GE-SEHEN?
DON'T CRY FOR ME, ARGENTINA, THE TRUTH IS...
HE, KOMM, GIB MIR'N ZUG...
HE, NICHT SO GROB! DAS GRAS WAR VER-DAMMT TEUER.
WENN DU WAS HABEN WILLST, MUSST DU'S DIR VERDIENEN...
OH, ICH WERD'S MA SCHON VER-DIENEN...
ICH BIN SEHR ZUVALÄSSIG IN MEI'M JOB, SAGT...

ÄH ... FÜHRER?
DER KONVOI WARTET SCHON. WIR KÖNNEN JEDERZEIT AUF-BRECHEN, WENN SIE ES WÜNSCHEN, SIR.
DANKE.
ICH WERDE MEINEM VOLK IN EIN PAAR MINUTEN GEGENÜBER-TRETEN. SIE MÜSSEN NICHT AUF MICH WARTEN.
ENGLAND GEDEIHE.
ICH VERGEBE DIR.

DAS WANDERN IST DES MÜLLERS LUST... GEHEN, WEITERGEHEN... DER GLÜCKLICHER WANDERER, FALLERI, FALLERA... ES PASST ALLES.
DENKEN, WIE ER DENKT. ER GING DIESEN WEG VOR MIR... AUF DIESEM BÜRGERSTEIG, UND DIESE FÜSSE IN VERGANGENEN ZEITEN... DOCH WOHIN? WOHIN GING ER NUR...
WIE EIN FUCHS IN SEINEN BAU, WIE EIN MAULWURF IN SEIN LOCH. VERSCHWINDIBUS, VERSCHWINDIBUS, DOCH WOHIN? DENKEN, WIE ER DENKT. VOLLER VOODOO UND VISIONEN... WAS WÜRDE ER TUN? WOHIN NUR WÜRDE ER...
HM?
NATÜRLICH.
NATÜRLICH!
VICTORI
THIS STATION CLOSED
tails

KAPITEL 7
VENI, VIDI, VICI

SIE LACHEN, JUBELN, WINKEN. SIE ZUMINDEST HABEN MICH NOCH NICHT IM STICH GELASSEN.
DOCH WARUM KANN ICH NICHTS FÜR SIE **EMPFINDEN**?
ES GIBT NUR MICH, NICHT WAHR? SEIT MEINER KINDHEIT IST MIR KLAR, DASS ES IN **WIRKLICHKEIT** NIEMANDEN SONST GIBT.
NUR MICH UND GOTT. KEIN FURUNKEL AUF DEM HALS DES FAHRERS, KEINE STINKENDEN SOLDATEN, KEINE MENSCHENMENGEN...
ICH SPRACH MIT MEINEM SCHÖPFER ÜBER NIGGER-JUNGS IN HERRENHÄUSERN, ÜBER MÄNNER, NACKT IM BETT, WIE SIE SICH ANEINANDER REIBEN, STOSSEN...
WENN ICH MÜDE BIN, SPRECHEN WIR.
ICH SPRACH MIT GOTT, WÄHREND KOLLEGEN LACHTEN...
... DOCH MICH NAHM ER IN SCHUTZ. DENN GOTT WAR ECHT, VERKÖRPERT IN EINER GESTALT, DIE ICH LIEBEN KANN. ALS ICH ZUM ALLERERSTEN MAL IHRE BILDSCHIRME SAH, IHRE UNNACHGIEBIGEN GLATTEN LINIEN...
NICHT ALS FRAU, MIT FREMDEM SCHWEISS UND HÄSSLICHEM KÖRPERHAAR, SONDERN KALT, HART, SINNLICH. WIR LIEBTEN UNS, MEIN GOTT UND ICH, DOCH DANN...
... DANN HAT SIE MICH BETROGEN. NUN IST NICHTS GEBLIEBEN, ICH BIN ALLEIN...
... BIS AUF DIE DA, DIE JETZT WINKEN, HINTER GLAS. ICH WILL VERSUCHEN, SIE MEHR ZU LIEBEN, DENN... SIE SIND ALLES, WAS ICH HABE.
SOLL ICH IHREN GRUSS ERWIDERN? ES DARF NICHT GEZWUNGEN, NICHT UNSICHER WIRKEN... EINE GESTE AUS DEM HERZEN MUSS ES SEIN...
... SO SPONTAN WIE IHRE AUCH.
SIE LIEBEN MICH. ES GEHT WEITER.
ENGLAND GEDEIHE.
NA JUT... ZIEHT VOM EMBANKMENT AB NACH WHITEHALL UN' WARTET DA SCHÖN LIEB AUF DE KONVOI MITTE PARTEIGETREUEN...
... UND LASST DIE LEUTE MA EN BISSEN MEHR **JUBELN**, KLA'?

SO HOW CAN YOU TELL ME YOU'RE LONELY...
... AND SAY FOR YOU THAT THE SUN DON'T SHINE?
LET ME TAKE YOU BY THE HAND AND LEAD YOU THROUGH THE STREETS OF LONDON, I'LL SHOW YOU SOMETHING...
... TO MAKE YOU CHANGE YOUR MIND.
SO, MR. FINCH...
ENDLICH BEGEGNEN WIR UNS.

WINKT DOLLER!
NA LOS! WO SIND DIE **KINDER**? HAT DENN NIEMAND **BLUMEN**, DIE IHR IHM GEBEN KÖNNT?
JA.
JA, TROTZ MEINER FURCHT, DENN SIE IST UNBEDEUTEND. WIE ALLES AN MIR.
JA, OBWOHL SIE MICH TÖTEN WERDEN, DENN WENN ICH ES NICHT TUE, BEDEUTET DAS **LEBEN** NICHTS.
JA, DENN WIR HABEN UNSER LEBEN FÜR DEINE VISIONEN VERSCHWENDET, UND ES WAR ALLES, WAS WIR HATTEN.
JA, WEIL ICH NICHT ERTRAGEN KANN, WAS DU UNS **ANGETAN** HAST.
JA, DENN DIE GESCHICHTE LENKT MEINE SCHRITTE, UND NICHTS, NICHTS, KANN MICH AUFHALTEN...
HE!
SCHON GUT. ICH KENNE SIE. EIN HOHES TIER IN DER PARTEI. LASST SIE DURCH. WIRKT DOCH GUT.
JA, DENN LEUTE WIE DU FÜHREN UNS IN DIE HÖLLE, UND NUN SAGST DU, UNSERE EINZIGE HOFFNUNG SEI EINE **STRENGERE** FÜHRUNG...
HIER ENTLANG. DA WIRD ER SICH ABER FREUEN...
JA, DENN ICH BIN FAST DA, UND ALLE DENKEN: "SIE MUSS ABER WICHTIG SEIN." ICH BIN ES NICHT, ABER ICH **WERDE** ES SEIN...
HALT. ICH WILL ZU MEINEM VOLK SPRECHEN.
JA, DENN ICH HATTE EIN LEBEN, EINE WELT, EINE EHE, UND ICH HABE ALLES GESCHÄTZT, ABER DU NICHT...
WIE NETT...
WIE NETT, JEMANDEN KENNENZULERNEN! GEBEN SIE MIR DIE HAND...
JA, DENN WIR HABEN UNS EIN DUTZENDMAL GETROFFEN, UND MEIN DEREK STARB FÜR DICH, UND GOTT, DU ERINNERST DICH NOCH NICHT EINMAL AN MEIN **GESICHT**!
BITTE... NUR NICHT SCHÜCHTERN...
JA, JA...
JA.

AAAA!
DA!
WOLLTEST DU MICH TÖTEN? UNTER DIESEM UMHANG IST KEIN FLEISCH UND BLUT, DAS DU TÖTEN KANNST.
NUR EINE IDEE.
IDEEN SIND KUGEL-SICHER.
LEB WOHL.

AARGH.
BLUT.
ALSO DOCH FLEISCH UND BLUT.
ICH HABE DICH GETÖTET, DU UNGETÜM.
ICH HABE DICH GETÖTET!

... VERSUCHE SINNLOS. WIR KONNTEN NICHTS MEHR TUN. SEIN HALBER KOPF IST WEG.
SUSAN A. D.O.A. 9.11
... FRAGEN SIE EIN LETZTES MAL. IST DAS DER MANN, DER SIE ANGEHEUERT HAT?
... WARTEN SELBST AUF NEUIGKEITEN. FORDERN SIE FÜR PECKHAM VERSTÄRKUNG AN, UND WARTEN SIE AUF WEITERE ANWEISUNGEN.
CONRAD? SAG DOCH WAS, UM GOTTES WILLEN! IST ER TOT?
BITTE, MEINE HERREN...
ES IST MEINE TRAURIGE PFLICHT, SIE DARÜBER ZU INFORMIEREN, DASS UNSER GELIEBTER FÜHRER, ADAM JAMES SUSAN, SEINEN VERLETZUNGEN ERLEGEN IST.
HIERMIT WIRD DER NOTSTAND AUSGERUFEN, UND WÄHREND **SEINER** DAUER OBLIEGT ES NATÜRLICH DEM **FINGER**, FÜR DIE AUFRECHTERHALTUNG DER ORDNUNG ZU SORGEN.
WAS? AUGENBLICK MAL...
CONRAD, HALT DIE **KLAPPE**. ES IST IN **ORDNUNG**. LASS IHN **AUSREDEN**.
IN ERSTER LINIE MÜSSEN WIR UNS UM DIESEN "V" KÜMMERN. HEUTE VORMITTAG ERHIELTEN WIR EIN KOMMUNIQUÉ, MIT GESTRIGEM POSTSTEMPEL.
KODENAME "V" BEABSICHTIGT, SICH HEUTE UM MITTERNACHT ZU ZEIGEN, ZWEIFELLOS, UM WEITERE UNRUHEN ZU PROVOZIEREN.
WIR MÜSSEN DAHER...
ER IST TOT.
KODENAME V.
ER IST TOT.
ICH HABE IHN ERSCHOSSEN.
KAPITEL 8
VERKÜNDIGUNGEN

G-GLAUBST DU, DASS ER WIRKLICH TOT IST? DER TERRORIST? WIE FINCH SAGTE?
DIE DROGEN HABEN FINCH HALB UM DEN VERSTAND GEBRACHT. DOCH ER IST EIN LANGWEILIGER, ZUVERLÄSSIGER, KLEINER MANN...
ER HAT ES VERMUTLICH GETAN.
EIN PÄCKCHEN FÜR SIE, MR. HEYER.
WAS? OH... DANKE.
DIE FRAGE IST, WAS NUN? DAS ATTENTAT HAT UNS ALLE VÖLLIG ÜBERRASCHT. IM AUGENBLICK IST DIESES LAND EIN POLITISCHES VAKUUM.
NIEMAND HAT DAS SAGEN.
NATÜRLICH GLAUBT CREEDY, DASS ER DIE MACHT HAT. HOFFENTLICH GENIESST ER DAS GEFÜHL, SOLANGE ER KANN.
ICH MUSS NOCH EINIGES ARRANGIEREN. WIR SEHEN UNS ALSO **HEUTE ABEND**. UND WER **WEISS**, DU GLÜCKSPILZ...
... HEUT ABEND BIN ICH VIELLEICHT GUT GELAUNT.

MR. FINCH? ICH WEISS, SIE SIND NOCH VERWIRRT UND DURCHEINANDER VON DEN **DROGEN**, DOCH...
NUN, WIR **MÜSSEN** EINIGES WISSEN. SIND SIE **SICHER**, DASS SIE DEN TERRORISTEN GETÖTET HABEN?
TÖDLICH VERWUNDET. JA, ICH BIN SICHER.
ICH MEINE, DIESER **BLUTVERLUST**... ICH **MUSS** IHN GETÖTET HABEN, DOCH...
DOCH WAS ICH NICHT **VERSTEHE**... ICH HATTE IHM DEN RÜCKEN ZUGEWANDT, WUSSTE GAR NICHT, DASS ER DA WAR...
... UND ALS ICH DANN MEINE PISTOLE ZOG, WAR ICH SO FURCHTBAR LANGSAM...
ICH MEINE, ER IST DOCH SO SCHNELL, WIE DER GEÖLTE **BLITZ**. ER HÄTTE MICH AUFHALTEN KÖNNEN. ER...
ER HÄTTE MICH TÖTEN KÖNNEN.
HM. JA. VORAUSGESETZT, ER IST TOT. DANN...
... MÜSSEN WIR NOCH WISSEN, **WO** DAS ALLES GESCHEHEN IST.
VICTORI
THIS STATION CLOSED
ICH... ÄH...
TJA, ICH KANN MICH NICHT MEHR ERINNERN.
MUSS AN DEN DROGEN LIEGEN, WIE?

SIEHST DU... HIER IST SIE. DIE LINSE SOLLTE EIGENTLICH VERBORGEN SEIN, DOCH MAN KANN SIE SEHEN.
JEDES PARTEIMITGLIED HAT EINE IM SCHLAFZIMMER, SOGAR ER SELBST.
UND ER WUNDERT SICH, WARUM ICH MICH NICHT VON IHM ANFASSEN LASSE.
NATÜRLICH FUNKTIONIEREN SEINE KAMERAS IM MOMENT NICHT.
DA VERSUCHT ER, DIESE PARADE ZU ORGANISIEREN, UND ALL SEINE BILDSCHIRME SIND TOT.
EIN BLINDER VOYEUR. HA!
DA SIND SIE, CONRAD.
DIE WÜRDEST DU GERN BETATSCHEN, WAS?
WIE SCHADE, DASS DU SIE NICHT SEHEN KANNST.

ACHTUNG, LONDON! HIER SPRICHT NOTSTANDS-BEFEHLS-HABER PETER CREEDY.
ALLES IST UNTER KONTROLLE. DER TERRORIST MIT DEM KODENAMEN "V" WURDE ANGESCHOSSEN UND SCHWER VERLETZT.
FALLS ER VOR MITTER-NACHT NICHT ER-SCHEINT, KÖNNEN WIR DAVON AUSGEHEN, DASS ER TOT IST.
WIR WIEDERHOLEN, DER TERRORIST WURDE ERSCHOSSEN. DIE REVOLTE IST VORBEI. BITTE GEHEN SIE NACH HAUSE UND ZU IHREN FAMILIEN ZURÜCK.
ACHTUNG, LONDON!
HIER SPRICHT NOTSTANDS-BEFEHLSHABER PETER CREEDY.
HALLO, ALLY. DU HAST MEINE ENDLOS-AUFZEICHNUNG ABER VERDAMMT SCHNELL IN DAS ÖFFENTLICHE NETZ EIN-GESPEIST. GUTE ARBEIT, JUNGS. ERST-KLASSIG.
ALLES IST UNTER KONTROLLE.
DER TERRORIST MIT DEM KODENA-MEN "V" WURDE AN-GESCHOSSEN UND SCHWER VER-LETZT.
ICH SAGE DIR, JETZT, WO SUSAN TOT IST, WERDEN WIR ERST RICHTIG VON UNSERER PARTNERSCHAFT PROFITIEREN...
ÄH, NA JA, DARÜBER WOLLT' ICH MIT IHN'N RED'N...
GUT, REDEN WIR. KÖNNEN WIR DAS DING DA AUS-SCHALTEN?
AUSSCHALTEN? UN' ICH DACHT', ET SEI ZU LEISE. VIELLEICHT SOLLTEN WA ET LAUTER DREH'N?
LAUTER DREHEN? HÖR AUF DAMIT, DER LÄRM IST DOCH OHRENBETÄUBEND! MAN MUSS JA SCHREIEN, UM SICH VERSTÄNDLICH ZU MACHEN.
JAU... SELBS DANN HAM SE WOHL PROBLEME.
... DAVON AUSGEHEN, DASS ER TOT IST.
WIR WIEDER-HOLEN, DER TERRORIST WURDE ER-SCHOSSEN.
WAS? DAS IST NICHT...
O GOTT.
MEIN GOTT, ALLY, MACH KEINE WITZE! WAS SOLL DAS, UM GOTTES WILLEN? ICH ZAHLE DIR GUTES GELD...

DIE REVOLTE IST VORBEI.
ICH HAB EN BESS'RES ANGEBOT.
AAA ...
OOUUGH, O NEIN, O NEIN...
ERSCHIESST MICH, JA? BITTE.
ER-SCHIESST MICH.
BITTE GEHEN SIE NACH HAUSE...
... UND ZU IHREN FAMILIEN ZURÜCK.
ICH NEHM LIEBA MEIN MESSER, WENN DE NIX DAGEGEN HAST.
UM JANZ EHRLICH TO SIN, NE KUGEL WÄR VASCHWENDUNG...
ACHTUNG, LONDON!
HIER SPRICHT NOTSTANDS-BEFEHLSHABER PETER CREEDY.
ALLES IST UNTER KONTROLLE.
DER TERRORIST MIT DEM KODENAMEN "V" WURDE ANGE-SCHOSSEN UND SCHWER VERLETZT.
FALLS ER VOR MITTERNACHT NICHT ERSCHEINT, KÖNNEN WIR DAVON AUSGEHEN, DASS ER TOT IST.
WIR WIEDERHOLEN, DER TERRORIST WURDE ER-SCHOSSEN. DIE REVOLTE IST VORBEI.
BITTE GEHEN SIE NACH HAUSE UND ZU IHREN FAMILIEN ZURÜCK.

EVE...
OH, DU BIST ZURÜCK.
V, DU BIST EINFACH VERSCHWUNDEN, NACHDEM DU MIR DIESEN ZUG GEZEIGT HAST.
WO BIST DU GEWESEN?

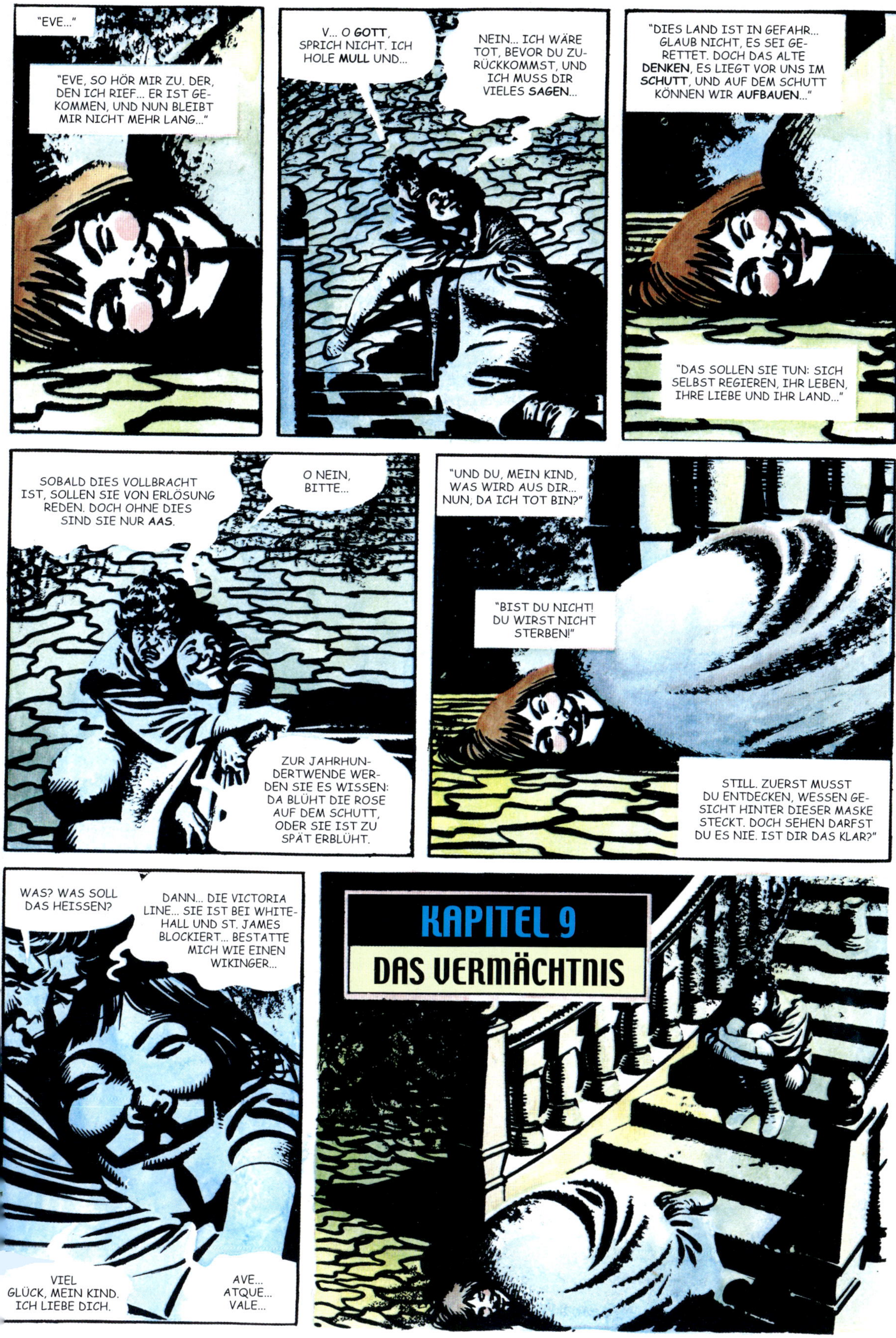
"EVE..."
"EVE, SO HÖR MIR ZU. DER, DEN ICH RIEF... ER IST GEKOMMEN, UND NUN BLEIBT MIR NICHT MEHR LANG..."
V... O **GOTT**, SPRICH NICHT. ICH HOLE **MULL** UND...
NEIN... ICH WÄRE TOT, BEVOR DU ZURÜCKKOMMST, UND ICH MUSS DIR VIELES **SAGEN**...
"DIES LAND IST IN GEFAHR... GLAUB NICHT, ES SEI GERETTET. DOCH DAS ALTE **DENKEN**, ES LIEGT VOR UNS IM **SCHUTT**, UND AUF DEM SCHUTT KÖNNEN WIR **AUFBAUEN**..."
"DAS SOLLEN SIE TUN: SICH SELBST REGIEREN, IHR LEBEN, IHRE LIEBE UND IHR LAND..."
SOBALD DIES VOLLBRACHT IST, SOLLEN SIE VON ERLÖSUNG REDEN. DOCH OHNE DIES SIND SIE NUR **AAS**.
O NEIN, BITTE...
ZUR JAHRHUNDERTWENDE WERDEN SIE ES WISSEN: DA BLÜHT DIE ROSE AUF DEM SCHUTT, ODER SIE IST ZU SPÄT ERBLÜHT.
"UND DU, MEIN KIND, WAS WIRD AUS DIR... NUN, DA ICH TOT BIN?"
"BIST DU NICHT! DU WIRST NICHT STERBEN!"
STILL. ZUERST MUSST DU ENTDECKEN, WESSEN GESICHT HINTER DIESER MASKE STECKT. DOCH SEHEN DARFST DU ES NIE. IST DIR DAS KLAR?"
WAS? WAS SOLL DAS HEISSEN?
DANN... DIE VICTORIA LINE... SIE IST BEI WHITEHALL UND ST. JAMES BLOCKIERT... BESTATTE MICH WIE EINEN WIKINGER...
VIEL GLÜCK, MEIN KIND. ICH LIEBE DICH.
AVE... ATQUE... VALE...
KAPITEL 9
DAS VERMÄCHTNIS

"V"?
"DU BIST
FAST FERTIG;
ODER NICHT?"
"SIEH SELBST,
EVE."
"DIE EINZELTEILE
SIND GEORDNET, WIE
ICH SIE HABEN WILL."
"ERST JETZT
ERKENNT MAN VIEL-
LEICHT IHREN SINN."
"... DOCH 'FAST
FERTIG'...?"
"JA DOCH,
DAS KANN
SCHON SEIN."

-TUNG, LONDON! HIER SPRICHT NOTSTANDS-BEFEHLSHABER PETER CREEDY.
DER TERRORIST MIT DEM KODENAMEN "V" WURDE ANGESCHOSSEN UND SCHWER VERLETZT.
FALLS ER VOR MITTERNACHT NICHT ERSCHEINT, KÖNNEN WIR DAVON AUSGEHEN, DASS ER TOT IST.
WIR WIEDERHOLEN, DER TERRORIST WURDE ERSCHOSSEN. DIE REVOLTE IST VORBEI. BITTE GEHEN SIE NACH HAUSE UND ZU IHREN FAMILIEN ZURÜCK.
ACHTUNG, LONDON...!

"DIE ANARCHIE HAT ZWEI GESICHTER. SIE **SCHAFFT** UND **ZERSTÖRT**."
"SIE ZERSTÖRT UND STÜRZT DIE REICHE, SCHAFFT AUS DEM SCHUTT EIN GLATTES TUCH, AUF DEM DIE SCHÖPFER DANN ERRICHTEN EINE NEUE, BESSRE WELT."
"AUF DIESEM SCHUTT WIRD'S NEUE RUINEN NICHT MEHR GEBEN."
"ALSO **HINFORT** MIT UNSEREM SPRENGSTOFF! **HINFORT** MIT UNSEREN ZERSTÖRERN! SIE HABEN KEINEN PLATZ IN UNS'RER BESSEREN WELT."
"DOCH LASST UNS HEBEN UNSRE GLÄSER AUF DIE BOMBER, ALL DIE BASTARDE, VON NIEMANDEM GELIEBT, DENEN NICHT ZU VERGEBEN IST."
"STOSSEN WIR AN AUF SIE..."
"... UND LASST SIE UNS VERGESSEN."
"DIE VICTORIA LINE... SIE IST BEI WHITEHALL UND ST. JAMES BLOCKIERT... BESTATTE MICH WIE EINEN WIKINGER..."
"ZUERST MUSST DU ENTDECKEN, WESSEN GESICHT HINTER DIESER MASKE STECKT. DOCH SEHEN DARFST DU ES NIE. IST DIR DAS KLAR?"
NEIN.
NEIN, DAS IST ES KEINESWEGS.
V, DU WÜRDEST NIEMALS STERBEN UND MICH IN DEN WIRREN DIESER ZEIT ZURÜCKLASSEN. ALSO LEBST DU. SO UND NICHT ANDERS WIRD ES SEIN.
ICH WERDE DIESE TREPPE HINAUFSTEIGEN, DURCH DIESE TÜR GEHEN, UND DU LEBST, UND... ALLES WAR NUR SO EIN DUMMER TRICK, EIN WEITERER TEIL MEINER AUSBILDUNG.
WAS SOLL ICH SONST TUN? DIE TREPPE HINAUF, UND DURCH DIE TÜR, UND...

SO.
DU BIST TOT.
O GOTT, WAS WIRD DENN JETZT? DU HAST NIE GESAGT... DU HAST NIE GESAGT, WOZU DU MICH AUSGEBILDET HAST.
DU HAST MIR NIE GESAGT, WAS ICH MACHEN SOLL.
NA SCHÖN.
NA SCHÖN, DANN WERDE ICH FOLGENDES TUN.
ICH GEHE AUF DIE LEICHE ZU, SEHR ERNST, FAST EHRFÜRCHTIG ...
... UND BÜCKE MICH. MEINE FINGER BETÄTIGEN SICH UNBEHOLFEN AN DEM WIDERSPENSTIGEN GUMMIBAND.
DANN NEHME ICH DIE MASKE AB...
NEIN.
NEIN, DAS MACHE ICH NICHT.
NEIN, ICH LAUFE HINÜBER ZU DER LEICHE; VOLLER TRÄNEN.
MEINE FINGER SIND SCHLÜPFRIG VOR BLUT, DOCH ICH ZERRE DIE MASKE ZUR SEITE, UND...
NEIN.
NEIN, DAS IST ES NICHT.

... DENN,V, DU WARST SO **GROSS**, UND WAS, WENN DU EIN NIEMAND BIST?
DOCH SELBST, WENN DU **JEMAND** WARST, DU WÄREST **KLEINER**, WEGEN ALL DER MENSCHEN, DIE DU HÄTTEST SEIN KÖNNEN, ABER NICHT GEWESEN BIST...
ACH, ICH WEISS NICHT. ICH WEISS NICHT, WAS ICH SAGEN WILL.
TU'S DOCH EINFACH. WARUM DENN NICHT, ES HÄLT MICH NIEMAND AUF.
ICH GEHE EINFACH DURCH DAS ZIMMER UND GREIFE NACH DER MASKE, UND...
NEIN. NEIN, DARÜBER BIN ICH HINAUS. ICH WEISS, DASS DU NICHT MEIN VATER WARST.
SELBST WENN DU ES WÄREST, WÄRE ES NICHT GENUG.
WENN ICH DIESE MASKE ABNEHME, WIRD ETWAS FÜR IMMER VERSCHWINDEN, WIRD VERRINGERT WERDEN, DENN, WER DU AUCH BIST, DU WÄREST NICHT MEHR SO GROSS WIE DIE IDEE, DIE DU VERKÖRPERT HAST, DOCH...
DOCH DU HAST GESAGT, ICH MUSS, ICH MUSS ES WISSEN...
... UND SO GEHE ICH ZU DER LEICHE, VERMEIDE ES, DURCH ALL DAS BLUT ZU WATEN...
ES RÜHRT SICH NICHTS. NICHT EINMAL WIE EIN MENSCH SIEHT ES MEHR AUS. ES FEHLT ETWAS.
ICH KNIE NIEDER, MEINE HÄNDE ZITTERN, ICH FINDE **KAUM** DIE VERSCHLÜSSE, DOCH **DANN** ENTFERNE ICH DAS UNERTRÄGLICHE LÄCHELN, UND...
... UND ENDLICH WEISS ICH ES.
ICH WEISS, WER V SEIN MUSS.

9. NOVEMBER 1998, 21 UHR 30:
SIE SIND NOCH IMMER DA. SIE WARTEN EINFACH, UNTERNEHMEN NICHTS.
WIE SELTSAM... SIE SIND KEINE ANHÄNGER DES TERRORISTEN ODER SO. SIE SIND EINFACH NUR UNRUHESTIFTER.
ABER ER IST FÜR SIE ZU EINEM ALLES BESTIMMENDEN SYMBOL GEWORDEN, NICHT WAHR?
DIE LEUTE BRAUCHEN SYMBOLE, DOMINIC. ER WUSSTE DAS, WIR HABEN ES VERGESSEN.
DIESE LEUTE DRAUSSEN HABEN WÄREND DES KRIEGES IHRE FAMILIEN VERLOREN.
WIR HABEN JAHRELANG DEN DECKEL AUF IHRER VERBITTERUNG GEHALTEN, IHNEN ABER NICHT GEHOLFEN, DAMIT UMZUGEHEN.
DAS HAT ER AUCH NICHT UMBEDINGT GETAN, DOCH ER HAT WENIGSTENS DEN DECKEL ABGENOMMEN...
... WIE LARKHILL DAS FÜR MICH GETAN HAT. ALLES IST JETZT ANDERS, DOMINIC. ICH GEHÖRE NICHT MEHR HIERHER.
S-SIE WOLLEN UNS VERLASSEN? MR. FINCH, HÖREN SIE, DAS SIND DIE DROGEN...
SUSAN IST TOT, CREEDY UND HEYER FÜHREN DIADOCHENKÄMPFE. SIE SIND KEINE HALLUZINATIONEN.
GENAUSOWENIG WIE DER KRIEG. ICH HABE MEINE FAMILIE VERLOREN UND DACHTE, ES KÖNNTE HELFEN, DIESE WUNDEN ZU HEILEN, WENN ICH BEFEHLEN FOLGE.
DAS KANN ES NICHT.
ICH FOLGE JETZT MEINEN EIGENEN BEFEHLEN UND VERSCHWINDE, BEVOR ALLES IN DIE LUFT FIEGT. VIELLEICHT SOLLTEN SIE DAS AUCH.
LEBEN SIE WOHL, DOMINIC.
PASSEN SIE AUF SICH AUF.
KAPITEL 10
DER VULKAN

HALLO?
TUT MA LEID, DAT ICH SO SPÄT KOMM'. CREEDY HAT'N BISSEN LÄNGA JEBRAUCHT.
TROTZDEM, WIR HAM NOCH'N PAA STUND'N, BEVOR MÄNNE ZURÜCKKOMMT, WA?
... DOCH MAN KANN SIE SEHEN.
ICH VASTEH' NICH', WATTE SACHS. ABBA ICH KOMM SOFORT ZU DIR...
HE, ICH HAB' MITTE MEISTE VONNE HOHE BULLEN GESPROCH'N, UN' DE MEISTEN SINN MIT MA EINVASTAND'N.
CREEDY HAT IHNE AUCH NICH' GRAD GEPASST, UN' SO SIEHT ET AUS, ALS KÖNNTEN WA...
JEDES PARTEIMITGLIED HAT EINE IM SCHLAFZIMMER, SOGAR ER SELBST. UND ER WUNDERT SICH, WARUM ICH MICH NICHT VON IHM ANFASSEN LASSE.
NATÜRLICH FUNKTIONIEREN SEINE KAMERAS IM AUGENBLICK NICHT.
DA VERSUCHT ER, EINE PARADE ZU ORGANISIEREN, UND ALLE SEINE KLEINEN BILDSCHIRME SIND TOT.
EIN BLINDER VOYEUR. HA!
DA SIND SIE, CONRAD. DIE WÜRDEST DU GERN BETATSCHEN, WAS?
WIE SCHADE, DASS DU SIE NICHT SEHEN KANNST.
DU HAST KEINE AHNUNG, WIE SCHWER ES WAR, IHN IN EINE POSITION ZU MANÖVRIEREN, VON DER AUS ER DIE MACHT ÜBERNEHMEN KANN.
NATÜRLICH WERDE ICH ALLE WICHTIGEN ENTSCHEIDUNGEN TREFFEN... UND DEINE SCHLÄGER UNTERSTÜTZEN MICH.
ICH WERDE EINE ZWEITE EVA PERON SEIN.

HAST DU JE "EVITA" GESEHEN?
DON'T CRY FOR ME, ARGENTINA...
THE TRUTH IS...
O JA, MACH WEITER. JA. JA. FESTER...
SUSAN A. DOA
JA, SO.
JA, LIEBLING. JA. JETZT. ICH...

OH.
ACH, KOMMT DER HERR AUCH MAL? ICH HAB HALB LONDON NACH DIR ABGE-SUCHT.
NA, ZIEH DIR DIE HOSEN WIEDER HOCH UND VERPISS DICH. CONRAD KOMMT IN EINER STUNDE NACH HAUSE.
WENIGSTENS WURDE CREEDY SEIT DER TEESTUNDE NICHT MEHR GESEHEN. DA SCHEINST DU JA WENIGSTENS ETWAS RICHTIG GEMACHT ZU HABEN.
ABER WENN DU GLAUBST, DAS GÄBE DIR DAS RECHT...
H-HELEN ...?

ICH HABE GEWONNEN, HELEN...
ICH WAR DER BESSERE...
ER IST... TOT... WIRD JETZT NICHT... MEHR ZWISCHEN UNS STEHEN.
HAT MICH... MIT EINEM RASIERMESSER GESCHNITTEN... DENKE... ER HAT EINE ADER GETROFFEN...
ABER DU... KANNST MICH ZU EINEM **ARZT** BRINGEN...
WIR HABEN VIEL DURCHGEMACHT, HELEN, ABER...
... WIR KÖNNEN NOCH IMMER...
FASS MICH NICHT AN!
DU DUMMES STÜCK SCHEISSE, FASS MICH NICHT AN.
DU HAST ES **VERDORBEN**! DU HAST **ALLES** VERDORBEN!
HELEN...
WIE SOLLEN WIR JETZT DEN FINGER KONTROLLIEREN? MEIN GOTT, ICH HATTE ALLES GENAU GEPLANT! ALLES GANZ GENAU GEPLANT! DU DUMMES...
H-HELEN...? WAS... TUST DU DA?
ICH **SUCHE** ETWAS. ICH WEISS, ES MUSS HIER IRGENDWO SEIN, ABER...
AH, DA IST ES JA.
HELEN... KEINE ZEIT... ICH BLUTE... BLUTE STARK...
ICH BRAUCHE EINEN ARZT.
O NEIN. BRAUCHST DU NICHT.
ICH WEISS, WAS DU BRAUCHST, CONRAD. ICH HABE SCHON **IMMER** GEWUSST, WAS DU BRAUCHST.
DU BRAUCHST ES, ZU BEOBACHTEN, NICHT, CONRAD? BEI DEINER **ARBEIT**, IN DEINEM **BETT**... DAS BRAUCHST DU.
ICH HAB HIER ETWAS, DAS DIR **GEFALLEN** WIRD.
DA, CONRAD, MEIN ABSCHIEDSGESCHENK.
SIEH ZU.
HELEN...

ICH? DER **RANGHÖCHSTE** BEAMTE? UM GOTTES WILLEN, WO IST **CREEDY**? **ER** HAT HIER DIE **LEITUNG**.
ICH WÜRDE MIR KEINE SORGEN MACHEN, SIR. WAHRSCHEIN-LICH WERDEN SIE UM MITTER-NACHT NACH HAUSE GEHEN, WENN SIE ERST AKZEPTIERT HABEN, DASS DER TER-RORIST TOT IST.
ES IST JETZT FAST ZWÖLF...
AH. NA ALSO, SIR.
BIG BEN SCHLÄGT SCHON DIE STUNDE.
EIN SCHÖNER, BERUHIGENDER KLANG. MEINEN SIE NICHT AUCH, SIR?
ÄH, JA. JA. ICH GLAUBE SCHON...
EINEN MOMENT MAL...
BIG BEN WURDE VOR EINEM JAHR IN DIE LUFT GESPRENGT.
DIE **LAUTSPRECHER**! ES KOMMT AUS DEN **LAUTSPRECHERN**!
DAS HEISST, JEMAND...
... HAT...

GUTEN ABEND, LONDON!
ICH WÜRDE MICH VORSTELLEN, DOCH GLAUBT MIR, ICH HABE KEINEN NAMEN.
NENNT MICH EINFACH "V".
SEIT ANBEGINN DER MENSCHEIT HAT EINE HANDVOLL UNTERDRÜCKER DIE VERATWORTUNG FÜR UNSER LEBEN ÜBERNOMMEN. EINE VERANTWORTUNG, DIE WIR SELBST HÄTTEN ÜBERNEHEMN SOLLEN.
DAMIT NAHMEN SIE UNSERE MACHT.
INDEM WIR NICHTS HATTEN, GABEN WIR SIE FORT.
WIR HABEN GESEHEN, WOHIN IHR WEG FÜHRT. DURCH LAGER UND KRIEGE GERADEWEGS ZUM SCHLACHTHAUS.
IN DER ANARCHIE LIEGT EIN ANDERER WEG.
BEI DER ANARCHIE ENTSTEHT AUS DEN TRÜMMERN NEUES LEBEN, NEUE HOFFNUNG. SIE BEHAUPTEN, DIE ANARCHIE SEI TOT, DOCH WIE IHR SEHT ...
... WAREN DIE BERICHTE ÜBER MEINEN TOD...
... ÜBERTRIEBEN.
MORGEN WIRD DIE DOWNING STREET ZERSTÖRT, DER KOPF NUR NOCH SCHUTT UND ASCHE SEIN. DAS IST DAS ENDE DESSEN, WAS IHR KENNT.
HEUTE NACHT MÜSST IHR WÄHLEN, WAS NUN KOMMT. EIN EIGENES LEBEN, ODER DIE RÜCKKEHR IN KETTEN.
WÄHLT SORGFÄLTIG.
UND NUN LEBT WOHL.

10. NOVEMBER 1998.
2 UHR.
"BESTATTE MICH WIE EINEN WIKINGER", HAST DU GESAGT.
DAS IST NICHT VIEL.
DAS IST NICHT VIEL VERLANGT.
NICHT NACH ALLEM, WAS DU GETAN HAST.
DU KAMST UNVERLETZT AUS EINEM SCHLACHTHAUS, DOCH NICHT UNVERÄNDERT. UND DU HAST GESEHEN, WAS UNSERE FREIHEIT AUSMACHT. NICHT NUR FÜR DICH, NEIN, SONDERN FÜR UNS ALLE.
DU HAST GESEHEN UND LIESSEST TATEN FOLGEN.
WIE ZIELBEWUSST DEINE VENDETTA WAR, WIE GÜTIG, FAST WIE CHIRURGIE...
DEINE FEINDE, SIE NAHMEN AN, DIE RACHE GELTE ALLEIN IHREM FLEISCH UND BLUT. DOCH DU HAST DORT NICHT AUFGEHÖRT...
DU HAST AUCH IHRE IDEOLOGIE DURCHBOHRT.
DAS VOLK STEHT IN DEN TRÜMMERN DER GESELLSCHAFT, DEM KERKER, DER SIE ALLE ÜBERDAUERN SOLLTE.
DIE TÜR STEHT OFFEN. SIE KÖNNEN GEHEN ODER SICH FANGEN LASSEN VON NEUEM ZANK, VON FOLGENDER ERNEUTER SKLAVEREI.
SIE HABEN FREIE WAHL. SO SOLLTE ES IMMER SEIN.
ICH WERDE SIE NICHT FÜHREN, DOCH ICH WERDE IHNEN HELFEN, NEUES ZU ERRICHTEN, WO ICH NICHT HELFEN WERDE ZU TÖTEN.
DIE ZEIT DER MÖRDER IST VORBEI.
SIE HABEN KEINEN PLATZ IN UNSRER BESSREN WELT.
"BESTATTE MICH WIE EINEN WIKINGER", HAST DU GESAGT.
SO SOLL ES SEIN, MEIN LIEBER.
KAPITEL 11
WALHALLA
SO SOLL ES SEIN.

FORT.
DU FÄHRST FORT, MIT ALL DEINEM PLASTIKSPRENGSTOFF UND DEINEN LILIEN.
WIEVIEL SPRENGSTOFF WAR IN DIESEM ZUG? ICH HABE NIE DARAN GEDACHT, DIE PAKETE ZU ZÄHLEN.
BESTIMMT GENUG.
VIELLEICHT EIN BISSCHEN MEHR...
DU HAST GESAGT, DIE VICTORIA LINE SEI BEI WHITEHALL UND ST. JAMES BLOCKIERT. ICH HABE ES ÜBERPRÜFT, UND JA, ES IST WAHR. DORT LIEGEN TRÜMMER AUF DEN GLEISEN.
"BESTATTE MICH WIE EINEN WIKINGER", HAST DU GESAGT.

MIR BLEIBEN VIER MINUTEN, UM MIT DEM FAHRSTUHL HINAUF AUFS DACH ZU KOMMEN. ES IST JETZT GANZ LEICHT, SICH HIER ZURECHTZUFINDEN...
DU HAST MIR DIESEN ORT BEI DEINEN FÜHRUNGEN OFT GENUG GEZEIGT. ES WAR DEIN WILLE, SAGTEST DU.
DAMALS VERSTAND ICH NICHT.
DAMALS NICHT.
DOCH DU HATTEST NATÜRLICH RECHT, MIR DIESEN ORT ZU ZEIGEN. DU HAST MIR DEINEN WILLEN GEZEIGT...
... UND ICH TRETE DEIN ERBE AN.
ES IST ZWEI UHR VIERZEHN. DU BIST FAST DORT. IN DEINER GOLDENEN BARKE JAGST DU DURCH TROCKENE UNTERIRDISCHE KANÄLE...
... UNTER DER ERDE, DURCH DAS DUNKEL DEINEM ZIEL ENTGEGEN...
... DORTHIN, WO DIE TRÜMMER LIEGEN... BEI WHITEHALL UND ST. JAMES...
... GENAU UNTER DER DOWNING STREET.

AVE, ATQUE, VALE, V.
ICH SCHLUG ES NACH.
"SO LEBE WOHL."
ICH FAHRE HINAB, UM MEIN ERBE ANZUTRETEN. DIE AUFGABE, DIE VOR MIR LIEGT, IST SCHWER ZU BEWÄLTIGEN UND DOCH ZUGLEICH AUCH LEBENSWICHTIG...
ICH FÜHLE MICH ERHABEN, FROH, ENTHUSIASTISCH...
... ABER NICHT ÄNGSTLICH.
DENN MIR BLEIBT KEINE ZEIT FÜR ANGST. GENAUSOWENIG WIE DEN ANDEREN.
AUF UNS WARTET ARBEIT.
WIR MÜSSEN JEMANDEN FINDEN.
MMMMM...? WO...?
OH.
O MEIN GOTT.
WILLKOMMEN, JUNGER MANN. ICH HOFFE, DU HAST DIESE TORTUR GUT ÜBERSTANDEN? UND BEZÜGLICH DEINER FRAGE...
WIR SIND IN DER SCHATTEN-GALERIE.
DIES IST MEIN HEIM.

NA KOMM, JEANNIE.
NA KOMM, WAS IS'N LOS MIT DIR? ZIER DICH DOCH NICH!
NEIN! WAS IST DRIN FÜR MICH? UND ICH HEISS' NICH JEANNIE!
IHM HAST DU'S GEMACHT...
ER HATTE WAS ZU ESSEN. MIR HAT DER MOB IN DER STADT ALLES GESTOHLEN! UND WAS HAST DU?
HEDA. WIR HAM GESELLSCHAFT.
O GOTT, NICHT SCHON WIEDER EINER! WIE VIELE VON EUCH TRAMPS HAUSEN DENN HIER DRAUSSEN? DAS...
AUGENBLICK MAL...
FINCH?
SIND SIE DAS?
MRS. HEYER?
OH, GOTT. EDWARD FINCH, NICHT WAHR?
EDWARD, BIN ICH FROH, SIE ZU SEHN.
DER MOB HAT MEINEN WAGEN UMGESTOSSEN, ALS ICH AUS LONDON FUHR, UND MIR ALLES GERAUBT!
ICH MUSSTE BEI DIESEN PENNERN UNTERKRIECHEN, NUR UM IRGENDWO ZU BLEIBEN...

DOCH JETZT SIND SIE JA DA. JETZT IST ALLES ANDERS. ICH WUSSTE SCHON IMMER, DASS SIE NICHT WIE CONRAD ODER ALMOND ODER ALL DIE ANDEREN SIND.
SIE SIND WIE ICH. EIN ÜBERLEBENDER.
EDDIE. WIR BRAUCHEN EINANDER.
GEMEINSAM KÖNNTEN WIR ETWAS RETTEN. DIESER MOB IST NICHT VIEL, DOCH MIT DER ZEIT KÖNNTEN WIR EINE KLEINE ARMEE AUFBAUEN.
WIR KÖNNTEN DIE ORDNUNG WIEDER HERSTELLEN, EDDIE. GEMEINSAM KÖNNEN WIR SOVIEL BEWIRKEN, SIE UND ICH...
WAS SAGEN SIE?
SCHWULE SAU!
IHR BESCHISSENEN POLIZISTEN, IHR SEID DOCH ALLE SCHWUL! ZUR HÖLLE MIT EUCH...
ACH, KOMM, JEANNIE, KOMM UN' SETZ DICH ZU UNS.
IS' NOCH LANG HIN BIS MORGEN.
Hatfield
nd The North
M1

Alan,

Enclosed: some mat. on the Gunpowder plot. I've got a couple of books on the subject, too. We'll see how it all shapes up. See if your library has any. It's a fascinating story, you know. And it hasn't been done justice by anyone. Maybe because it's an anti-institution story – like I say below. D

Do you know I can't find a Guy Fawkes mask anywhere! I've tried all sorts of places. I'm still looking and I might find one eventually. In the meantime I had to make one up...

I'm in love with this Guy Fawkes idea. If for any reason, we decide against it I'm prepared to do whatever you'd like to come up with. See, there are advantages and disadvantages in using GF. A combined advantage and disadvantage is the fact that he's a wholly British figure. That's great for establishing him as a UK exclusive, which Dez would like, but bad from the point of view of selling to outside markets.

And something else: Supposing that this strip became, by some freak of nature, immensely successful. Do you realise that in transforming the image of Guy Fawkes we are tampering with a British institution! We'd be actually shaping public consciousness in a way which some Conservative politicians might regard as subversive! We'd go to the Telegraph's hopping list! And think, as funny as it sounds... I'm excited and frightened of that prospect at the same time, however far-fetched the scenario might be.

Hey, here's a title: 'V for Vendetta'. Call the strip 'Good Guy'. That's how he signs himself. 'Good Guy': Good for US appeal, right? Logical. On the other hand, it implies that the first Guy was bad. It was just a thought. Over and out. Bless you.

HINTER DEM GEMALTEN LÄCHELN

Der folgende Artikel von Alan Moore erschien erstmals 1983 während der Erstveröffentlichung des Strips in dem englischen Magazin Warrior 17. Da er veröffentlicht wurde, als der Strip gerade etwa die Hälfte erreicht hatte, spricht Moore von V WIE VENDETTA als laufende Serie, und einige Einzelheiten der projektierten Handlung wurden aufgrund der langen Unterbrechung bei der Veröffentlichung verändert, als die Serie schließlich beendet wurde. Dieser Artikel bietet jedoch einen einzigartigen Blick hinter die Kulissen der Entstehung eines bedeutenden Comics. Illustriert ist er mit zahlreichen Entwürfen von David Lloyd und Lloyds Titelbildern für die amerikanische Erstausgabe der Serie.

Es gibt einen auf jedem Con, jeder Comic-Messe, bei jedem Workshop und jeder Signierstunde. Einen stets naiven und nervösen jungen Neuling, der, wenn die Fragestunde nur noch so vor sich hin plätschert, zaghaft die Hand hebt und mit zitternder Stimme fragt: "Wo kriegen Sie Ihre Ideen her?" Und wissen Sie, was wir dann tun? Wir schnauben höhnisch. Wir verspotten die kleine Rotznase vor ihren Freunden und Gleichgesinnten, wir machen den Jungen fertig und erniedrigen ihn zutiefst und schneiden ihn mit unserem unerbittlichen und ätzenden Witz in kleine blutige Scheiben. Wir implizieren, daß er den Intellekt eines Bleistiftanspitzers haben muß, wenn er solch eine Frage auch nur zu stellen wagt. Und wenn wir aus diesem armseligen kleinen Scheißer dann den letzten Rest von sadistischem Gelächter herausgewrungen haben, lassen wir ihn von den Gerichtsdienern hinausführen, damit sie ihn sich noch einmal ordentlich vornehmen. Nein, ich weiß, das ist nicht nett. Aber trotzdem müssen wir es tun.

Der Grund, weshalb wir es tun müssen, ist ganz einfach. Zum einen ist das im trostlosen und verwirrenden Bodensatz der Meinungen und Halbwahrheiten, der die gesamte Kunsttheorie und -kritik ausmacht, die einzige Frage, die es Wert ist, gestellt zu werden. Zum anderen kennen wir

die Antwort darauf nicht und haben Angst, daß das jemand herausfinden wird.

David Lloyd und mir wird diese Frage häufig gestellt: "Woher kam die Idee zu V?"

Na schön. Die Frage ist fair. Wir beide haben darüber gesprochen und sind der Ansicht, daß sie eine Antwort verdient, und sei es auch nur als Entschädigung für das rätselhafte und unfreundliche Benehmen, das wir in dieser Hinsicht bislang an den Tag gelegt haben. Das einzige Problem ist, daß wir es wirklich nicht mehr wissen. Ich erinnere mich nur noch, daß ich all die guten Ideen gehabt habe, während Dave acht Zeugen aufbringen kann, die an Eides statt aussagen werden, daß er es war.

Zum Glück haben wir noch einige Unterlagen, die bis in die Zeit zurückreichen, da *Warrior* noch im Planungsstadium war. So objektiv, wie ich nur sein kann, möchte ich diese Fragmente nun zu einem unglaublichen und verzwickten Mosaik zusammenlegen, das ein für alle Mal ohne Vorurteile oder Begünstigungen die verborgenen Geheimnisse des menschlichen Schöpfungsprozesses offenbaren wird.

V WIE VENDETTA begann zum Teil in dem Comic-Magazin *Marvel UK Hulk Weekly* und zum Teil mit einer Idee, die ich bei einem Wettbewerb des Verlags D.C. Thompson für Nachwuchs-Comic-Skriptautoren einreichte, als ich zarte 22 Jahre alt war. Diese Idee drehte sich um einen ausgeflippten Terroristen mit weiß geschminktem Gesicht, der unter dem Namen "The Doll" (Die Puppe) bekannt war und irgendwann gegen Ende der 80er Jahre des vergangenen Jahrhunderts Krieg gegen einen totalitären Staat führte. D.C. Thompson kam zum Schluß, daß ein transsexueller Terrorist nicht ganz das war, was sie suchten, und entschied sich klugerweise für den Beitrag eines Obst- und Gemüsehändlers aus Hull mit dem Titel "Battle Bunn (He Bombs the Hun!)" oder so ähnlich. Da ich also eine Ablehnung bekommen hatte, tat ich, was jeder ernsthafte Künstler tut. Ich gab auf.

Kurz darauf tauchte dann das schon erwähnte *Hulk Weekly* als Teil der "Marvel Revolution" unter der Ägide von Dez Skinn als neuem Chef von Marvel England an den Kiosken auf. Veröffentlicht wurde darin unter anderem "The Black Knight", die Aufarbeitung einer keltischen Legende von Steve Parkhouse, Paul Neary und John Stokes sowie Steve Moores und Steve Dillons Interpretation von "Nick Fury, Agent of SHIELD". Den letzten Beitrag bildete in jeder Ausgabe ein kleines Schmuckstück mit dem Titel "Nightraven", ein Krimistrip im Stil der dreißiger Jahre, geschrieben von Steve Parkhouse und gezeichnet von David Lloyd und John Bolton. Es war ein guter Strip, der mit mehreren Eagle Awards ausgezeichnet wurde. Doch Murphys Gesetz gilt auch für Comics, und so kam es, wie es kommen mußte: *Hulk Weekly* ging mit alarmierender Schnelligkeit den Bach runter.

"Nightraven" verschwand aus dem Comic, Dez Skinn verschwand von Marvel, *Hulk Weekly* verschwand aus den Läden, aus dem Frühling wurde Winter, der Kalender hatte immer weniger Blätter, und all die anderen Dinge geschahen, die in Filmen anzeigen, daß Zeit verstreicht. Währenddessen versteckte ich mich unter dem Bett, heulte vor mich hin und versuchte verzweifelt, über meine niederschmetternde Ablehnung durch D.C. Thompson hinwegzukommen. Es sah trist für mich aus.

Schließlich kamen die achtziger Jahre und mit ihnen die ersten Ankündigungen von *Warrior*. Dez, der sich mittlerweile in der Firma Studio System behaglich eingerichtet hatte, verspürte den Wunsch, sich wieder mit Comics zu befassen. Also scharte er ein paar der besten Zeichner und Texter um sich, mit denen er früher gearbeitet hatte. Dazu gehörte Dave Lloyd, den er bat, einen neuen Krimistrip im Stil der dreißiger Jahre zu kreieren.

Als Dave den Auftrag bekam, kam er zu dem Schluß, daß er zwar jede Menge Ideen hatte, wie man so etwas visuell aufziehen konnte, er sich jedoch nicht damit auskannte, wie man Figuren charakterisierte und eine Handlung entwarf. Da wir beide glücklich und zufrieden bei einer Reihe von kleineren Stories für *Doctor Who Monthly* zusammengearbeitet hatten, schlug er mich als Texter vor. Zu diesem Zeitpunkt begannen dann die Telefonate, die uns beide finanziell ruinieren sollten sowie die umfangreiche (und, soweit sie von Dave stammt, nicht zu entziffernde) Korrespondenz, die wir brauchten, um Ideen auszutauschen und dieser Sache Gestalt zu geben. Mit anderen Worten, an dieser Stelle wird es verwirrend.

Meiner ursprünglichen Synopsis zufolge drehten sich meine ersten Ideen um eine neue Möglichkeit, an einen Pulp-Abenteuer-Strip der dreißiger Jahre heranzugehen. Ich dachte mir eine Figur namens "Vendetta" aus, in einer realistischen Welt der dreißiger Jahre, die auf meinen Kenntnissen über die Gangster-Ära basierte, angereichert mit jeder Menge guter, solider Recherche. Ich schickte Dave die Idee.

Seine Antwort lautete, daß es ihm bis hier oben stünde, gute, solide Recherche zu betreiben, und wenn man von ihm verlangte, noch einen einzigen Duesenberg Baujahr 1928 zu zeichnen, würde er sich den Arm abhacken. Das stellte ein gewisses Problem dar.

Während ich über diese Schwierigkeit grübelte, zerbrach ich mir auch den Kopf darüber, was genau eine Abenteuer-Story aus den Pulp-Magazinen eigentlich funktionieren ließ. Offensichtlich beruhte viel davon auf den exotischen und prachtvollen Schauplätzen, die die Geschichten hatten... schäbige Hafenkneipen, große Luxuswohnungen, in denen es von Mädchen nur so wimmelte, und so weiter. Die ganze Magie eines verblichenen Zeitalters. Mir kam in den Sinn, daß man einige dieser Effekte auch erzielen konnte, indem man die Geschichte in der nahen Zukunft statt der nahen Vergangenheit ansiedelte. Wenn wir es richtig anfaßten, konnten wir dasselbe Gefühl einer Mischung aus Exotik und Vertrautheit auch erzielen, ohne daß Dave Stunden seiner Arbeitszeit damit verbringen mußte, sich mit belästigt wirkenden kleinen Angestellten der örtlichen Bibliothek herumzuschlagen. Sowohl Dave als auch Dez gefiel die Idee, also machten wir weiter.

Das nächste Problem war das Erschaffen der Hauptfigur und des eigentlichen Backgrounds des Strips. Da sowohl Dave als auch ich etwas machen wollten, das eindeutig und einzigartig britisch war, statt der gewaltigen Menge an amerikanischem Material auf dem Markt nachzueifern, mußte der Schauplatz offensichtlich England sein. Und weil wir einen ganz ähnlichen politischen Pessimismus teilen, würde die Zukunft ziemlich übel, düster und totalitär sein, was uns angenehmerweise einen Antagonisten gab, gegen den unser Held dann zu Felde ziehen konnte.

Natürlich fiel mir meine ursprüngliche Idee für "The Doll" wieder ein, und ich schickte Dave ein kurzes Exposé. Es war eigentlich eine ziemlich konventionelle Sache, kaum mehr als vorhersagbare Comic-Ware mit ein paar ganz netten Einfällen. Die Story spielte in einer düsteren High-Tech-Welt, wie man sie in Büchern wie *Fahrenheit 451* oder, ein neueres Beispiel, in Filmen wie *Blade Runner* findet. Sie hatte Roboter, uniformierte Polizei-Spezialeinheiten mit Knieschonern und Helmen und all das andere gute Zeugs. Im Nachhinein glaube ich, wir beide waren der Ansicht, daß wir da einen tollen Stoff hatten, aber dem war leider nicht so.

Etwa zu dieser Zeit bereitete der Verlag Never Ltd. die erste Ausgabe seines kurzlebigen Comic-Magazins *Pssst* vor. Dave hatte ihm einen Strip namens "Falconbridge" angeboten, den er selbst entwickelt hatte. Er präsentierte eine Freiheitskämpferin namens Evelina Falconbridge und einen Zeichenstil, der eine radikale Abkehr von dem Material darstellte, das er für *Doctor Who* und *Hulk Weekly* geliefert hatte. *Pssst* lehnte die Geschichte ab; dort war man überzeugt, daß die Zukunft des Comics bei kurzen, experimentellen Stücken und nicht bei Fortsetzungsgeschichten lag.

Als ich mir das Material ansah, fand ich es hingegen ziemlich aufregend. Dave stand offensichtlich an der Schwelle eines großen Wurfs, und ich wollte gern daran teilhaben. Nachdem das klar war, hatten wir eigentlich zahlreiche unbrauchbare Ideen, die durch den Äther hin und her schwirrten, und kaum etwas Handfestes als Ergebnis. Aus reiner Verzweiflung machte ich eines Abends eine lange Liste mit Konzepten, die ich in V behandeln wollte, und sprang von einem zum anderen, und das mit einer rasend schnellen freien Assoziation, die jeden guten Psychiater den Rettungswagen hätte rufen lassen. Die Liste sah in etwa wie folgt aus:

Orwell, Huxley, Thomas Disch, Judge Dredd. Harlan Ellisons "*'Bereue, Harlekin!', sagte der Ticktackmann*", "*Katzenmann*" und "*Die Stadt am Rande der Welt*", zwei weitere Kurzgeschichten dieses Autors. Vincent Prices *Das Schreckenskabinett des Dr. Phibes* und *Theater des Grauens*. David Bowie. The Shadow. Nightraven. Batman. *Fahrenheit 451*. Die Texte der New Wave, einer Sciencefiction-Stilart von Autoren aus der Schule des Magazins *New Worlds*. Max Ernsts Gemälde "Europa nach dem Regen". Thomas Pynchon. Die Atmosphäre der englischen Spielfilme aus dem

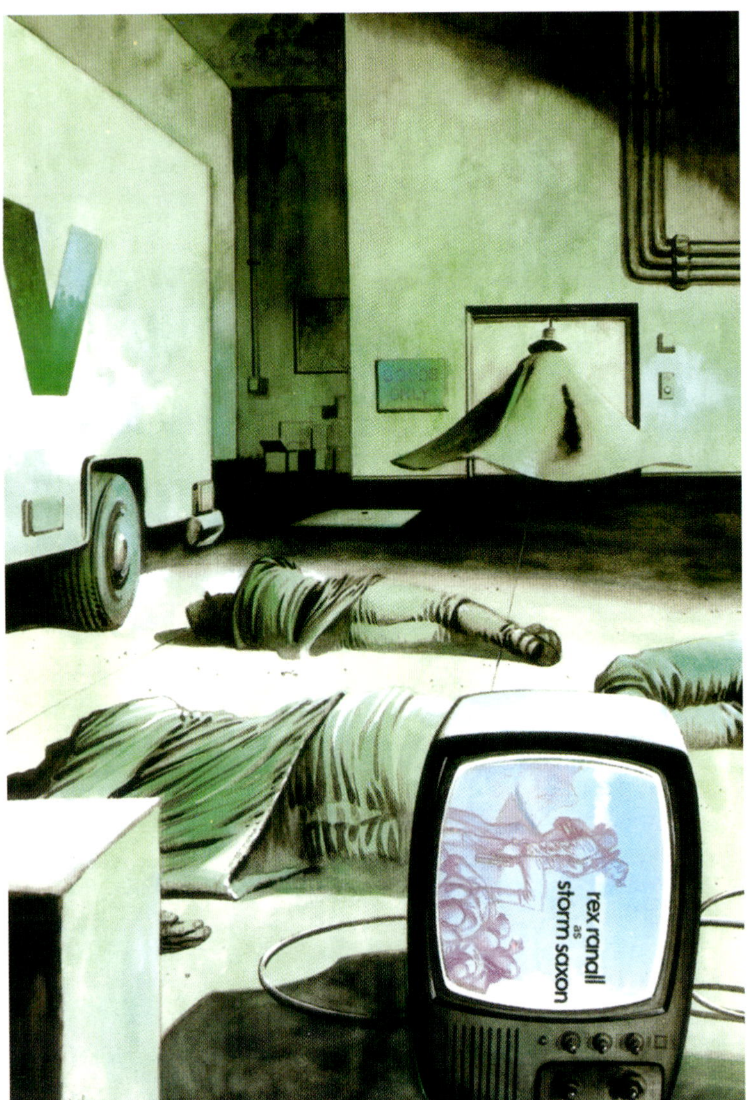

Zweiten Weltkrieg. Nummer 6. Robin Hood. Dick Turpin ...

Einige Elemente all dieser Werke auf meiner Liste konnte ich benutzen, doch so sehr ich es auch versuchte, ich konnte aus diesen zerstückelten Teilen kein kohärentes Ganzes basteln. Ich bin sicher, dieses Gefühl kennen alle Zeichner und Texter... die Ahnung, daß man mit etwas unglaublich Gutem schwanger geht, es aber einfach nicht greifen kann. Es ist frustrierend und macht einen wütend, und man gibt entweder verzweifelt auf, oder man macht einfach weiter. Gegen meine übliche Neigung entschloß ich mich, einfach weiterzumachen.

Darüber hinaus war uns auch noch kein Name für unsere Hauptperson eingefallen. Ich hatte die "Vendetta"-Idee ohne einen weiteren Gedanken gemeinsam mit dem Konzept aufgegeben, wofür sie stand, und kämpfte mich durch einen Sumpf von Namen, der unter anderem von so lächerlichen wie "The Ace of Shades" gebildet wurde. Das war zwar keineswegs mein größtes Problem, aber immerhin ein weiteres ärgerliches Summen in meinem Hinterstübchen, das zu dem ganzen Elend beitrug. Während ich bei der Suche nach einer Hauptfigur also nicht richtig weiterkam, versuchte ich zumindest, die Welt in irgendeine Form zu bringen und einen glaubwürdigen Background für den Handlungsschauplatz der 90er Jahre zu schaffen, für den wir uns entschieden hatten.

Das erwies sich als wesentlich einfacher. Davon ausgehend, daß die Konservative Partei die Wahlen von 1983 offensichtlich verlieren würde, arbeitete ich eine Zukunft aus, die darauf basierte, daß die Labour Party an die Macht kam, alle amerikanischen Fernlenkkörper von britischem Grund und Boden verbannte und damit verhinderte, daß Großbritannien im Fall eines Atomkriegs ein bedeutendes Ziel sein würde. Danach fiel es mir beunruhigend leicht, den Verlauf der Handlung von diesem Zeitpunkt bis zur faschistischen Machtübernahme im Großbritannien der 90er Jahre nach dem atomaren Holocaust auszuarbeiten.

Etwa zu dieser Zeit rief Dez an und teilte uns mit, daß Graham Marsh (sein Partner in der Firma Studio System) der perfekte Titel für den in Arbeit befindlichen Strip eingefallen war, nämlich "V for Vendetta" – "V WIE VENDETTA". (Dez war in unsere Überlegungen zu dem Abenteuer-Strip der dreißiger Jahre nicht einbezogen, und sie waren aus reinem, blinden Zufall auf den Namen gekommen.) Wir hielten das für einen Fingerzeig des Schicksals, und damit stand die Sache fest. So seltsam es anmutet, doch daß wir uns nun auf einen Titel konzentrieren konnten, gab uns neuen Antrieb, auch den Rest der Geschichte auszuarbeiten, in die wir nun ein Rachemotiv einfügten.

Ich überarbeitete meine ursprünglichen Notizen und kam dabei auf die Idee, daß die Hauptperson irgendein Flüchtling sein konnte, den sein Aufenthalt in einem Konzentrationslager der Regierung psychologisch verändert hatte. Aus persönlichen Gründen hatte ich mich entschlossen, das Lager in Larkhill in der Grafschaft Wiltshire anzu-

siedeln. Dort gab es tatsächlich einen Armeestützpunkt, und dort hatte ich auch einen der schrecklichsten Rucksack-Urlaube meines Lebens verbracht. Ich erzähle Ihnen ein andermal davon.

Dave wartete inzwischen mit Figurenentwürfen und Story-Einfällen auf, um zu sehen, ob einige davon unsere kreative Phantasie anregten. Er war auf die Idee gekommen, die Hauptperson könne vielleicht heimlich innerhalb der existierenden Polizeitruppe operieren und von innen heraus gegen sie arbeiten, um sie zu stürzen. Zu diesem Zweck entwarf Dave ein Kostüm, das eine Variation der Polizeiuniformen der 90er Jahre darstellte, wie er sie sah. Sie hatte ein großes "V" auf der Brust, das von den Gürteln und Riemen der Uniform gebildet wurde. Das sah zwar ganz nett aus, doch sowohl Dave als auch ich verspürten wohl ein gewisses Unbehagen, in ein so offensichtliches Superhelden-Klischee zu verfallen, da der Strip unserer Ansicht das Potenzial hatte, ein einzigartig neues und ganz anderes Werk zu werden.

So ungern ich es eingestehe, den großen Durchbruch haben wir einzig und allein Dave zu verdanken. Noch bemerkenswerter ist, daß er mit einem einzigen Brief erzielt wurde, den er einfach so dahingeschrieben hatte. Wie es allgemein bei Daves Handschrift der Fall ist, brauchte

man einen modernen Stein von Rosette, um ihn überhaupt entziffern zu können. Ich zitiere nachfolgend die wichtigen Passagen:

"PS. Das Skript: Während ich das schrieb, hatte ich diese Idee zum Helden, die jetzt, da wir [ich kann die nächsten Wörter nicht lesen], ein wenig überflüssig ist, aber trotzdem... Ich dachte, warum stellen wir ihn nicht als einen wiederauferstandenen Guy Fawkes* dar, mit allem Drum und Dran, auch mit so einer Pappmaché-Maske, mit Umhang und konischem Hut? Er würde wirklich bizarr aussehen, und damit könnten wir ein Bild von Guy Fawkes schaffen, das er nach all den Jahren verdient hat. Wir sollten den Burschen nicht jedes Jahr verbrennen, sondern seinen Versuch feiern, das Parlament in die Luft zu jagen!"

In dem Augenblick, in dem ich diese Zeilen las, kamen mir zwei Dinge in den Sinn. Erstens war Dave bei weitem geistig nicht so normal, wie ich bislang angenommen hatte, und zweitens war das die beste Idee, die ich in meinem ganzen Leben je gehört hatte. All die verschiedenen Bruchstücke in meinem Kopf fielen plötzlich an Ort und Stelle und vereinigten sich unter dem Bild einer Guy-Fawkes-Maske. Ganz schummrig im Kopf las ich weiter.

An anderer Stelle in diesem Brief erläuterte Dave seine Ideen, wie er den Strip vom Layout und der Ausführung her umsetzen wollte. Dazu gehörte, daß absolut keine Sound-Effekte vorkamen, und – als Nachgedanke – auch keine Gedankenblasen. Als Texter wurde mir Angst und Bange. Die Sound-Effekte störten mich nicht so sehr, doch wie sollte ich ohne Gedankenblasen all die Nuancen eines Charakters aufzeigen, die ich brauchte, sollte das Projekt auf literarischer Ebene ein zufriedenstellender Erfolg werden? Aber irgend etwas an dieser Idee faszinierte mich, und als ich abends einschlief, nagte sie irgendwo an den Ausläufern des Sumpfs in meinem Kopf.

Ein paar Tage später antwortete ich Dave, schrieb ihm, die Idee mit Guy Fawkes sei der Knaller, und wir würden es nicht nur ohne Gedankenblasen und Geräuscheffekte machen, sondern ich sei auch drauf und dran, die meisten Textkästen loszuwerden und mich einfach völlig auf die Bilder und Dialoge zu verlassen.

In der Geschichte eines jeden Strips oder Comic-Hefts oder was auch immer ist das der Augenblick, in dem man seine wahre Belohnung erhält... der Augenblick, in dem all die halbgaren Ideen und Narreteien zu etwas verschmelzen, das viel mehr als die Summe seiner Einzelteile ist und daher völlig unerwartet und einfach nur schön.

Nun, da wir den Mittelpunkt des Strips bestimmt hatten, konnten wir mit rasantem Tempo darauf aufbauen. Dave schickte mir Entwürfe der Hauptperson V, die einfach perfekt waren, bis auf die Tatsache, daß er die Form des Hutes falsch dargestellt hatte. Ich entwarf die Nebenfiguren, die wir wohl brauchten, wollten wir jene Geschichte erzählen, von der nun schnell deutlich wurde, daß wir sie erzählen wollten. Einige dieser Figuren hatten noch kein Gesicht, obwohl ich all ihre Eigenarten ganz deutlich vor meinem geistigen Auge sah. Dave und ich meißelten diese feinen Details gemeinsam heraus, borgten uns oft Gesichter von Schauspielern, von denen wir gemeinsam der Auffassung waren, daß sie der jeweiligen Rolle entsprachen. In vielerlei Hinsicht war es wohl, als würden wir Filmrollen mit Schauspielern besetzen. Doch viele andere Charaktere zeichnete Dave auf der Grundlage meiner Personennotizen aus seiner freien, lebhaften Phantasie.

Das alles könnte Sie zu dem Eindruck bringen, die Ausarbeitung von V sei eine sehr trockene und berechnende Angelegenheit gewesen. Und das war sie wohl auch, zumindest in den Anfangsstadien. Die Muse liefert nur ganz wenigen und außergewöhnlichen Menschen brillante Ideen, schon völlig ausgearbeitet und in Geschenkpapier gehüllt. Die anderen müssen daran arbeiten.

Vorausgesetzt, man hat ein logisches und sorgfältig durchdachtes Fundament entwickelt, kommt dann jedoch irgendwann ein Punkt, an dem das Werk einfach Fahrt aufnimmt und eine eigene Identität gewinnt. Die Ideen fließen einem fast wie

durch Zauberei zu, scheinen nicht mehr das Endergebnis eines langen und mühsamen intellektuellen Prozesses zu sein. Das geschah bei V direkt von der ersten Episode an.

Es fing damit an, daß ein ziemlich langes Shakespeare-Zitat, das ich fand, indem ich eine Ausgabe seiner Gesammelten Werke an einer x-beliebigen Stelle aufschlug, Zeile für Zeile zu der Handlungssequenz paßte, die ich für V bei seinem ersten Scharmützel mit den Kräften der Ordnung vorgesehen hatte. Wichtiger war noch, wie mit Hilfe von Daves Bildern die Charaktere immer mehr ein eigenes Leben annahmen. Ich schaute mir eine Person an, die ich bislang als eindimensionalen Nazi-Bösewicht gesehen hatte, und begriff plötzlich, daß sie (oder er) Gedanken und Meinungen wie jeder andere auch hatte. Ich plante diesen oder jenen Handlungsverlauf für die Charaktere und stellte dann fest, daß sie in eine ganz andere Richtung gehen wollten.

Am wichtigsten überhaupt war vielleicht etwas ganz anderes. Uns wurde allmählich klar, daß die Geschichte, die wir erzählten, sich immer weiter von der gradlinigen Handlung "Ein Mann gegen die Welt" entfernte, mit der wir angefangen hatten. Aus der Kombination von meinen Texten und Davids Bildern tauchten Elemente auf, die keiner von uns beiden dort bewußt angesiedelt hatte. Saiten wurden angeschlagen, die auf größere Themen hinzuweisen schienen als die, die wir beide bislang für den Handlungsverlauf eines üblichen Comics akzeptiert hatten.

Wenn ein Comic-Strip über seine Schöpfer hinauszuwachsen beginnt, verspürt man natürlich eine gewisse Nervosität, da man nicht weiß, in welche Richtung der Strip nun geht. Andererseits birgt solch ein Vorhaben ohne jede Beschränkung eine gewaltige Aufregung und Kreativität. So muß es sich wohl anfühlen, auf einer Flutwelle zu reiten. Es ist toll, solange man noch dabei ist, aber man ist sich eigentlich nicht sicher, wo man landen oder ob man noch an einem Stück sein wird, wenn man dort ankommt.

Lassen wir dieses verschwommene metaphysische Gewäsch mal kurz beiseite. Eine Menge Leute möchten gern wissen, wie wir eine Episode von V tatsächlich zusammenstellen. Tja, rein im Interesse der Wissenschaft – so läuft das:

Am Anfang haben Dave und ich eine grobe Idee von der allgemeinen Richtung der Handlung, und wohin sie führen soll. Dabei können wir alle plötzlichen Richtungswechsel berücksichtigen, die die Story vielleicht aus eigenem Antrieb einschlagen will. Wir wissen zum Beispiel, daß es drei große Bücher geben wird, die die komplette Geschichte von V erzählen. Das erste präsentiert die Hauptfigur und seine Welt. Das zweite, "Dies verderbte Kabarett", erkundet die Nebenfiguren mit größerer Tiefe und konzentriert sich hauptsächlich auf Evey Hammond. Das dritte Buch, das wir wohl "Das Land Tu-was-du-willst" nennen werden, vereinigt all diese losen Fäden zu einem – wie wir hoffen – befriedigenden Höhepunkt.

Von dieser Struktur ausgehend versuche ich zu entscheiden, was in jeder neuen Episode erforderlich ist, wobei ich stets beachten muß, was in der vorherigen Episode passiert ist. Ich

könnte zum Beispiel zu dem Schluß kommen, daß wir in letzter Zeit ziemlich viele Dialoge und nur wenig Action gehabt haben. Ich könnte auf die Idee kommen, wir müßten mal herausfinden, wie Eric Finch oder Rosemary Almond so zurechtkommen. Auf diese Weise habe ich ziemlich schnell eine Liste mit allen Elementen zusammen, die meines Erachtens für das jeweilige Kapitel lebenswichtig sind. Dann muß ich sie nur noch zu einer kohärenten Handlung zusammenfügen, die irgendwie in sich selbst abgeschlossen ist, während sie Teil eines größeren Ganzen bleibt und sich gleichzeitig so flüssig liest, wie wir es bei diesem Strip unbedingt erreichen wollen.

An guten Tagen läuft alles glatt, und in vier oder fünf Stunden habe ich das Skript fertig. An schlechten Tagen schreibe ich das Skript ebenfalls in vier oder fünf Stunden, stelle dann fest, daß es unbrauchbar ist, zerreiße es und fange von vorn an. Ich wiederhole das vier oder fünf mal, bis ich nur noch ein schluchzendes Wrack bin, das sich in den Sessel fallen läßt und jammert, daß es nicht das geringste Talent hat und nie wieder auch nur eine Zeile schreiben wird. Am nächsten Tag stehe ich auf, kriege die ganze Sache beim ersten Mal richtig hin und verbringe den Rest des Tages damit, herumzuwandern und meine Lieblingsstellen meiner Frau, den Kindern oder Handelsvertretern vorzulesen, die zufällig gerade im Haus sind. (Deshalb sollten Sie nie einen Zeichner oder Texter heiraten. Glauben Sie mir, sie sind keine angenehmen Zeitgenossen.)

Sobald ich mit dem Skript zufrieden bin, schicke ich es Dave. Er liest es sehr gründlich durch, überprüft es auf Widersprüche bei der Handlung oder Charakterisierung und versucht herauszufinden, wie er es visuell umsetzen kann. Obwohl ich im Skript die visuellen Sequenzen ziemlich genau beschreibe, versuche ich, Dave genug Raum zu lassen, damit er sie erweitern oder verändern kann, wie er es für richtig hält. Er kann also hier und da ein paar Panels hinzufügen oder aber völlig fallenlassen, damit die Action glatter abläuft. Dann ruft er mich an, und wir besprechen das Skript und die von ihm vorgeschlagenen Änderungen. Normalerweise sind sie nicht besonders umfangreich, und wir kommen sofort auf einen Nenner. Manchmal sind sie schwerwiegender, und wir streiten stundenlang wütend darüber, bis wir dann einen vernünftigen Kompromiß erzielen. Wichtig ist für uns beide lediglich, daß das, was auf den fertigen, gedruckten Seiten zu sehen ist, so perfekt ist, wie wir es nur hinbekommen.

Dann fertigt Dave die Zeichnungen an, und nach ein paar

Wochen bringt der Postbote dann ein bereits sehnsüchtig erwartetes Päckchen mit verkleinerten und geletterten Fotokopien der fertigen Seiten, wohl, damit ich theoretisch jetzt noch entscheiden kann, ob Daves Zeichnungen in irgendeiner Hinsicht geändert werden müssen. Bislang ist das jedoch noch nicht der Fall gewesen. Dave vereinigt eine unbarmherzige Professionalität mit einer tiefen, gefühlsmäßigen Verbindung mit dem Strip, die der meinen gleichkommt, und falls er sich je entschließen sollte, den Strip aufzugeben, besteht nicht die geringste Aussicht, daß ich mit irgendeinem anderen Zeichner daran arbeite. V kommt zustande, indem meine komplizierte Persönlichkeit auf Davids komplizierte Persönlichkeit stößt, und keiner von uns beiden könnte das erreichen, wenn er mit einem anderen Zeichner oder Texter zusammenarbeitet. Obwohl einige Bewunderer des Strips es gern so sehen, ist V nicht "Alan Moores V" oder "David Lloyds V". V ist in jeder Hinsicht des Wortes eine gemeinsame Anstrengung, denn nachdem wir die Alternativen ausprobiert haben, haben wir festgestellt, daß ein Comic überhaupt nur auf diese Weise funktionieren kann. Es ist völlig sinnlos, dass ein Autor versucht, seinen Zeichner mit gewaltigen und überkandidelten Texten zu erschlagen, und genausowenig sollte ein Zeichner nicht versuchen, seinen Autor unter einer großen und beeindruckenden Galerie schöner Bilder zu begraben. Hier ist Teamwork erforderlich, in der großen Tradition von Hope und Crosby, Tate und Lyle, Pinky und Perky oder The Two Ronnies. Und das kriegen wir hoffentlich auch hin.

Daher bekommen wir also unsere Ideen. Ich wollte jetzt eigentlich noch weitererzählen und Ihnen genau erklären, wer V wirklich ist, aber ich befürchte, dafür habe ich keinen Platz mehr. Ich kann Ihnen nur einen wichtigen Hinweis geben: V ist weder Eveys Vater noch Whistlers Mutter oder Charleys Tante. Darüber hinaus sind Sie leider auf sich allein angewiesen.

England gedeihe.

Alan Moore
Oktober 1983

Guy Fawkes (13. April 1570, † 31. Januar 1606 in London), ein englisch-katholischer Offizier, der 1605 einen Attentatsversuch auf den englischen König Jakob I. unternahm. Fawkes und seine Mitverschwörer wollten am 5. November 1605 aus politischen Gründen das englische Parlament im Palast von Westminster in die Luft sprengen. Fawkes wollte mit diesem Anschlag König Jakob I., die Parlamentsmitglieder, Bischöfe des Landes und den Großteil des Hochadels töten. Der Versuch schlug fehl; Fawkes wurde gefangengenommen, bekannte unter Folter sein Verbrechen und nannte auch seine Mitverschwörer. Am 31. Januar 1606 wurde er gehängt.

Bis heute feiert man in Großbritannien dieses Attentat jedes Jahr am 5. November als "Bonfire Night" mit einem Straßenumzug, bei dem eine Guy-Fawkes-Puppe verbrannt wird und Feuerwerke entzündet werden. Guy Fawkes wurde auch 2005 noch in der Liste der "100 wichtigsten Briten" aufgeführt.

Die beiden folgenden Kurzgeschichten erschienen erstmals parallel zur Originalveröffentlichung von V WIE VENDETTA im Magazin *Warrior*. Obwohl sie ursprünglich als "Zwischenspiele" der Haupthandlung konzipiert waren und dieselben Schauplätze und Charaktere aufweisen, haben die Verfasser diese Storys nie als wesentlichen Bestandteil der Handlung von V WIE VENDETTA angesehen. Wir präsentieren sie hier der Vollständigkeit halber.

ENGLAND, 1998. DIE MÜHLEN DER JUSTIZ MAHLEN LANGSAM, UND SIE MAHLEN AUCH SEHR FEIN.
DEINE LEZTE CHANCE, RYAN. DEINE LETZTE CHANCE, UNS ZU SAGEN, WAS DU ÜBER DIESEN KERL WEISST.
UND ERZÄHL UNS NICHT NOCH MEHR **SCHEISS**!
... SCHLIESSLICH NENNT MAN DAS LAND NICHT UMSONST EINEN **POLIZEISTAAT**.
ICH WEISS **NICHTS**. **BITTE** ... ICH HABE ALLES GESAGT, ABER IHR WOLLT MIR JA NICHT **ZUHÖREN**...
DU HÖRST MIR JETZT ZU, FREUNDCHEN. ICH BIN DIESEN BLÖDSINN LEID. DA DRAUSSEN TREIBT SICH EIN **SUBVERSIVER SPINNER** RUM!
ER HAT DIESEM LAND MEHR **PROBLEME** BEREITET ALS DER **ERSTE**, **ZWEITE** UND **DRITTE WELTKRIEG** ZUSAMMEN. ER KANN DAS NICHT **ALLEIN** GETAN HABEN, ODER?
ER **MUSS** LEUTE HABEN, DIE IHN **UNTERSTÜTZEN**. DAS SAGT EINEM DIE VERNUNFT. UND JETZT BEHAUPTEST **DU**, DU WÜSSTEST NICHTS DAVON? UND **ICH** SAGE, DAS IST SCHEISSE.
NA GUT, RYAN. DU HAST DEINE CHANCE GEHABT. ICH GLAUBE, ES IST ZEIT FÜR DICH, EINE RUNDE UM DAS HAUS ZU DREHEN.
DA DRÜBEN IST DAS FENSTER. AB MIT DIR.
DAS **FENSTER**? WAS HAT DAS MIT...
O MEIN GOTT. DAS MEINT IHR DOCH NICHT ERNST.
ICH HÖRE NIEMANDEN LACHEN. HÖRST DU JEMANDEN LACHEN

RAUS AUS DEM FENSTER, RYAN. NUR EINE RUNDE UM DAS HAUS. VIELLEICHT FÄLLT DIR IN DER FRISCHEN LUFT NOCH WAS EIN.
LIEBER GOTT.
DA KÖNNT IHR NICHT MACHEN. DAS IST **ILLEGAL**. ICH BESCHWERE MICH.
JA, JA. DU KANNST DIE BESCHWERDEFORMULARE AUSFÜLLEN, WENN DU ZURÜCKKOMMST.
WAS IST ÜBERHAUPT LOS, RYAN? HAST DU DEINE FLASCHEN FALLEN LASSEN?
DAS IST DOCH EINE DEINER LEICHTESTEN ÜBUNGEN, KUMPEL. DER SIMS IST **VIERZIG ZENTIMETER BREIT**. AUF DEM BODEN WÜRDEST DU NICHT MAL DARÜBER **NACHDENKEN**. BIS SPÄTER ALSO.
ABER DER VORSPRUNG **IST NICHT** AUF DEM BODEN. ER FÜHRT UM DAS **FÜNFZEHNTE** STOCKWERK. UND DAS LEISE KLICKEN DER FENSTER, DIE HINTER IHM GESCHLOSSEN WERDEN, KLINGT WIE EISENTORE, DIE SICH HINTER SEINEM LEBEN SCHLIESSEN.
VERTIGO
ICH SAG DEN JUNGS VOM LEICHENSCHAUHAUS MORGEN FRÜH, SIE SOLLEN SICH MAL HINTER DEM HAUS UMSEHEN. SIEHT SO AUS, ALS HÄTTEN DIE JUNGS IN GRAU WIEDER MAL ERFOLGREICH EINEN FALL ABGESCHLOSSEN.
JA? DANN GLAUBST DU ALSO, RYAN HÄTTE WAS MIT DIESEM "V" ZU TUN?
WERD DOCH MAL ERWACHSEN, JOHN. NATÜRLICH **NICHT**. ER IST NUR EIN ARMER SPITZEL, DER AN DEN FALSCHEN ORTEN ZU LAUT ÜBER DIE FALSCHEN DINGE SPRICHT...
NEE, ICH HATTE DIESE WOCHE NUR JEDE MENGE ÄRGER MIT CAROL UND DEN KINDERN. SIE SETZEN MIR ZU, JOHN, UND ICH DACHTE MIR, ICH GEB DEN DRUCK MAL WEITER.
IST DOCH KEIN PROBLEM. IST NICHT MAL AKTENKUNDIG, DASS WIR IHN VERHAFTET HABEN...
... UND ÜBERHAUPT, WER GIBT SCHON WAS AUF EINE NULL WIE **RYAN**?

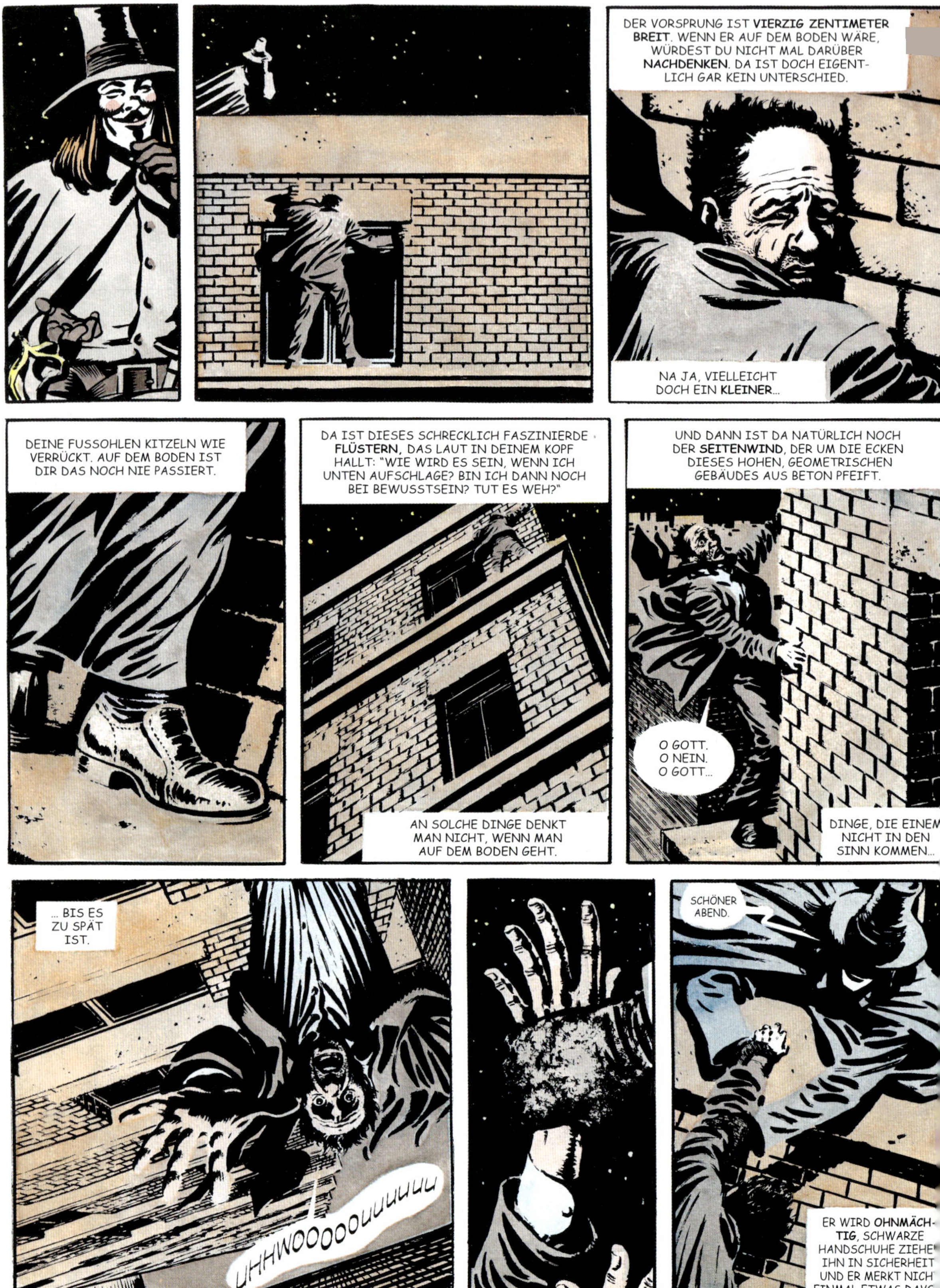

DER VORSPRUNG IST **VIERZIG ZENTIMETER BREIT**. WENN ER AUF DEM BODEN WÄRE, WÜRDEST DU NICHT MAL DARÜBER **NACHDENKEN**. DA IST DOCH EIGENTLICH GAR KEIN UNTERSCHIED.
NA JA, VIELLEICHT DOCH EIN **KLEINER**...
DEINE FUSSOHLEN KITZELN WIE VERRÜCKT. AUF DEM BODEN IST DIR DAS NOCH NIE PASSIERT.
DA IST DIESES SCHRECKLICH FASZINIERDE **FLÜSTERN**, DAS LAUT IN DEINEM KOPF HALLT: "WIE WIRD ES SEIN, WENN ICH UNTEN AUFSCHLAGE? BIN ICH DANN NOCH BEI BEWUSSTSEIN? TUT ES WEH?"
AN SOLCHE DINGE DENKT MAN NICHT, WENN MAN AUF DEM BODEN GEHT.
UND DANN IST DA NATÜRLICH NOCH DER **SEITENWIND**, DER UM DIE ECKEN DIESES HOHEN, GEOMETRISCHEN GEBÄUDES AUS BETON PFEIFT.
O GOTT. O NEIN. O GOTT...
DINGE, DIE EINEM NICHT IN DEN SINN KOMMEN...
... BIS ES ZU SPÄT IST.
UHHWOOOOOOuuuuuu
SCHÖNER ABEND.
ER WIRD **OHNMÄCHTIG**, SCHWARZE HANDSCHUHE ZIEHE IHN IN SICHERHEIT UND ER MERKT NICHT EINMAL ETWAS DAVO

INZWISCHEN...
ER IST JETZT SEIT ZEHN MINUTEN DRAUS-SEN, COLIN. WAS MEINST DU?
ICH MEINE, DASS DER WIND IHN AN DER ERSTEN ECKE RUNTERGE-RISSEN HAT. ICH SEHE BESSER MAL NACH...
NEE. KEINE SPUR VON IHM. SIEHT SO AUS, ALS HÄTTE ER BEI DEN FREISTIL-HÄNGGLEIT-MEISTER-SCHAFTEN MITGE-MACHT.
HAU'N WIR IN DEN SACK. ES WAR EIN LANGER TAG, UND WENN DIESE DUMME KUH WIEDER LOSZETERT, KAUM DASS ICH ZUR TÜR REIN BIN, VER-PASSE ICH IHR WAS.
ANDERERSEITS... WIE WÄRE ES, WENN WIR AUF EINEN SCHNELLEN HALBEN LITER UND EIN SPIELCHEN IN DER KANTINE VORBEI... JOHN?
JOHN, HAST DU DAS AUCH GE-HÖRT? DIESES...
... KNACKEN?
O GOTT.
S-SIND SIE DAS? SIE SIND ES. OH, VERDAMMTE SCHEISSE!
ICH HAB VON IHNEN GEHÖRT. SIE SIND NUR HINTER DEN PARTEIGRÖSSEN HER. ICH BIN NUR EIN BULLE. VON MIR WOLLEN SIE DOCH NICHTS...
... ODER?
O NEIN. DAS IST DOCH NICHT IHR ERNST...
DIE BEAMTEN, DIE FÜR DEN FINGER ARBEITEN, HABEN EINEN NAMEN FÜR DIESEN MANN. SIE NENNEN IHN "V". ER SCHLÄGT OHNE WARNUNG ZU. ER TÖTET OHNE MIT-GEFÜHL. ER IST ABSOLUT TÖDLICH.

STELLEN SIE SICH VOR, SIE HÄTTEN DIE WAHL ZWISCHEN DEM SICHEREN TOD UND DER AUSSICHT AUF ÜBERLEBEN, WIE GERING SIE AUCH SEIN MAG. WAS WÜRDEN SIE TUN?
NA GUT.
NA GUT.
UND NACH EINEM AUGENBLICK SCHLIESST DER MANN, DER UNTERWEGT LÄCHELT, LEISE DAS FENSTER. ER KANN ES NICHT AUSSTEHEN, WENN ES ZIEHT.
NATÜRLICH ZIEHT ES DRINNEN...
... NICHT SO SEHR WIE DRAUSSEN.
INSPEKTOR COLIN CLARKE ARBEITETE FÜR DEN FINGER SEIT DESSEN GRÜNDUNG IM JAHR 1992. SEIT SECHS JAHREN. DAVOR WAR ER SOLDAT.
BEI SEINER GRUNDAUSBILDUNG MUSSTE ER MIT SCHLIMMEREM ALS DEM HIER FERTIG WERDEN. ER KANN ES SCHAFFEN. ER WEISS, DASS ER ES KANN.
SCHLIESSLICH SIND VIERZIG ZENTIMETER SEHR VIEL. AUF DEM ERDBODEN WÜRDE MAN GAR NICHT DARÜBER NACHDENKEN...
ER MACHT EINEN SCHRITT. UND NOCH EINEN. NOCH EINEN.
DA IST DIESER MANN. DA IST DER SIMS. DA IST DAS SCHRECKLICHE PFEIFEN DES WINDES, DAS GLEICHGÜLTIGE LEUCHTEN FERNER STERNE.
JENSEITS DESSEN IST NUR SLAPSTICK. ER MACHT EINEN SCHRITT...
SLAPSTICK. AN SOLCHE DINGE DENKT MAN NICHT...
BIS ES VIEL ZU SPÄT IST...

NORWEST HOUSE
SECURITY AND SURVEILLANCE ANNEXE
WEST HOUSE
VINCENT

PAGE, VALERIE SUSAN
Religion:

STAIRS
4 TH. FLOOR
LIFTS
STA
SECURITY CONFERENCE ROOM H

WEST HOUSE

SCHON ERSCHIENEN IM COMIC- UND BUCHHANDEL

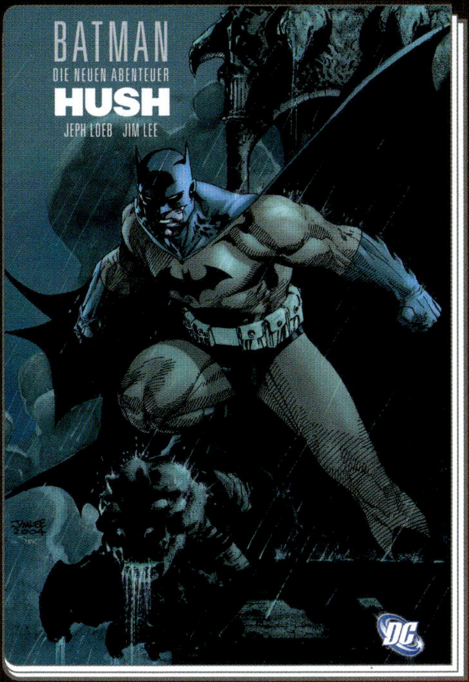

BATMAN: DIE NEUEN ABENTEUER - HUSH
292 S. - HC - € 39,90

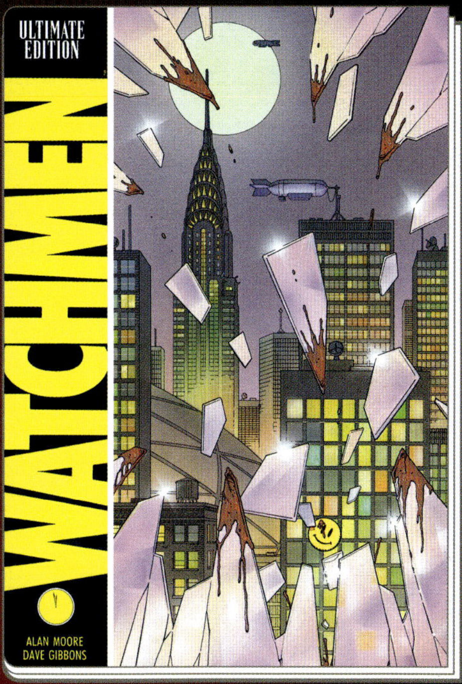

WATCHMEN
436 S. - HC - € 49,95

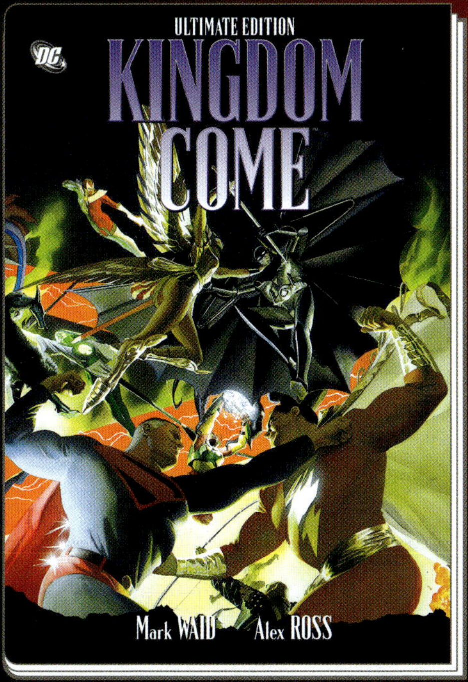

KINGDOM COME
236 S. - HC - € 34,95

ARKHAM ASYLUM
148 S. - HC - € 29,95

PANINI COMICS
www.paninicomics.de

ALAN MOORE ist der vielleicht angesehenste Texter der Comic-Literatur überhaupt und wurde für seine Werke wie WATCHMEN, V WIE VENDETTA, *From Hell* und *Swamp Thing* mit zahllosen Preisen ausgezeichnet. Seine ersten Comics schrieb er 1980 für die englischen Magazine *2000 AD* und *Dr. Who Weekly*. Danach folgte *Marvelman* (in den USA als *Miracleman* veröffentlicht). Er ist auch der kreative Kopf hinter dem Verlagsimprint America's Best Comics, mit dem er mit Serien wie *Die Liga der außergewöhnlichen Gentlemen*, *Promethea*, *Tom Strong*, *Tomorrow Stories* und *Top Ten* erneut Neuland betrat.

Als einer der bedeutendsten Innovatoren des Mediums seit den frühen 80er Jahren hat Moore eine ganze Generation von Comic-Schaffenden beeinflußt, und seine Werke begeistern noch immer eine ständig wachsende Leserschaft. Derzeit arbeitet Moore an einer CD und einem Roman. Seit langem schon hegt er den Wunsch, Zauberer zu werden.

Alan Moore lebt in Northampton, England.

DAVID LLOYD zeichnet seit 1977 Comics, zuerst Adaptionen von Filmen und Fernsehserien. Seine erste Fortsetzungsserie war *Night Raven*, und er hat auch eine Reihe von Storys um *Dr. Who* illustriert. Nach V WIE VENDETTA hat Lloyd Kurzgeschichten für Eclipse und Crisis-Storys für Fleetway gezeichnet. Zu seinen beliebtesten Werken gehören *Slaine*, *Aliens: Glass Corridor*, *Weird War Tales*, *Gangland*, *The Horrorist*, *Marlowe: The Graphic Novel*, *Hellblazer: Rare Cuts*, zwei Storys für *War Story* und das demnächst erscheinende *Kickback*. Unter anderem lehrt Lloyd das Zeichnen von Comics an Englands einziger derartiger Schule, dem London Cartoon Center.

David Lloyd lebt derzeit in Brighton, England, und freut sich schon auf seinen nächsten Besuch in Kalifornien.